DU SANG SUR LA BALTIQUE

Après une brillante carrière juridique, Viveca Sten s'est lancée dans l'écriture. Véritable phénomène en Suède, sa série mettant en scène l'inspecteur Andreasson et Nora Linde a été publiée dans une quinzaine de pays, vendue à plus d'un million d'exemplaires et adaptée à la télévision. Diffusée en France sur Arte sous le titre *Meurtres à Sandhamn*, la série a réuni plus d'un milion et demi de téléspectateurs.

Paru au Livre de Poche :

Les Nuits de la Saint-Jean

La Reine de la Baltique

Les Secrets de l'île

VIVECA STEN

Du sang sur la Baltique

ROMAN TRADUIT DU SUÉDOIS PAR RÉMI CASSAIGNE

ALBIN MICHEL

Titre original :

I DEN INNERSTA KRETSEN
Paru chez Forum Bokförlag, Stockholm, 2009.

ISBN : 978-2-253-09302-2 – 1re publication LGF

1

La voix féminine égrenait lentement le compte à rebours sur le canal 16 de la radio de bord :

« Dix, neuf, huit… »

La mer fourmillait de bateaux. Les grands voiliers de course aux coques rutilantes s'alignaient sur la ligne de départ à quelques encablures de Sandhamn. Autour d'eux, les spectateurs manœuvraient leurs embarcations pour avoir un bon point de vue. La tension montait. Jumelles à la main, ils suivaient le spectacle qui se déroulait sous leurs yeux.

Un gros dragueur de mines prêté par la marine se tenait à tribord de la ligne de départ. Les grandes voiles se gonflaient comme des ballons pour profiter au mieux de la faible brise.

Toutes les conditions étaient réunies pour une régate passionnante.

La voix continuait le décompte :

« Sept, six… »

Les concurrents manœuvraient habilement pour se mettre en position de départ. Un miracle qu'ils n'entrent pas en collision. Ils n'étaient parfois séparés que de quelques dizaines de centimètres dans leur lutte pour obtenir la meilleure place, au plus près de la bouée orange.

« Cinq, quatre… »

À trois, le pistolet devait donner le départ. Il fallait quelques secondes pour entendre le coup de feu.

Le vice-président du club nautique royal KSSS et avocat Oscar Juliander, sûr de lui, était campé à la barre de son Swan, une élégante beauté baptisée *Emerald Gin*. Dix-huit mètres soixante, quinze hommes d'équipage, le voilier construit dans un chantier naval en Finlande avait coûté les yeux de la tête : plus de douze millions.

Mais il les valait, jusqu'à la dernière couronne, pensa Oscar Juliander. Il faudrait se lever tôt pour l'empêcher de gagner. Cet été, il remporterait la coupe du Tour de Gotland, coûte que coûte.

Il était gonflé d'adrénaline. Mon Dieu, ce qu'il aimait la voile !

Il jeta un coup d'œil alentour et nota avec satisfaction la présence de l'hélicoptère de la télévision qui tournait au-dessus de la zone. Cela ferait de belles images quand l'*Emerald Gin* franchirait en premier la ligne de départ.

Comme d'habitude, il n'avait rien contre l'idée d'être en vue dans les médias, et les médias n'avaient rien contre celle de le mettre en avant. Il suffisait de se maintenir dans le vent pour conserver cette position que tous lui enviaient.

Il serra les poings. Bientôt, très bientôt ils s'élanceraient vers Gotland.

L'étrave bouillonnait dans l'écume, à quelques mètres de la ligne. Il ne fallait pas la franchir en avance, sous peine de devoir recommencer. Une pénalité qui faisait perdre de précieuses minutes et pouvait coûter la course.

Il retint son souffle tandis que finissait le compte à rebours. Ils étaient si près maintenant qu'il aurait pu toucher la bouée.

La traînée de fumée du pistolet apparut dans le ciel et, un instant plus tard, le coup de feu retentit au-dessus de la mer.

Le vice-président Oscar Juliander s'abattit lentement en avant. Ses mains lâchèrent la barre tandis que le sang jaillissait de sa poitrine. Ses yeux aveuglés n'eurent pas le temps de voir que la course avait commencé. Avant que son corps ne s'effondre lourdement sur le pont, il avait perdu connaissance.

Le coup de feu qui le tua coïncida exactement avec le signal de départ.

L'*Emerald Gin* franchit la ligne, premier de sa catégorie.

2

« Mais qu'est-ce qu'ils fabriquent ? » s'exclama l'inspecteur Thomas Andreasson.

Il se trouvait en compagnie de son meilleur ami, Peter Lagerlöf, à bord d'un des fleurons de la police maritime, un Stridsbåt 90 de presque seize mètres qui montait à quarante nœuds.

Thomas l'avait commandé autrefois, mais depuis plusieurs années il avait quitté la police maritime pour rejoindre l'unité criminelle de la police de Nacka.

Quand Peter lui avait proposé de venir voir le départ du Tour de Gotland, sa réponse avait fusé : une journée en mer, ça ne se refusait pas – surtout s'il s'agissait de la plus importante régate du nord de l'Europe.

Son œil expert venait de remarquer que quelque chose clochait sur la ligne de départ. Un magnifique Swan 601, parti en tête de sa catégorie, s'était soudain couché sous le vent et était sorti de la zone de départ. Une manœuvre maladroite et étrange, quand il aurait fallu viser les hauts fonds d'Almagrundet pour cingler vers Gotland.

« Passe-moi les jumelles, s'il te plaît », dit-il en tendant la main. Il porta à ses yeux les Zeiss noires tandis qu'il étirait son mètre quatre-vingt-quatorze pour mieux voir.

Le Swan s'était rangé face au vent à peine la ligne de départ franchie. Le voilier aurait déjà dû avoir parcouru plusieurs centaines de mètres, au lieu de quoi il se retrouvait dernier, tandis que ses concurrents s'éloignaient rapidement.

Un des membres d'équipage monta sur le pont avant et agita les bras au-dessus de sa tête.

Un signal de détresse classique en mer.

Thomas vit son visage affolé dans ses jumelles. Son ventre se noua. Un événement grave était survenu à bord.

« Tu vois quelque chose ? demanda Peter en plissant les yeux dans la lumière vive.

— On dirait qu'il s'est passé un truc dans le cockpit. Il y a plusieurs personnes attroupées autour de la barre. » Thomas ajusta la mise au point. « On dirait, fit-il lentement, que quelqu'un est couché immobile face contre le pont. Mais c'est difficile à dire, la vue est bouchée. »

Peter se tourna aussitôt vers le policier qui tenait la barre.

« Cap sur le Swan. »

Son collègue effectua une rapide manœuvre et se dirigea vers le voilier.

« Le capitaine a été abattu ! » cria à leur approche le jeune homme monté sur le pont avant. Il agitait frénétiquement les mains. « Bordel, il y a quelqu'un qui nous tire dessus ! »

Il se tut, comme s'il venait de réaliser qu'il pourrait y avoir d'autres coups de feu. Effrayé, il s'accroupit et se serra de son mieux contre le grand mât. Ses yeux exorbités exprimaient la panique.

Thomas regarda autour de lui sans bien savoir ce qu'il cherchait. Impossible de distinguer la moindre menace dans la foule des bateaux qui se pressaient à la surface de l'eau.

Le vaste troupeau des spectateurs ne semblait pas avoir compris ce qui se passait. Pour la plupart, ils étaient occupés à regarder s'éloigner la régate. Les grands voiliers dansaient dans le miroitement du soleil. Au loin, on devinait la silhouette de Sandhamn et la tour de Korsö.

Thomas mesura aussitôt la gravité de la situation.

Un meurtre venait d'être commis sous ses yeux. Devant des centaines de spectateurs et de participants de la course. Pendant l'un des principaux événements sportifs de la station balnéaire.

Les médias allaient s'en donner à cœur joie.

Un énorme yacht Storebro 500 s'approchait. Il faisait presque dix-sept mètres, avec plusieurs ponts. L'acajou poli brillait au soleil. Tout en haut du bâtiment s'ouvrait un vaste *flybridge*, sorte de passerelle d'où le bateau pouvait être manœuvré. Dans la brume de soleil, Thomas distingua un groupe d'hommes et de femmes qui les regardaient.

Un homme d'un certain âge avec une casquette de capitaine et un polo aux couleurs du club nautique KSSS tenait la barre. Quand il ne fut plus qu'à une dizaine de mètres de la vedette de la police, il se pencha vers eux :

« Il s'est passé quelque chose ?

— Gardez vos distances ! » cria automatiquement Peter.

Il n'était pas facile de manœuvrer sans trop s'approcher du Swan ni dériver vers le yacht. Ce n'était vraiment pas le moment pour une collision.

« Nous avons la femme de Juliander à bord. Comment va son mari ? »

Un homme d'une cinquantaine d'années, lunettes et cheveux argentés, se dressa soudain dans le cockpit du voilier blanc. Il semblait bouleversé, en état de choc, comme s'il ne croyait pas vraiment à ce qu'il venait de voir. Quelque chose de rouge tachait son T-shirt.

« On a tiré sur Oscar, cria-t-il à l'homme à la casquette. Oscar est mort ! »

De loin, Thomas vit une femme aux cheveux châtain clair se prendre le visage dans les mains avant de sortir de son champ de vision. Puis le vrombissement de l'hélicoptère de la télévision couvrit tout, rendant la communication impossible.

3

Nora Linde posa la main sur la poignée de fonte et la tourna doucement. Le portail blanc à l'ancienne répondit aussitôt et s'ouvrit sur le magnifique jardin, pourtant déjà en friche.

Elle s'arrêta sur le perron de la villa Brand, sans doute la plus belle maison de Sandhamn. Elle était au sommet de Kvarnberget, juste avant le chenal de l'île, et disposait d'une vue panoramique. Au loin, dans le détroit, on apercevait un des ferries blancs de la Waxholm en route vers le quai des bateaux de ligne. Bondé de touristes, bien sûr – c'était la haute saison. Elle distinguait les passagers penchés au bastingage, impatients d'arriver à Sandhamn.

Ses cheveux blonds qui avaient poussé pendant l'hiver jusqu'à ses épaules flottaient dans la brise légère. D'un geste sûr, elle les noua en queue-de-cheval avec un élastique.

De loin, elle avait l'air d'une adolescente, avec sa silhouette de garçonne et ses longues jambes bronzées. Ce n'était qu'en s'approchant qu'on découvrait une femme qui avait mis au monde deux enfants. Elle laissait pourtant son chemisier bleu clair flotter sur sa taille.

Elle venait d'avoir trente-neuf ans, et avait de menues rides autour des yeux. Sa blondeur cuivrée était parsemée de quelques cheveux blancs et, sur son nez un peu trop court, le soleil estival avait fait apparaître des taches de rousseur.

Ses yeux gris étaient assombris par les soucis.

Depuis le début de la journée, cela la minait. Elle avait rembarré Henrik, crié sur les garçons. Simon, sept ans seulement, avait fini par lui demander si quelqu'un avait été méchant avec elle pour qu'elle soit si fâchée. À côté de lui, Adam avait approuvé en hochant la tête.

Ça faisait mal.

Elle avait respiré profondément en se promettant de ne plus se laisser influencer de cette façon. Ou du moins de ne plus faire subir à sa famille le contrecoup de cette tension.

L'étonnement d'apprendre que Signe Brand lui avait légué la villa commençait à retomber. Elle était comme une grand-mère pour elle, mais la peine qu'elle lui avait causée était encore vive.

L'été précédent, on avait découvert que Signe avait tué son neveu et la cousine de celui-ci quand ils étaient venus exiger leur part de la grande villa[1]. Nora avait failli mourir d'une chute d'insuline quand Signe, inconsciente de ce risque, l'avait séquestrée dans le phare de Grönskär. Henrik et Thomas, son meilleur ami, l'avaient retrouvée *in extremis*.

Nora frissonna involontairement.

Elle inspira à fond en essayant de se reprendre. Son ventre était toujours noué, mais le moment était venu d'entrer. Il fallait qu'elle décide quoi faire de

1. Voir *La Reine de la Baltique*, Albin Michel, 2013.

cette maison. Autant s'en occuper aujourd'hui, sans attendre.

Elle introduisit la clé dans la serrure. La porte résista un peu – pas étonnant dans une si vieille maison – mais finit par s'ouvrir sur l'intérieur familier que Nora connaissait depuis son enfance.

L'entrée conduisait à une vaste salle à manger ouverte sur la mer, si proche qu'on pouvait en sentir l'odeur. De beaux rideaux de dentelle à l'ancienne encadraient les hautes fenêtres. À une extrémité de la pièce trônait un énorme poêle en faïence vert foncé à pampres dorés.

Jouxtant la salle à manger, un grand salon avec d'antiques fauteuils et une véranda panoramique. C'était là que Signe avait été retrouvée juste avant sa mort. Après avoir pris de la morphine mélangée à une grosse dose de tranquillisants.

La maison était absolument silencieuse. Trop silencieuse.

Nora réalisa ce qui manquait : dans la salle à manger, la vieille horloge de Mora était arrêtée. Signe avait toujours veillé à remonter cette horloge que son grand-père, Alarik Brand, avait fait livrer un bon siècle plus tôt.

Nora alla prendre la clé dans un buffet gris au coin de la pièce. Elle savait très bien où Signe la rangeait. Tiroir du haut à gauche. Avec précaution, elle ouvrit la vitre du cadran et remonta l'horloge. Le tic-tac familier la fit sourire, tandis que des larmes lui montaient aux yeux.

Elle se dépêcha de cligner des paupières pour les repousser. Il fallait faire face.

La veille, Henrik et elle s'étaient disputés. Il trouvait qu'il fallait mettre la villa Brand sur le marché. La vendre au plus vite pour passer à autre chose.

Ils en avaient parlé au lit alors que les enfants

étaient couchés depuis longtemps. Elle l'avait écouté, le menton appuyé sur une main. Une seule lampe de chevet était allumée, projetant de longues ombres sur les rideaux aux motifs bleus. Les deux fenêtres étaient grandes ouvertes à cause de la chaleur, mais l'atmosphère restait étouffante dans la chambre.

Le visage distingué de Henrik était grave et ses yeux marron soucieux. Quelle belle allure il avait encore ! Ses épais cheveux bruns saupoudrés de gris n'avaient pas commencé à se clairsemer comme chez tant de leurs connaissances. Leur raie centrale s'accordait bien avec les traits nets de son visage.

Il arrivait encore à Nora de s'étonner qu'une personne aussi séduisante et extravertie que Henrik ait pu un jour s'attacher à elle.

Elle était nettement plus réservée, voire timide. Elle n'avait pas du tout la même assurance que lui en société et admirait toujours sa capacité à se sentir à sa place dans toutes les situations. À l'aise, il concentrait sur lui l'attention, tandis qu'elle se contentait le plus souvent d'écouter les conversations animées. Mais elle adorait être à ses côtés et voir leurs amis rire à ses plaisanteries et à ses traits d'esprit.

Tandis qu'il parlait, elle avait laissé son doigt glisser le long de son bras. Humé son odeur qui lui était depuis quinze ans familière.

« Tu as failli mourir, Nora, avait-il dit. Si nous n'étions pas entrés dans le phare, tu ne t'en tirais pas. Sans compter que tu aurais pu avoir de graves lésions cérébrales. Comment peux-tu vouloir habiter dans sa maison après ça ? »

Si seulement c'était aussi simple, songea Nora en soupirant.

Elle quitta la salle à manger et monta l'escalier. Quatre grandes chambres à coucher occupaient presque tout l'étage. La cinquième avait très tôt été transformée en salle de bains avec une grande baignoire à pattes de lion.

Signe avait longtemps habité seule la maison. À part la chambre sud, Nora avait toujours vu les autres inoccupées, meublées comme à l'époque où Signe avait grandi là. C'était bien sûr de lourds meubles vieillots, mais ils allaient très bien avec cet intérieur. Beaucoup d'entre eux étaient d'ailleurs de véritables chefs-d'œuvre d'ébénisterie.

Dans une des chambres se dressait un vieux canapé-lit avec de magnifiques boiseries chantournées et des coussins de velours noir. Signe lui avait raconté comment son frère avait un jour failli s'y étouffer quand le mécanisme s'était accidentellement refermé sur lui. Au dernier moment, leur mère avait entendu les cris d'effroi du garçon et était accourue. Après quoi Helge avait refusé de dormir dedans. Toute la famille avait dû se rendre à Gustavsberg pour lui acheter un nouveau lit.

Nora s'arrêta devant un portrait des parents de Signe. Ils regardaient gravement l'objectif, comme on le faisait autrefois. La mère de Signe, tout de noir vêtue, était assise dans un fauteuil. Son père se tenait derrière, l'air imposant. Au fond, on apercevait le beau poêle en faïence de la salle à manger.

Nora fut incapable de retenir ses larmes. Songer que Signe était morte, et penser à la raison pour laquelle elle était morte, était intolérable.

Son absence pesait comme un poids sur sa poitrine. Que faire de cette maison ? Il était temps de prendre une décision.

4

« Le départ du Tour de Gotland a été endeuillé par le meurtre d'un des participants de la course, l'avocat Oscar Juliander, également vice-président du club nautique royal. »

Le présentateur du journal télévisé parlait d'une voix lente. Pendant ce temps, la caméra glissait au-dessus d'une eau scintillante où les voiliers s'élançaient vers Gotland.

« Oscar Juliander était un célèbre partenaire du cabinet d'avocats Kalling, un des plus importants de Suède. Depuis de nombreuses années, il était réputé pour être l'un des administrateurs de faillite les plus recherchés du pays. »

La caméra zooma sur un homme d'une soixantaine d'années qui fixait d'un air grave l'objectif derrière ses lunettes de soleil. Il portait un polo bleu marine. Son front luisant était rougi par le soleil du large.

« Nous sommes sous le choc, évidemment, dit l'homme qui, d'après l'encadré en bas de l'écran, était le président du club nautique KSSS, Hans Rosensjöö. Nos pensées vont en premier lieu à son épouse, Sylvia, et à leurs enfants.

— Que pouvez-vous nous dire du défunt ? » demanda le reporter avant de lui fourrer un micro sous le nez.

Hans Rosensjöö sembla offusqué, comme s'il trouvait la question déplacée.

« Oscar était un navigateur de premier ordre et un camarade très apprécié. Au sein du KSSS, nous sommes tous en deuil.

— Savez-vous qui a pu vouloir l'assassiner ? enchaîna le reporter.

— C'est à la police de répondre à cette question », rétorqua Rosensjöö, pressé de mettre fin à la conversation.

Il fit un pas en arrière, comme pour se défendre.

« Allez-vous annuler la course, à présent ? demanda le reporter, d'un ton provocant. Allez-vous prendre le risque de continuer dans ces conditions, avec un meurtrier qui navigue en liberté dans les parages ?

— La compétition se poursuit comme prévu: C'est ce qu'Oscar aurait voulu. Je n'ai rien d'autre à ajouter », lâcha Rosensjöö sans chercher à cacher son irritation.

Le reporter fit un geste en direction du port où bateaux à voile et à moteur s'alignaient le long des pontons.

« Ici, au cœur de cet archipel idyllique, les membres du club et les navigateurs se demandent s'ils doivent continuer les régates au péril de leur vie. La police n'a encore rendu publique aucune hypothèse sur la cause du meurtre, mais Sandhamn est une île en état de choc où les spéculations vont bon train. »

La caméra glissa à la surface de l'eau et s'arrêta un instant sur Löckholmen, le grand complexe portuaire en face de Sandhamn. À gauche, on apercevait Telegrafholmen, l'îlot qui encadrait le port, créant une zone à l'abri du vent pour laquelle cette Mecque de la voile était réputée. La caméra continua jusqu'au Swan d'Oscar Juliander, amarré à l'écart tout au bout d'un ponton. Sa coque luisait au soleil. Il semblait perdu, abandonné, comme un pur-sang oublié dans son box alors que la course va commencer.

L'accès à l'extrémité du ponton était fermée par une rubalise bleu et blanc. *Entrée interdite*, proclamait une pancarte jaune et rouge – la loi interdisait aux curieux d'approcher les scènes de crime. Au loin, un bateau de la police se balançait dans la houle.

Un dernier panoramique sur le bâtiment du club nautique avec ses drapeaux en berne clôturait le reportage.

« Tu as entendu ça, Ingmar ? dit Isabelle von Hahne à son mari en se détournant du téléviseur, dans leur suite de l'hôtel des Navigateurs. Il ne s'en est pas trop bien tiré, ce pauvre Hans. Cette vieille baderne aurait besoin d'un coach médias. »

Elle jeta un coup d'œil discret par la baie vitrée donnant sur le balcon avant d'éteindre le poste d'un coup de télécommande.

Ses cheveux blonds coiffés court, parsemés de mèches plus claires, étaient comme d'habitude impeccables. Au petit doigt gauche, elle portait sa chevalière bleu et or aux armes de sa lignée balte. Elle remarqua en passant qu'elle aurait eu besoin d'être astiquée. Tout comme son alliance sertie de diamants. Puis elle haussa les épaules et se mit à feuilleter nerveusement une revue.

Ingmar von Hahne secoua la tête.

« À quoi tu t'attendais, un jour comme celui-ci ? Après ce qui s'est passé ? »

Il alla prendre une mignonnette de whisky dans le minibar.

« Tu es vraiment obligé de boire, là ? » dit Isabelle avec une grimace.

Ingmar regarda celle qui était sa femme depuis trente ans, mais s'abstint de commenter cette question rhétorique.

« Nous allons tenir une assemblée générale extraordinaire plus tard dans la soirée, dit-il. Hans m'a demandé d'appeler tous ceux que je pouvais. Nous devons publier un communiqué de presse et discuter de la manière de gérer cette triste situation.

— Il n'a pas un secrétaire qui puisse s'occuper de ça ?

— Je suis le secrétaire du club nautique, rappela Ingmar à sa femme. Ceci entre dans mes attributions, surtout dans pareille situation de crise. »

Il déboucha la mignonnette et en versa le contenu dans un verre.

« Nous nous réunissons à vingt heures. Dans la salle des membres du club. Tu vas devoir dîner seule, mais de toute façon, je n'aurais sans doute pas été d'une compagnie très agréable. Tu pourrais peut-être dîner avec Britta ? »

Isabelle soupira et ralluma ostensiblement la télévision.

« Britta Rosensjöö ne parle que de ses petits-enfants. »

Ingmar but une gorgée de whisky.

« Au fait, quelqu'un s'est entretenu avec Sylvia depuis son retour à terre ? » demanda-t-elle.

Son mari secoua la tête. « Pas que je sache. Mais je suppose que Hans a veillé à ce qu'on lui administre un tranquillisant. Il devait appeler les enfants. Ils sont en route, s'ils ne sont pas déjà arrivés.

— Les légitimes, en tout cas », grommela Isabelle.

Ingmar lui jeta un rapide coup d'œil. « Je sais qu'Oscar n'était pas un enfant de chœur, mais il ne méritait pas ça. »

Il revit son camarade la dernière fois qu'ils s'étaient parlé. C'était la veille, à la réunion des participants de la course, pour passer une dernière fois en revue les règles de la compétition.

Oscar était resté près du mât du grand ponton, un large sourire aux lèvres. Toujours aussi bronzé. Ses cheveux blonds épais, pas encore complètement gris, avaient déjà pâli au soleil. Aussi délavés que son short de voile, passé du rouge clair d'origine à un rose pâle. Il était d'excellente humeur. Vigoureux et énergique. Il plaisantait et riait avec son équipage.

Ingmar von Hahne alla se resservir au minibar.

« Nora, tu es au courant de ce qui s'est passé ? »

Henrik franchit le seuil, dans tous ses états. Nora s'était assoupie sur le canapé. La tension générée par la visite dans la maison de Signe l'avait épuisée.

Elle se tourna vers lui, mal réveillée :

« Quoi ?

— On a tiré sur Oscar Juliander.

— Comment ?

— L'avocat. Le vice-président du KSSS. Il a été assassiné au moment précis du départ de la course.

— C'est pas vrai ?

— Tu te souviens, on est allés voir son bateau, hier.

L'*Emerald Gin*. Le Swan amarré au ponton principal, sur le port.

— Le vert ?

— C'est ça. »

Nora songea aussitôt aux drames de l'été précédent. Un nouveau meurtre à Sandhamn. Son ventre se noua. Elle aurait voulu que Henrik se trompe.

— Tu es vraiment sûr ?

— Mais oui, je te dis. On en a certainement parlé aux informations. » Il prit la télécommande et passa sur la chaîne d'infos. « Regarde. »

Un bandeau de texte défilait, résumant les événements de la journée en termes neutres.

Nora sentit les larmes monter. Les mauvais souvenirs la submergeaient.

« Mince alors, quelle histoire ! » continua Henrik, sans remarquer sa réaction. Il décrocha le téléphone. « Il faut que j'appelle mes parents. La maison de vacances de Juliander est assez près de la leur, sur Ingarö. »

Il disparut à la cuisine et Nora entendit qu'il se mettait à parler.

Elle se laissa retomber sur le canapé. Ça ne pouvait pas être vrai.

5

« C'est quoi, leur problème, sur cette île ? »

Göran, chef de l'unité criminelle à la police de Nacka, surnommé le Vieux, ne parvenait pas à contenir sa colère.

Il était dix-huit heures trente ce samedi soir, Thomas était revenu sur la terre ferme. Il était accompagné de ses plus jeunes collègues Kalle Lidwall et Erik Blom, convoqués d'urgence à la réunion. À côté d'eux était assise Carina Persson, la fille du Vieux, qui travaillait depuis deux ans au commissariat comme assistante administrative, tout en préparant le concours de l'école de police. Elle allait enfin le passer cet automne.

« L'été dernier, on avait une vieille folle qui trucidait à droite et à gauche à cause d'une bicoque. Cet été, on abat des navigateurs en pleine régate. Les journalistes ne se sentent plus. Est-ce que vous imaginez le nombre de coups de fil qu'on a reçus ? »

Le Vieux avait le visage rouge et le front en sueur. Son corps imposant débordait de son fauteuil. Le tonnerre grondait au loin, des nuages gris-bleu masquaient le soleil.

« Encore un été à l'eau parce qu'un fou de la gâchette a les doigts qui le démangent. »

Ce ne sont pas tes vacances qui sont tombées à l'eau, rumina l'inspecteur criminel Margit Grankvist en buvant une gorgée du jus de chaussette qu'elle venait de se servir à la machine à café.

Elle avait encore à l'esprit le souvenir cuisant de ses vacances ratées de l'été précédent. Elle avait dû alors abandonner son mari et ses adolescentes de filles sur la côte ouest pour participer à l'enquête sur les meurtres de Sandhamn.

Cette année, échaudée, elle avait préféré louer une maison sur l'île de Djurö, à trois quarts d'heure de voiture du commissariat. Éloigner du même coup ses filles de la bande de jeunes à mobylettes dont elles avaient fait la connaissance là-bas avait dans une certaine mesure contribué à cette décision.

Après trois semaines de vacances, elle arborait un joli bronzage qui adoucissait un peu les traits d'un visage maigre marqué par des années d'horaires irréguliers au sein de la police. Enfoncés dans leurs orbites, ses yeux étaient vifs. Si elle avait mieux organisé ses vacances cette année, ce n'était sûrement pas grâce au Vieux.

« Thomas, tu étais sur les lieux. Qu'est-ce que tu peux nous dire ? » dit ce dernier.

Thomas leva les yeux de ses notes et regarda l'assistance.

Il avait lui aussi pris des couleurs et, sur ses tempes, ses cheveux étaient d'un blond presque blanc. Autour de ses yeux, des plis plus clairs marquaient son bronzage. Il portait une chemise bleu ciel aux manches retroussées et un jean aux poches élimées. Le meurtre avait beau avoir transformé une journée de détente en mer en intense travail de police, il semblait en forme.

Il s'étira et essaya de résumer les événements.

Ramener le Swan au port, faire venir un médecin et la police scientifique avait presque pris la moitié de la journée. On avait fini par transporter le corps d'Oscar à l'institut médico-légal de Solna pour l'autopsie. Le bateau était toujours à quai au port de Sandhamn. Il devait être remorqué en cale sèche à la station de la police maritime pour une inspection plus approfondie.

Thomas et Peter avaient réquisitionné une salle de conférences d'hôtel pour effectuer à la hâte les auditions préliminaires des témoins présents à bord de l'*Emerald Gin*.

« Personne ne semble avoir vu ou entendu grand-chose. Selon Fredrik Winbergh, l'homme d'équipage qui se trouvait auprès de Juliander au moment du coup de feu, tout s'est passé très vite : c'était le départ de la course puis, l'instant d'après, la victime s'est effondrée sous ses yeux.

— Winbergh peut-il être le meurtrier ? demanda Margit.

— Nous ne pouvons exclure aucune hypothèse pour le moment, dit Thomas. Mais il y avait bien quinze personnes à bord, dont plusieurs se trouvaient à proximité du cockpit au moment du départ.

— Il est donc peu vraisemblable que l'un d'eux ait sorti un pistolet au vu et au su des autres, dit Margit en répondant à sa propre question.

— Il aurait été plus malin d'attendre un quart de nuit, ou d'être revenu à terre, glissa Erik. Pourquoi se compliquer la vie ?

— Nous avons saisi les vêtements des membres de l'équipage pour chercher des traces de poudre ou d'autres signes indiquant l'utilisation d'une arme à bout portant, dit Thomas.

— Quelle alternative ? observa Margit. Le meurtrier se trouvait à bord d'un autre bateau ? Un des concurrents, peut-être ? »

Thomas hocha la tête.

« Dans ce cas, autant chercher une aiguille dans une botte de foin. »

Thomas ne pouvait qu'abonder dans le sens de Margit. Il aurait été physiquement impossible de contrôler les centaines d'embarcations présentes dans la zone à ce moment-là. Le meurtrier pouvait avoir tiré depuis n'importe laquelle.

Il se replongea dans son carnet.

« Winbergh a d'abord cru que Juliander avait eu une attaque, reprit-il. Jusqu'à ce qu'il voie le sang sur sa poitrine. Mais même alors il n'a pas vraiment compris qu'on lui avait tiré dessus.

— Et du côté des spectateurs ? demanda Margit. Est-ce que quelqu'un a vu ce qui s'est passé ? »

Thomas secoua la tête.

« Pas directement. Nous avons parlé brièvement avec des témoins présents à bord d'un yacht où se trouvaient de nombreux membres du club nautique KSSS. Ils étaient tout près de la ligne de départ quand Juliander a été abattu. Nous procéderons demain à leur audition complète, nous n'avions pas le temps aujourd'hui. » Il consulta ses notes. « L'épouse de la victime, Sylvia, se trouvait à bord. Elle était si choquée qu'il n'a pas été possible de l'entendre. Il y avait aussi un certain Hans Rosensjöö et sa femme.

— Ce n'est pas le président du club nautique ? fit le Vieux.

— Exact. Il est directeur de banque. Sa femme se prénomme Britta. D'après ce qu'il nous a dit, il était surtout occupé à regarder la forme de la voile au moment du départ, pas ce qui se passait dans le cockpit.

— Qui y avait-il d'autre ? s'enquit Margit.

— Voyons voir, dit Thomas. Un autre couple, Ingmar et Isabelle von Hahne.

— Du beau linge, bien sûr, grommela le Vieux.

— Le propriétaire du yacht est un dénommé Axel Bjärring, médecin de son état, continua Thomas sans se laisser interrompre. Il y avait aussi sa femme, Lena. C'est elle qui est montée à bord du Swan et a constaté que Juliander était bel et bien mort. Leur fille, une ado, était avec eux. À en juger par le nombre de cadavres de bouteilles abandonnés sur la table, la compagnie n'était pas tout à fait à jeun.

— Que savons-nous de plus sur la victime ? dit Margit. Je l'ai vu plusieurs fois à la télé. Il était assez connu.

— C'était le favori de la course, répondit Thomas. D'après Winbergh, il avait participé plus de quinze fois au Tour de Gotland. Cette année, il étrennait un nouveau voilier acheté en Finlande : il avait tout misé pour gagner. C'était une huile du club nautique KSSS, une personnalité du monde de la voile.

— Des ennemis ? demanda Erik.

— Un avocat aussi en vue en avait forcément, dit Thomas. La question est juste de savoir si c'est l'un d'eux qui a fait le coup.

— Quand même, ce n'est pas courant qu'on assassine les avocats, remarqua Margit. Et le mode opératoire est pour le moins spectaculaire. Dans le genre voyant, on ne fait pas mieux. »

Kalle, qui n'avait rien dit jusqu'alors, approuva d'un grognement.

« Existe-t-il un mobile évident ? » s'enquit le Vieux.

Thomas secoua la tête. L'enquête avait à peine commencé. Mais on pouvait toujours spéculer.

« Amour, haine ou argent, murmura Margit.

— Et que nous disent les légistes ? interrogea le Vieux, changeant de sujet.

— Nous sommes prioritaires, dit Margit avec une note de satisfaction dans la voix. Ils auront peut-être le temps de s'occuper de lui dès mardi. »

Elle jeta un coup d'œil à Thomas, qui la félicita d'un hochement de tête. Il savait que Margit avait dû insister pour accélérer la procédure.

Depuis l'enquête criminelle de l'été précédent, Thomas et Margit formaient une sorte de tandem. Ils avaient appris à se connaître et découvert qu'ils se complétaient bien dans le travail de longue haleine d'une enquête criminelle.

Thomas l'écoutait patiemment quand elle se plaignait de ses deux filles et de leurs constantes disputes. De son côté, Margit gardait Thomas à l'œil en essayant de l'empêcher de se tuer au travail.

« Dès que ce sera possible, nous irons parler à la femme de Juliander, affirma Thomas. Nous devons également entendre ses collègues du bureau d'avocats, et la direction du club nautique. Ils sont tous à Sandhamn en raison de la course : nous y retournons demain matin. » Il se tourna vers Carina. « Appelle la télévision pour leur demander tous les rushs de leurs reportages. Ça donnera peut-être quelque chose.

— D'accord, dès qu'on a terminé. »

Le Vieux semblait soucieux, comme s'il venait de prendre une décision difficile.

« Cette fois, j'ai l'intention de demander au directeur de la police régionale de nommer un attaché de presse. Il nous faut quelqu'un pour canaliser les médias, sinon on ne pourra pas travailler tranquillement. Cette affaire, c'est du lourd, ne l'oubliez pas. »

Personne n'y trouva rien à redire. Le souvenir désagréable de l'été passé et les gros titres qui claironnaient déjà partout la nouvelle donnaient raison au Vieux.

« Et ceux de la criminelle ? dit Margit. On les met dans le coup ?

— Pour le moment, on lave notre linge sale en famille. »

Une réponse concise.

« Bon, dit le Vieux. Margit et Thomas, vous êtes responsables de l'enquête. Margit reste en contact avec le procureur. Je ne sais pas encore qui a été nommé. Kalle et Erik vous assistent, ça a bien marché l'été dernier. »

Il laissa son regard aller de Margit à Thomas avec ce qui ressemblait à un sourire ironique.

« Remettre vos vacances à plus tard encore cette année, vous n'avez rien contre ? Et un séjour de rêve à Sandhamn, un ! »

Margit, qui, en plus de ces trois semaines, avait aussi en vue un voyage aux îles Canaries au mois d'août, lui sourit à son tour, imperturbable.

6

Il faisait dans la pièce une chaleur étouffante, et pourtant il était vingt heures passées. L'orage grondait au loin.

Hans Rosensjöö sortit un mouchoir en coton blanc et s'épongea discrètement le front. Son polo lui collait déjà au dos alors qu'il venait de se doucher.

Le fauteuil à sa gauche, où le vice-président du conseil d'administration aurait normalement dû s'asseoir, était vide.

Autour de la longue table dressée à la hâte siégeaient onze membres du conseil sur quinze. Pas si mal pour une réunion d'urgence, songea Rosensjöö. D'un autre côté, la plupart d'entre eux étaient déjà à Sandhamn pour la régate. C'était la principale compétition organisée par le club nautique, et une importante source de revenus.

Hans Rosensjöö se souvenait, enfant, d'avoir accompagné son père à Sandhamn pour assister à la remise des prix de la course autour de Gotland. À l'époque, c'étaient de magnifiques voiliers en acajou. Ils portaient des noms distingués, comme *Aurore*, *Barracuda* ou *Béatrice*. Aujourd'hui, ils étaient tous baptisés d'après leurs sponsors, Ericsson, Volvo et consorts. Hans Rosensjöö ricana tout seul – des noms de voiliers, ça ?

Au bon vieux temps, des banquettes de velours rouge sombre ornaient les carrés où flottait une vague odeur de cigare. Les dîners à trois plats suivis d'un petit digestif étaient la norme. Sans oublier les vins fins.

De nos jours, les grands voiliers qui font la course autour du monde sont surtout des coquilles vides, songea Hans Rosensjöö. Il n'y a même pas de couchettes pour tout le monde, puisqu'on se relaie pour dormir.

Dans l'après-guerre, on naviguait au chronomètre, à la sonde et en se repérant aux étoiles. Quel contraste avec les bateaux de course d'aujourd'hui, bourrés d'électronique, avec leurs voiles design. L'informatique embarquée valait celle d'un avion. Il n'y avait pas de limites à ce qu'un ordinateur pouvait faire.

Sauf remplacer un navigateur expérimenté.

À l'heure actuelle, la course autour de Gotland était devenue un événement important avec des millions de couronnes en jeu. Le jour du départ, le premier dimanche après la Saint-Jean, tout le monde de la voile tournait les yeux vers Sandhamn. Les invités des sponsors, les touristes et autres passionnés affluaient. Yachts de luxe et petits hors-bord se pressaient autour de la zone de départ. Tous voulaient participer à cette fête populaire, que ce soit en sablant le champagne ou en dégustant un simple sandwich au fromage.

Fête populaire. Aujourd'hui, l'expression semblait une mauvaise plaisanterie.

Hans Rosensjöö était accablé par cet événement tragique. Malgré son désespoir, il avait pourtant passé la journée à gérer le chaos qui avait suivi, avec la détermination qui le caractérisait. Le téléphone n'avait cessé de sonner. Quand ce n'était pas un journaliste, c'étaient des membres ou des permanents du club, choqués, qui venaient aux nouvelles.

Rosensjöö était de la vieille école. Droit dans ses bottes, il avait fait sienne l'ancienne devise royale : « Le devoir avant tout. » Il avait atteint le grade de capitaine de réserve dans la marine, était estimé comme une personne efficace, honnête et d'une grande moralité. Directeur de banque, il avait loyalement servi ses patrons successifs. Il allait bientôt prendre sa retraite.

Il n'aurait en aucun cas imaginé que les derniers mois de sa présidence du club nautique seraient entachés par le meurtre de sang-froid de son successeur.

Il ne s'était jamais senti aussi impuissant et mal à l'aise en ouvrant une réunion. Il saisit le vénérable maillet et l'abattit sur la table. La séance était ouverte. À sa droite, siégeait le secrétaire et second vice-président, Ingmar von Hahne. Devant lui, un bloc neuf et deux crayons fraîchement taillés. Il baissait la tête, le regard fixé sur le papier blanc. À son petit doigt luisait une chevalière marquée de son blason.

Voici un homme dont le plus grand talent est d'être bien né, se dit avec aigreur Rosensjöö. Personne n'égalait Ingmar pour faire la conversation aux dames lors d'un dîner. Personne ne dansait avec autant de classe. Il était le favori de la reine lors des grandes réceptions. Mais il n'avait pas la carrure pour succéder à Oscar.

Hans Rosensjöö laissa son regard glisser autour de la table jusqu'à Martin Nyrén, le président de la commission financière, occupé à griffonner sur son bloc. À côté de lui, Arvid Welin. Un homme corpulent qui dirigeait un des comités du club et était connu dans le monde de la finance. Ils avaient tous deux le visage fermé.

Hans Rosensjöö se racla la gorge.

« Je vous propose de commencer par une minute de silence en mémoire de notre camarade Oscar Juliander », dit-il en baissant le regard.

Il laissa s'écouler quarante-cinq secondes, cela suffirait bien.

« Merci à tous d'être venus si vite, commença-t-il. Nous sommes face à une situation totalement imprévue. »

Il se tut, cherchant quelques instants les mots justes :

« Notre premier souci doit être la compétition en cours et la réputation du club. Il va nous falloir prendre un certain nombre de décisions. »

Il se racla à nouveau la gorge.

« Nous sommes tous d'accord pour poursuivre la régate ? Pour honorer la mémoire d'Oscar en la menant à son terme ? »

Tous approuvèrent d'un hochement de tête. Personne d'autre n'avait encore pris la parole. Le silence le gênait sans qu'il sache pourquoi.

« Je crois que c'est ce qu'Oscar aurait voulu », ajouta-t-il d'une voix sourde.

Il respira profondément en regardant les membres du conseil d'administration.

« Et je n'ai pas besoin de vous dire qu'il nous faut faire tout notre possible pour collaborer avec la police.

— Monsieur le président », l'interrompit Arvid Welin. Son front était luisant de sueur. « Qui va-t-on choisir à présent comme président lors de notre réunion de septembre ? Oscar était votre successeur désigné, n'est-ce pas ? Et vous ne pouvez pas vous représenter. »

Hans Rosensjöö sentit l'irritation le gagner. Arvid était tellement formaliste. Quelle importance, un jour comme celui-ci ?

« Nous trouverons une solution, conclut-il en balayant l'objection d'un revers de la main. Chaque chose en son temps. »

Il avait sept ans la première et unique fois où il rentra en pleurant de l'école à l'heure du déjeuner. Il venait d'intégrer l'école primaire Broms du quartier chic d'Östermalm, non loin de l'appartement de prestige situé à quelques centaines de mètres de la place Karlaplan.

Désespéré, il se jeta dans les bras de sa mère quand elle ouvrit la porte. Son petit corps était secoué de sanglots.

Soudain, il vit son père dans le hall. Il se figea. Pourquoi Père était-il rentré déjeuner ?

La grande silhouette en costume sombre baissa vers lui un regard désapprobateur.

« Pourquoi pleures-tu, mon garçon ? » Sa voix était froide et distante.

Entre deux sanglots, il tenta de lui expliquer qu'un des grands lui avait pris sa plus belle bille, en verre bleu, dans la cour de récréation.

« Et toi, qu'est-ce que tu as fait alors ? » demanda le père.

Il bégaya qu'il était parti. Ça ne servait à rien de tenir tête à Wille Bonnevier, qui était deux classes au-

dessus de lui. Il avait quitté la cour de récréation sans demander son reste.

La gifle lui fit presque perdre l'équilibre. Le choc coupa net ses larmes.

Une grande marque rouge s'étalait sur sa joue gauche. Personne ne dit mot.

Il chercha le regard de sa mère, mais elle détourna les yeux. Sur le seuil de la cuisine se tenait sa chère nourrice, Elsa, mais elle n'osa pas protester.

Quand le directeur était de cette humeur, tout le monde se taisait.

Elsa se tordait les mains. Voir le petit garçon trembler ainsi devant son père lui brisait le cœur.

« Maintenant, tu vas retourner à l'école et reprendre ta bille. Dans notre famille, on n'accepte pas ça. N'oublie pas qui nous sommes. Et cesse de pleurer immédiatement.

— Oui, Père », murmura-t-il.

Il baissa la tête et renfila son manteau. Il chercha une nouvelle fois en vain le regard de sa mère. D'un pas lent, il redescendit l'escalier de marbre vert et poussa la lourde porte.

La peur de contrarier son père était plus grande que sa crainte des élèves plus âgés.

Il était malade de terreur en allant réclamer sa bille, mais il la récupéra. Wille était-il surpris qu'on lui résiste, ou s'était-il désintéressé de son butin ? Il ne le sut jamais.

Son père ne demanda pas à voir la bille en rentrant.

Cette nuit-là, il fit à nouveau pipi au lit.

7

Le ferry rouge venait juste de quitter le quai de Stavsnäs quand Thomas et Margit arrivèrent en courant du parking bondé. Ils avaient à grand-peine réussi à caser la Volvo de Thomas sur une place minuscule à l'extrémité opposée. Aucun doute : c'était la haute saison. Les voitures des vacanciers de l'archipel sud se serraient par centaines.

Le pilote les aperçut et eut pitié d'eux. Il abandonna sa marche arrière et revint à quai pour leur permettre de sauter à bord.

« Merci », haleta Thomas avec un signe de tête.

Ils descendirent s'asseoir à une table à demi pleine dans le salon des voyageurs. Thomas alla prendre deux billets au petit guichet qui faisait aussi office de cafétéria. Une odeur alléchante montait du gril et Thomas sentit combien il avait faim.

« Qu'est-ce qui sent si bon ? demanda-t-il à la femme joviale installée derrière le comptoir.

— Des toasts. Vous en voulez un ? Ils sont vraiment bons, sans fausse modestie. »

Elle lui tendit une assiette pour qu'il puisse constater par lui-même.

Thomas se laissa convaincre sans difficulté. Il en commanda un pour lui et un autre pour Margit. Et pourquoi pas aussi deux petites bières ? Il rejoignit sa collègue avec les bouteilles et les verres.

« Tiens, dit Thomas en lui tendant la carte plastifiée qui attestait qu'il avait payé le voyage de Margit jusqu'à Sandhamn.

— Tu as demandé une facture ? demanda-t-elle d'un air innocent.

— Figure-toi que j'y ai pensé, pour une fois. Mais tu fais bien de me poser la question. »

L'incapacité notoire de Thomas à tenir les comptes de ses frais et à fournir ses justificatifs était un sujet de plaisanterie parmi ses collègues.

Il entendit soudain une voix familière.

« Mais qui voilà ? Thomas ? Comment ça va ? »

Thomas leva les yeux et reconnut un de ses voisins de Harö, Hasse Pettersson. Le visage tanné, dans les soixante-dix ans, il passait depuis sa retraite le plus clair de son temps sur l'île de Harö, où il avait grandi. Son jean élimé avait une grande tache de graisse sur une cuisse. Pettersson était incollable sur les moteurs. Une sorte de pro qui vous dépannait volontiers en cas de problème. Sans faire de facture, bien entendu.

« Salut Pettersson. » Thomas alla lui serrer la main. « Comment ça va ?

— Bien, merci. Alors, bientôt les vacances ? J'ai croisé ton paternel il y a quelques jours à peine. Il disait que tu n'allais pas tarder.

— Pas vraiment, non. » Thomas secoua la tête. « Je vais à Sandhamn. En service. Tu as dû entendre parler de l'assassinat, hier ? Nous allons auditionner des témoins.

— Ah oui, Oscar Juliander. L'avocat. » Pettersson fit la moue. « En ce qui me concerne, ce n'est pas une grosse perte. Une belle ordure, ce Juliander. »

Il hocha la tête pour souligner son propos, se glissa une chique sous la lèvre et s'assit à leur table avec sa tasse de café.

« Vous l'avez rencontré ? demanda Margit.

— Plusieurs fois. Il a même tenté de me rouler. Et pas qu'à moitié, en plus. »

Pettersson ricana et fourra son tabac à chiquer dans la poche arrière de son pantalon. Il était visiblement un gros consommateur : son index droit avait une légère couleur de nicotine et la chique s'était incrustée sous l'ongle.

« Comment ça, vous rouler ? » dit Margit, en entamant le toast qu'on venait d'apporter. Elle y mordit à nouveau alors qu'elle avait encore la bouche pleine. C'était vraiment bon.

« Il a essayé de m'acheter un terrain. Sur l'île de Runmarö. En zone inconstructible à cause de la loi de protection du littoral, il ne valait pas grand-chose. Il m'a contacté en proposant de le racheter pour une bouchée de pain.

— Mais pourquoi donc ? dit Thomas.

— Il le voulait pour le bois.

— Pour le bois ? s'étonna Margit.

— Oui, pour couper du bois, expliqua Thomas.

— Et ensuite ? voulut savoir Margit.

— Je m'en vais vous le dire. Il s'est avéré que la commune avait malgré tout l'intention de délivrer quelques permis de construire. Si j'ai bien compris, quelqu'un était allé se plaindre au niveau de l'Union européenne. Sans doute un petit malin qui ne supportait pas d'avoir un terrain en bord de mer dont il ne pouvait rien faire.

— Le conseil communal ne devait pas avoir prévu le coup », dit Thomas.

Pettersson s'essuya la bouche du revers de la main et secoua la tête.

« Constructible, ce terrain valait des millions, continua-t-il. Pas les cent cinquante mille balles que proposait Juliander. »

Il se tourna pour cracher sa chique dans la poubelle en plastique gris à côté de son siège. Sans cligner des yeux, il sortit son tabac à chiquer et s'en fourra une nouvelle sous la lèvre. Il acheva l'opération en avalant le reste de son café.

« Tu as fini par le lui vendre ? » demanda Thomas.

Pettersson sourit, content de lui.

« J'ai failli. Mais heureusement, mon gamin a trouvé qu'il y avait anguille sous roche.

— Je veux bien le croire, dit Margit.

— Oui. » Pettersson s'esclaffa. « "Pourquoi un citadin, un riche avocat, voudrait-il se mettre à couper du bois ?" Voilà ce qu'il s'est demandé, mon gamin. Donc il est allé causer à un pote qui bosse à la commune, qui lui a raconté ce qui se tramait. Alors, comment dire, ça m'a fait passer l'envie de faire affaire avec cet animal.

— Et il a abandonné ? » s'enquit Margit.

Pettersson secoua à nouveau la tête.

« Il a tenté toutes sortes de combines. Il a commencé par prétendre que nous avions conclu le marché. Puis qu'un contrat oral, comme il disait, avait autant de valeur qu'un document écrit. Il a fini par augmenter son prix et me proposer un demi-million, comme ça, au débotté. Mais je n'en ai pas voulu. Je l'ai prié d'aller se faire voir ailleurs. Après ça, je n'ai plus entendu parler de lui.

— Et il s'est fait tirer dessus », conclut Margit.

Le vieux ricana.

« Il a peut-être essayé de rouler quelqu'un qui avait la dent plus dure que moi. »

« Et nous y revoilà, dit Margit avec un demi-sourire en débarquant à Sandhamn. On prend les mêmes et on recommence ? »

Elle embrassa du regard le port où se serraient bateaux à voile et à moteur. Comme d'habitude, le kiosque affichait en grand les manchettes des journaux du soir.

Le meurtre de la régate faisait les gros titres. Les journalistes spéculaient à cœur joie sur la mort du célèbre avocat.

Le temps avait beau tourner à la pluie, la rue commerçante était animée. De nombreux touristes se pressaient dans les boutiques sous l'œil de quelques retraités qui reposaient leurs jambes, assis sur des bancs.

Aussi loin qu'il se souvienne, Thomas avait toujours vu sur ces bancs de vieux habitants de l'île occupés à commenter les allées et venues. Ils faisaient autant partie du paysage que les bateaux blancs de la compagnie Waxholm. Un instant, le temps se figea et Thomas se revit, enfant, attendant impatiemment que son père ait fini de bavarder avec un de ces petits vieux.

« Allez, viens, dit-il en se dirigeant vers l'hôtel des Navigateurs. Ils ont mis une salle de conférences à notre disposition. Autant commencer sans perdre de temps. Si on veut auditionner tout le monde, on en a au moins pour la journée. »

8

La salle de conférences tout en longueur était banale, mais sa vue digne d'un tableau s'étendait à des dizaines de kilomètres vers l'est.

Thomas et Margit s'étaient installés d'un côté de la table. En face d'eux, une chaise pour leurs visiteurs.

Hans Rosensjöö, qui venait de s'en aller, avait en gros confirmé les déclarations faites à Thomas lors des brèves auditions de la veille. Tous ceux qui se trouvaient à bord du Storebro de Bjärring au moment du coup de feu racontaient à peu près la même histoire. Et comme eux, Hans Rosensjöö était incapable de se souvenir précisément quels bateaux se trouvaient à proximité de l'*Emerald Gin* au moment du départ. Ses déclarations trahissaient un état de choc. Et probablement aussi un certain taux d'alcoolémie.

Le départ de la course ayant lieu au large, le meurtrier devait se trouver à bord d'un bateau. Celui de Juliander ou un autre. Cela, au moins, était certain.

Thomas tendit le bras vers une bouteille d'eau minérale quand une idée lui traversa l'esprit : si l'on parvenait à obtenir des témoignages précisant l'angle de la balle qui avait tué Juliander, il serait alors possible de limiter le nombre de bateaux depuis lesquels le meurtrier était susceptible d'avoir tiré. Cela permettrait de concentrer les recherches sur un secteur en particulier.

Soudain de meilleure humeur, Thomas adressa un sourire aimable à Britta Rosensjöö, qui venait d'entrer.

Elle avait l'air d'une institutrice effarouchée, convoquée chez le directeur pour une raison inconnue. Ses fins cheveux blonds striés de gris étaient coiffés au bol, ce qui ne lui allait pas très bien. La peau sèche et ridée de son visage hâlé trahissait de fréquents séjours en mer. Thomas lui donna la soixantaine, mais elle pouvait tout aussi bien avoir soixante-cinq ans, ou plus.

Britta Rosensjöö s'avança vers le siège encore chaud quitté par son mari et s'assit, hésitante.

« Que vous rappelez-vous de la journée d'hier ? Pouvez-vous nous raconter ? » commença Margit.

Les yeux de Britta Rosensjöö se remplirent aussitôt de larmes.

Thomas ne put s'empêcher de songer à sa tentative infructueuse de parler avec elle la veille. Elle était hystérique, comme Sylvia Juliander. Il espérait qu'elle se ressaisirait aujourd'hui, pour qu'ils puissent l'interroger correctement.

Elle sortit de sa poche un mouchoir brodé et essuya les larmes qui coulaient sur ses joues brunes.

« Voulez-vous un peu d'eau ? demanda gentiment Margit en lui tendant un verre plein.

— Excusez-moi, dit-elle. C'est juste que je n'arrive pas à réaliser qu'Oscar a été abattu sous nos yeux sans que nous puissions rien faire. Tout cela est trop horrible. » Les larmes menaçaient de plus belle, mais elle déglutit un bon coup et continua : « Je venais juste de photographier son magnifique voilier au moment où il franchissait la ligne de départ, quand cette chose horrible est arrivée. Incompréhensible. »

Elle essuya encore une larme avec son mouchoir.

Thomas, intéressé, se pencha en avant.

« Photographier ?

— Oui, j'ai souvent mon appareil sur moi quand j'accompagne Hans à ce genre d'événement. J'ai sûrement plusieurs douzaines d'albums photo de régates auxquelles nous avons assisté, depuis le temps.

— Est-il possible de voir ces photos ? » s'enquit Margit.

Britta sembla embarrassée.

« Ce serait volontiers, mais j'ai perdu mon appareil. Je dois l'avoir laissé quelque part. » Elle s'excusa d'un sourire. « Je suis parfois un peu tête en l'air. Mais il doit être ici, à l'hôtel des Navigateurs. Nous logeons au deuxième étage, dans une des suites qui donnent sur le port. Il se trouve sans doute dans mes affaires.

— Britta, dit Thomas d'une voix douce, nous aurions besoin de vous l'emprunter quelque temps, ou plutôt la carte mémoire, dès que possible. »

Britta Rosensjöö prit un air gêné.

« J'ai bien peur que ce ne soit pas un de ces appareils numériques modernes. C'est un bon vieux modèle à pellicule. Je n'arrive pas à me faire à toutes ces nouveautés, vous comprenez.

— Ce n'est pas grave. Dans ce cas, il nous faudrait le film. Cela nous serait d'une grande aide. Pourriez-vous chercher encore une fois, s'il vous plaît ? »

Britta hocha la tête sans rien dire.

« Vous avez fait d'autres photos ce jour-là ? demanda Margit.

— J'en ai pris pas mal. Surtout les grands voiliers. C'est tellement magnifique. Le spectacle était superbe cette année, jusqu'à ce que nous comprenions qu'Oscar était mort. » Elle se tut et poussa un profond soupir. « Je n'arrête pas de penser à cette pauvre Sylvia. Comment va-t-elle s'en sortir ? » Elle baissa la tête vers ses genoux tandis que ses yeux s'emplissaient à nouveau de larmes. Son petit mouchoir brodé était à présent trempé. « Je sais qu'Oscar avait ses défauts, mais je les connaissais, Sylvia et lui, depuis trente ans.

— Comment décririez-vous leur couple ? dit Margit.

— Ils étaient mariés depuis longtemps, ils ont eu trois enfants ensemble. » Sa voix mourut tandis que ses yeux s'égaraient vers la fenêtre. « Oscar négligeait peut-être parfois Sylvia.

— Que voulez-vous dire ? dit Margit.

— C'est qu'il était très souvent absent. Et pas toujours du genre à s'en tenir au strict cadre du mariage, si vous voyez ce que je veux dire. » Elle adressa à Margit un sourire gêné. « Je ne veux pas dire du mal d'un mort, mais Oscar était un homme à femmes. Ce n'était un secret pour personne. Il a eu plus d'une aventure.

— Sylvia était-elle au courant ? » dit Margit.

Britta détourna le regard.

« Je ne sais pas, finit-elle par répondre. Probablement. »

La jalousie pourrait donc être un mobile, pensa Thomas. Mais il faut qu'une femme soit vraiment en colère pour tuer son amant. Et dans ce cas, est-il courant qu'elle lui tire dessus ? Qu'elle l'abatte en pleine mer depuis un bateau ?

Thomas savait que sur les cent cinquante meurtres commis chaque année en Suède, à peine un sur dix était le fait d'une femme. L'arme la plus courante était le pistolet ou le couteau. Il s'agissait en général de légitime défense ou d'un moment d'égarement.

La plupart des meurtres commis par des femmes étaient liés à une situation de maltraitance durant souvent depuis des années et devenue si insupportable qu'il n'y avait pas d'autre issue. Ils étaient rarement prémédités. Il s'agissait plutôt d'un acte désespéré, un dernier recours.

Le mode opératoire et les circonstances allaient donc à l'encontre de l'hypothèse d'une maîtresse éconduite agissant sous le coup de la colère. Ou d'ailleurs d'une épouse bafouée.

Il doit plutôt s'agir d'une personne bien organisée, se dit Thomas. Un meurtrier fin tireur, qui a le pied marin et, surtout, dispose d'une arme et d'un bateau à moteur.

Et avec un sacré mobile, pour se donner tout ce mal.

9

« Où étais-tu passé ? » demanda Margit en voyant Thomas revenir dans la salle de conférences un long rouleau à la main. Après l'audition de Britta Rosensjöö, il avait disparu pendant dix minutes.

Elle regarda le rouleau.

« Qu'est-ce que c'est que ça ?

— Une carte marine. »

Il la déroula sur la table. C'était un grand document bleu et jaune. Thomas l'immobilisa au moyen de quatre bouteilles d'eau minérale.

Margit se pencha pour mieux voir. Elle était assez peu versée dans l'art de lire les indications nautiques.

« Qu'est-ce qu'on a sous les yeux ?

— La zone de départ de la régate. On m'a donné ça au bureau du port. Regarde, dit Thomas en indiquant un point situé vers le haut. Ici, tu as Sandhamn. Au sud-est, le phare de Revengegrundet. Devant, c'est le départ de la course.

— Au large, donc ?

— Exactement. » Il prit un crayon et traça deux petites croix. « Voici où était la ligne du départ le jour du meurtre de Juliander, continua-t-il. La croix de gauche indique le drapeau au vent, celle de droite le drapeau sous le vent. Les bateaux font tout leur possible pour remonter au vent au moment du départ.

— Pourquoi ?

— Pour mieux prendre le vent, qui arrive de ce côté. »

Margit hocha la tête, l'air pourtant encore un peu perplexe.

On frappa à la porte. Un homme aux cheveux gris passa la tête dans l'embrasure.

« Oh, pardon ! s'exclama-t-il. Je dérange ? »

Il resta immobile, attendant une réponse.

Thomas fit non de la tête et d'un geste l'invita à entrer.

« Pas du tout. Nous étions justement en train de consulter une carte marine de la zone du départ. Vous tombez à pic. »

Fredrik Winbergh entra dans la pièce. Il portait un jean et un polo bleu clair, avec un pull plus foncé sur les épaules. Derrière des lunettes cerclées de corne, son regard était vif et intelligent.

Il salua Thomas et Margit puis se pencha vers la carte étalée sur la table.

« Que puis-je faire pour vous aider ? » demanda-t-il timidement.

Il n'était plus aussi choqué que la veille, mais demeurait visiblement éprouvé. Ses yeux étaient légèrement gonflés.

Thomas le rassura d'un sourire.

« Je voudrais que vous notiez où vous vous trouviez exactement au moment du départ. Vous avez l'habitude d'évaluer les distances, j'imagine ? »

Fredrik Winbergh hocha la tête en prenant le crayon que lui tendait Thomas. Il se pencha et traça d'une main sûre un petit point à quelques millimètres seulement de la croix marquant le drapeau au vent. Puis il se tourna vers Margit et Thomas avec un sourire un peu triste.

« J'ai lu des cartes marines toute ma vie. J'étais le navigateur à bord. C'était comme ça qu'on fonctionnait : Oscar tenait la barre et moi je le guidais. Je pourrais calculer un cap les yeux fermés.

— Parfait, dit Thomas. Parce que maintenant, j'ai besoin que vous m'aidiez pour quelque chose de plus difficile. Vous souvenez-vous où vous étiez, très précisément, par rapport à Juliander ? »

Fredrik Winbergh hocha à nouveau la tête. Une ombre voila son regard, comme s'il revoyait la scène, son meilleur ami se faisant abattre sous ses yeux.

« J'étais à environ un mètre sur sa droite. Mais un peu en retrait, pas à côté.

— Vous en êtes certain ? demanda Margit.

— Quasiment, oui. Je me reposais le genou droit sur la banquette tribord. Une ancienne blessure du ménisque qui me fait parfois souffrir, par exemple pour parer les mouvements d'un bateau en mer. Dès que je peux, je me ménage.

— D'accord, fit Margit.

— Oscar était un peu tourné vers le drapeau au vent, continua Winbergh, il était concentré sur le départ, tandis que nous gardions un œil sur les autres bateaux pour éviter les collisions.

— Avez-vous la moindre idée du côté d'où a été tirée la balle ? demanda Thomas. Réfléchissez bien. Ce qui compte le plus, c'est l'angle par rapport à la ligne de départ et à votre position.

— Ce n'est pas si simple, murmura Fredrik Winbergh en examinant la carte marine. Mais je peux essayer. Sans garantie.

— Tout ce que vous pouvez vous rappeler est important pour nous, continua Thomas. Nous comparerons avec l'analyse des experts en balistique. Cela peut augmenter nos chances de trouver celui qui a tiré. » Il regarda attentivement Fredrik Winbergh puis montra sur la carte : « Nous étudions l'hypothèse d'un tir depuis un autre bateau. Jusqu'à présent, c'est la seule qui tienne la route. Mais quelle était sa position ? »

Thomas sourit pour l'encourager et Fredrik Winbergh ferma les yeux, comme pour recréer l'image de l'instant qui avait décidé de la mort de son ami. Puis il les rouvrit et étudia soigneusement la carte. Il saisit alors le crayon d'un geste décidé.

Sans trembler, il traça lentement à main levée une pyramide inversée, la pointe sur la position de l'*Emerald Gin*. La base de la pyramide s'évasait vers la droite, vers la zone réservée aux spectateurs.

Il reposa le crayon et regarda Thomas et Margit d'un air grave.

« Je ne peux pas faire mieux que ça, j'en ai peur. Mais le coup venait de la droite.

— Et pourquoi ? demanda Thomas.

— Je crois avoir entendu la balle siffler. Et à bâbord, sur notre gauche, donc, il n'y avait que les autres participants. Je ne peux pas imaginer que le coup ait été tiré par un concurrent.

— Parce que… ? glissa Margit.

— Pourquoi faire ça juste à l'instant du départ ? dit Winbergh. Devant tout l'équipage ? »

Thomas hocha la tête d'un air satisfait.

« Merci. Si cela correspond au rapport balistique, nous pourrons exclure les autres concurrents. Ainsi que les membres de votre équipage. Cela réduira nettement le nombre des suspects.

— Avez-vous des pistes ? » demanda Fredrik Winbergh. Son visage s'était quelque peu détendu en écoutant Thomas.

« Nous faisons de notre mieux, répondit Margit.

— Au fait, pourquoi ce nom, *Emerald Gin* ? » demanda Thomas au passage.

Fredrik Winbergh sourit un peu.

« C'est Oscar tout craché. Il adorait le dry martini, il en buvait par tous les temps. Savez-vous avec quel gin on fait le meilleur cocktail ? »

Thomas secoua la tête. Il préférait la bière.

« Le Tanqueray. Britannique, une bouteille verte.

— Bon… et alors ? répondit Thomas sans empressement.

— Oscar a passé un accord avec le fabricant. Ils nous sponsorisaient avec une voile, verte, bien sûr, et du gin à volonté. Le voilier a été baptisé *Emerald Gin* et sa coque peinte en vert. La couleur préférée d'Oscar, d'ailleurs.

— Je vois, dit Thomas.

— Comme ça, tout le monde était content, conclut Winbergh.

— Une dernière question, fit Margit. Savez-vous si Oscar avait des ennemis ? »

Winbergh secoua la tête.

« Pas que je sache. Mais dans sa profession, on s'en fait certainement. Et il avait aussi beaucoup d'histoires extraconjugales, il faut le reconnaître. Vous devriez chercher de ce côté-là.

— Sa femme était-elle au courant ? demanda Thomas.

— Difficile à dire. Oscar était discret, mais parmi ses amis, ce n'était un secret pour personne.

— Autre chose ? Réfléchissez bien, s'il vous plaît. Toute information est précieuse pour nous. »

Fredrik Winbergh, qui était jusqu'à présent resté penché au-dessus de la table, s'assit. Épaules basses, expression torturée.

Thomas et Margit échangèrent un regard.

« Dites-nous ce que vous savez, lui enjoignit Margit. Pour retrouver l'assassin, nous avons besoin d'en savoir le plus possible sur Oscar. »

Winbergh semblait encore hésitant, puis il parut se décider.

« Je crois qu'Oscar était mêlé à une affaire un peu louche.

— Qu'est-ce qui vous fait dire ça ? demanda Margit.

— Il semblait si inquiet ces derniers temps... Débordé. Bien sûr, Oscar était toujours au four et au moulin, mais je ne l'avais jamais vu speedé comme ça. Au point que je me demandais s'il ne prenait pas...

— Prenait pas quoi ? » dit Thomas. Il ne voulait pas prononcer le mot à la place de Winbergh.

« Je ne sais pas. Des drogues, peut-être. » Fredrik Winbergh semblait gêné.

« Des drogues ? Vous pensez à quoi ? »

Winbergh haussa les épaules, hésitant.

« Oscar ne crachait pas sur la bouteille. Mais je l'ai assez souvent vu éméché pour dire que les fois auxquelles je pense, ce n'était pas à cause de l'alcool.

— Comment pouvez-vous en être aussi sûr ?

— Il y avait quelque chose de changé dans sa personnalité, lorsqu'il buvait, il était différent. » Winbergh se passa la main dans les cheveux, l'air inquiet. « Il devenait encore plus Oscar, comment dire… Terriblement bavard, plus dominateur que jamais. Presque fou. Et puis…

— Et puis ? » l'encouragea Margit. Elle se pencha par-dessus la table et le fixa du regard pour qu'il ne puisse pas se dérober.

« Je ne sais pas… Je me fais peut-être des idées, mais il y a quelque chose qu'il a dit un soir que nous étions tous les deux dans le cockpit de l'*Emerald Gin.* » Il se tut quelques instants. « Quelque chose sur ce que ça coûtait de maintenir à flot ce rafiot. Et avec tous les frais qu'il avait, il allait falloir songer à trouver d'autres sources de financement que celles préconisées par la loi.

— Et ça vous a marqué ? » dit Margit.

Fredrik Winbergh hocha la tête avec réticence, comme dégoûté par ce qu'il venait de dire. Et pourtant, il ne put s'empêcher de continuer.

« Justement parce que ça ne lui ressemblait pas.

— Comment ça ? dit Margit.

— Il était avocat. Il en avait vu des vertes et des pas mûres. Il était intarissable quand il racontait ce que les gens arrivaient à inventer pour échapper au fisc ou aux créanciers. Qu'il puisse ne serait-ce qu'envisager de faire pareil était très étrange. Je ne le reconnaissais pas du tout.

— Et que s'est-il passé alors ? demanda Thomas.

— Rien, dit Fredrik Winbergh. Il était tard, nous avions pas mal bu. Le lendemain, c'était oublié. Mais aujourd'hui…, fit-il avec un geste d'impuissance.

— Aujourd'hui vous vous en souvenez, souffla Margit.

— Oui. Depuis hier, je n'arrive pas à me l'ôter de la tête. Avait-il trempé dans une malversation qui aurait poussé quelqu'un à vouloir le tuer ? » Il regarda Margit et Thomas avec des yeux de chien battu, déchiré entre sa loyauté envers un vieil ami et son désir d'aider la police à trouver son assassin. « J'ai navigué presque trente-cinq ans avec Oscar. Depuis que nous étions étudiants. Et il est littéralement mort entre mes bras. » Sa voix se brisa, et Fredrik Winbergh serra les poings pour ne pas perdre le contrôle. « Il était là, à la barre, plein de vie, un grand sourire aux lèvres. Invincible. Puis il s'est effondré, comme ça, devant moi. Vous imaginez ? » Il fixa Thomas en frappant du poing sur la table. « Je ne me suis jamais senti aussi impuissant. Est-ce que vous pouvez comprendre ? »

Thomas croisa son regard.

Il avait tenu le corps sans vie de sa fillette de trois mois sans rien pouvoir faire.

Il comprenait exactement.

10

Les époux von Hahne attendaient leur tour. Pendant que Thomas et Margit faisaient une pause, on avait débarrassé les bouteilles et les gobelets vides. Ouvrir les fenêtres n'avait pas servi à grand-chose : il faisait encore chaud et humide dans la pièce, Thomas sentait son T-shirt lui coller au corps.

Ingmar von Hahne, lui, semblait imperturbable dans sa chemisette et son bermuda impeccablement repassés. Beau parleur, il commença par présenter son métier de marchand d'art spécialisé dans la peinture du début vingtième. Il n'arrêtait pas de rejeter de côté la frange blonde qui s'obstinait à tomber sur son front.

« Vous connaissiez bien Oscar Juliander ? demanda Thomas.

— Assez bien. Nous fréquentions les mêmes cercles, nous fêtions par exemple la Saint-Jean ensemble. Nous avons également siégé tous les deux plusieurs années au bureau du club nautique KSSS. » Il avait la prononciation légèrement traînante typique de la haute société.

« Savez-vous si quelqu'un était susceptible de lui en vouloir ?

— Je ne vois pas, non. Oscar était apprécié, extraverti et engagé. Mais on ne sait jamais avec le métier d'avocat, il y a bien des façons de marcher sur les pieds des gens.

— Parlez-nous de votre engagement au sein du KSSS, dit Margit.

— Ah, c'est une longue histoire, commença Ingmar von Hahne avec un sourire aimable. Mon père était très actif au sein du club. Il en a été le vice-président. À l'époque, on portait toujours l'uniforme marin et on se donnait du "cher confrère". » Il fit un clin d'œil à Margit. « Ma famille a toujours eu un voilier. J'ai commencé les régates tout gamin. On pouvait toujours vomir quand ça secouait, il n'y avait qu'à serrer les dents et continuer la course. Mon père n'était pas du genre à abandonner. » Il secoua légèrement la tête à l'évocation de ce souvenir. « Il y a bien longtemps, on m'a demandé de siéger dans une commission, et voilà, de fil en aiguille… Chacun son fardeau. »

Cette dernière phrase avait un ton un peu insolent, presque comme s'il se moquait d'eux.

« Et vous êtes aujourd'hui secrétaire et second vice-président, dit Margit.

— Oscar était le premier vice-président.

— Alors vous voilà peut-être le successeur désigné de Hans Rosensjöo », glissa Thomas.

Ingmar von Hahne haussa les épaules.

« L'assemblée générale va bientôt avoir lieu, et Hans ne peut plus se représenter. Je ne cours pas après, mais si on me le demande, je répondrai présent. Dans de telles circonstances, chacun doit apporter sa pierre à l'édifice, n'est-ce pas ? »

Il ôta un imperceptible grain de poussière de sa chemise et se cala au fond de son siège.

Isabelle von Hahne adressa un sourire aimable à Margit et Thomas en entrant dans la pièce. De grosses lunettes de soleil noires retenaient ses cheveux blonds. De lourds bracelets d'or tintaient à son poignet droit.

Une grosse cylindrée, pensa Thomas.

« Que puis-je faire pour vous ? dit-elle en s'asseyant en face d'eux.

— Voulez-vous quelque chose à boire ? » commença Margit.

Isabelle von Hahne hocha la tête, et Margit lui servit un verre d'eau minérale.

« Pouvez-vous nous parler de la journée d'hier ? Vous étiez parmi les spectateurs à bord d'un des bateaux les plus proches de celui de Juliander au moment du coup de feu, dit Margit.

— Oui, quelle terrible journée ! Je veux dire, à cause du meurtre d'Oscar. Mon mari et moi – il est secrétaire du KSSS – étions avec les Bjärring pour regarder le départ. Nous le faisons depuis des années, c'est devenu une sorte de tradition. On mange bien, on boit un peu de vin. »

Elle ferma les yeux, comme si elle se rendait compte que son récit présentant la journée de la veille comme une charmante excursion en mer était un peu déplacé, vu les circonstances.

« Et puis cette chose horrible s'est produite, ajouta-t-elle.

— Vous souvenez-vous précisément du moment du départ ? » dit Margit.

Isabelle von Hahne but une gorgée d'eau tandis qu'elle rassemblait ses souvenirs.

« Je me souviens. Toute l'attention était concentrée sur les bateaux, rangés sur la ligne. Je suis certaine que nous n'avions pas commencé à manger, nous comptions le faire après le départ de la première catégorie. Lena avait sorti un bon vin italien que nous venions juste de goûter. Quelques-uns avaient des jumelles pour mieux voir. » Elle se tut et fit tourner son alliance autour de son doigt. « Oscar venait d'acheter un beau Swan flambant neuf, et tout le monde attendait avec impatience de voir s'il serait le premier à franchir la ligne du départ, continua-t-elle. C'est, ou plutôt c'était un battant. Cette année, il avait mis toutes les chances de son côté pour remporter la coupe. Il ne parlait que de ça, ces derniers mois. »

Elle eut un petit sourire nostalgique.

« Où vous trouviez-vous au moment du départ ?

— Avec tous les autres, sur le pont supérieur. C'est assez grand, avec une table au milieu. On a une vue magnifique, de là-haut. On y est très confortablement installé, même nombreux. On passait un bon moment, tout le monde était de bonne humeur, on plaisantait, on riait.

— Vous n'avez pas bougé de là ? dit Thomas.

— Non. Sauf pour aller aux toilettes, bien sûr.

— Pouviez-vous voir le Swan de Juliander de là-haut ?

— Bien entendu. On voyait parfaitement la ligne de départ.

— À quelle distance en étiez-vous ? »

Elle réfléchit en étudiant ses ongles manucurés.

« Soixante-dix, quatre-vingts mètres. Peut-être cent. Difficile d'être sûre.

— Vous souvenez-vous d'autre chose ? demanda Margit.

— Oscar était très bien positionné, ça je m'en souviens. Mais j'admirais aussi tous les autres voiliers. Ils sont magnifiques !

— Quand avez-vous compris que quelque chose s'était passé ? » fit Margit.

Isabelle von Hahne but une autre gorgée d'eau. Elle fronça les sourcils.

« Ça doit être quand l'*Emerald Gin* s'est couché sous le vent et a cessé d'avancer. On ne comprenait pas pourquoi il ne franchissait pas la ligne.

— Et qu'avez-vous fait, alors ? dit Margit.

— Axel a fait demi-tour pour voir de plus près. Puis il s'est dirigé vers le bateau de police qui était dans les environs. À bord duquel vous étiez, si je ne me trompe pas ? »

Elle se tourna vers Thomas, qui opina du chef.

« Et qu'avez-vous pensé à ce moment-là ? dit Margit.

— Ce que j'ai pensé ? » répéta Isabelle von Hahne. Se tenant le menton d'une main, elle appuya le coude sur la table.

Thomas l'observa attentivement.

« Je ne sais pas bien, répondit-elle, hésitante. Je me suis sans doute dit qu'il devait y avoir eu une avarie. Un problème de gouvernail ou de voile. Quelque chose qui perturbait la course. » Elle se redressa et regarda Thomas dans les yeux. « Même dans le pire cauchemar, je n'aurais pas pu imaginer qu'on ait tiré sur Oscar. »

11

Le cognac coula lentement dans le verre en cristal. Quand il fut à demi plein, Martin Nyrén reposa la lourde bouteille dans le bar. Après une longue journée passée pendu au téléphone avec des collègues et des connaissances du club nautique, il avait bien mérité quelque chose de fort.

En qualité de président de la commission financière, il avait appelé tous les membres du club pour les informer du meurtre d'Oscar Juliander. La nouvelle figurait bien sûr déjà dans les journaux, mais il était de bon ton de les mettre au courant personnellement.

Martin Nyrén frissonna.

Quel esprit tordu avait bien pu imaginer ça ? Abattre quelqu'un en pleine heure de gloire.

Il regrettait à présent de n'avoir pas pris ses vacances au 1er juillet comme la plupart. Il s'était dit qu'il serait agréable de rester au calme quelques semaines de plus pour se débarrasser tranquillement des dossiers en attente. Et puis cela ne pouvait pas faire de mal qu'un membre de la direction soit présent en juillet. Il ne se passait pas grand-chose à la Chancellerie l'été, mais on ne savait jamais…

De toute façon, il était trop tard pour changer d'avis, et il finirait bien par retrouver son voilier qui l'attendait au port de plaisance de Bullandö. C'était la prunelle de ses yeux, un élégant Omega 36 à la coque blanche. Il pouvait au besoin le manœuvrer seul s'il n'y avait personne de sa famille ou de ses amis pour lui tenir compagnie.

Il but une grande gorgée de cognac en en dégustant l'arôme puissant. La chaleur se répandit dans son corps et il commença à se détendre.

Le verre à la main, il gagna son bureau, une alcôve attenante à sa chambre, et alluma son ordinateur. Il aimait beaucoup ce spacieux trois-pièces acquis au début des années quatre-vingt-dix. Les prix de l'immobilier étaient alors au plus bas, et même un salaire de fonctionnaire suffisait pour acheter un appartement en centre-ville.

Pensif, il fit tourner le verre dans sa main. Il n'avait jamais eu affaire à Juliander, hors du conseil d'administration, bien sûr. La commission financière n'était pas aussi glamour que la commission d'organisation des régates.

La tâche de Nyrén était d'administrer les ressources fixes du club et de gérer les affaires courantes. C'était sa commission qui veillait à l'entretien des pontons et des bâtiments. Rien de passionnant, mais cela lui convenait.

L'ordinateur s'était mis à ronronner. Martin Nyrén se dépêcha d'aller voir s'il avait des mails. En tant que fonctionnaire, il veillait à ne jamais recevoir de messages privés à son travail, où tout le courrier entrant présentait un caractère officiel. Sa liaison avec Indi le faisait redoubler de précautions. Il avait même installé une sécurité spéciale sur son ordinateur personnel.

Il inspecta rapidement la boîte de réception. Beaucoup de spams. Un mail de son frère, qui demandait quelle semaine ils feraient de la voile ensemble. Un autre l'informait de la disparition tragique d'Oscar.

Il frissonna à nouveau en songeant au meurtre.

Effroyable.

Son regard parcourut une fois encore la colonne des nouveaux mails. Aujourd'hui non plus, rien d'Indi. Sa famille était très probablement à la campagne. Là, il n'était pas simple de s'éclipser pour aller écrire un mail à un amant secret, Martin Nyrén le comprenait bien. Pourtant, il était déçu. Il se serait contenté ne fût-ce que d'un petit signe de vie. Il songea un moment à envoyer un SMS, mais il était tard et c'était prendre un risque inutile. Quelqu'un pourrait le remarquer. Quelqu'un qui devait à tout prix continuer à ignorer leur relation.

C'était là l'unique condition. Non négociable.

Les conséquences, si leur amour venait à être découvert, n'étaient même pas envisageables. Indi était intraitable sur ce point. Sa famille ne devait absolument pas en pâtir. Les enfants passaient avant tout le reste.

Martin Nyrén éteignit l'ordinateur en soupirant. Il détestait ces semaines de vacances où chacun devait jouer à la famille heureuse et rendre visite aux parents, aux amis. Des barbecues à n'en plus finir avec des gens qui ne songeaient qu'à être ailleurs. La moitié des couples qu'on y croisait avait des relations extraconjugales. Et pourtant, comme si de rien n'était, on trinquait poliment avec tous les invités.

En voyant ces sourires de façade, il était bien content de ne s'être jamais marié. Plutôt rester toute sa vie célibataire que s'avilir ainsi. Mieux valait attendre devant l'ordinateur un message qui, au moins, serait sincère, plutôt que de participer à cette hypocrisie conjugale.

Il vida son verre de cognac et alla s'en servir un autre.

Mardi, première semaine

12

Thomas ouvrit les yeux, tout à fait réveillé. Il était tout au bord du lit double de Carina. Large d'un mètre soixante, il occupait toute l'alcôve de son petit studio de Jarlaberg, à deux pas du commissariat de Nacka.

Carina dormait encore en boule du côté gauche. Ses cheveux sombres cachaient à demi son visage, ses fossettes avaient disparu. Elle ressemblait plus à une adolescente qu'à une jeune femme de vingt-cinq ans.

Quatorze années les séparaient, mais il lui semblait parfois que c'était beaucoup plus. Son enthousiasme juvénile, qui l'avait d'abord attiré, le faisait ces derniers temps se sentir vieux. Elle lui rappelait qu'il allait avoir quarante ans. La moitié de la vie.

Au fond, il ne savait pas bien comment il s'était retrouvé engagé dans cette liaison avec Carina Persson. La fille de son chef, par-dessus le marché. Il ne l'avait jamais vraiment regardée. Elle n'était pas son type – pour autant qu'il en ait eu un.

Pernilla, son ex-femme, était comme lui grande et mince. Ils s'étaient rencontrés un soir dans un pub où il était sorti avec ses camarades de l'école de police. Après des études de communication, elle était entrée dans une agence de publicité en tant que chef de projet. Diplômés à peu près en même temps, ils s'étaient installés ensemble et avaient fini par se marier. Ne leur manquait plus qu'un bébé.

Après plusieurs années de tentatives infructueuses, ils avaient fini par s'inscrire sur la liste d'attente pour une FIV. Et tout s'était débloqué alors qu'ils étaient sur le point d'abandonner.

D'une main tremblante, Pernilla lui avait montré la petite tige blanche barrée d'une ligne bleue : il se rappelait ce sentiment merveilleux, incompréhensible. Enfin, une petite vie s'était nichée dans ce ventre.

Quand la catastrophe les frappa, il n'y eut rien à faire. Toute cette attente, tout cet espoir. En vain.

Sans la mort subite du nourrisson qui avait emporté Emily, Pernilla et lui seraient sûrement toujours mariés. Mais le chagrin et le sentiment de culpabilité avaient eu raison de leur couple. À peine deux ans plus tard, ils s'étaient séparés.

Pendant une longue période, il n'avait plus regardé personne. Nora avait fait tout son possible pour le recaser avec des amies célibataires, sans parvenir à provoquer chez lui le moindre enthousiasme. Tout lui était indifférent.

Carina s'était en quelque sorte contentée d'être là, au commissariat. Partout, il la trouvait sur son chemin. Elle avait participé à l'enquête criminelle de l'été précédent sans compter son temps ni sa peine. Patiemment, elle avait épluché d'innombrables documents à la recherche d'indices décisifs.

Un jour, elle lui avait proposé de déjeuner ensemble. Après quelques déjeuners, elle avait suggéré un dîner, puis des sorties au cinéma. De fil en aiguille, il en était venu à dormir chez elle deux nuits par semaine.

Thomas la regarda à la dérobée, les paupières mi-closes.

Elle était petite, mignonne, un peu comme un chaton. Cheveux sombres, jolie silhouette. Aussi mince que son père était gras. Elle n'avait pas non plus hérité de son mauvais caractère.

Thomas avait insisté pour qu'ils restent discrets au commissariat. Il ne voulait pas le claironner sur les toits. Carina avait accepté de mauvais gré, mais voilà que la question se posait à nouveau : bientôt, elle allait cesser de travailler au commissariat et ils ne seraient plus collègues.

Soudain, il se sentit déplacé dans cet appartement à l'atmosphère si féminine. Le canapé près de la fenêtre était d'un bleu pastel, une couleur qu'il n'aurait jamais choisie lui-même. Les bibelots, la décoration faisaient plus penser à une chambre de fille qu'à un appartement.

Que faisait-il avec une femme tellement plus jeune que lui, à tous points de vue ?

Pour être franc, il ne savait pas s'il était gêné ou flatté qu'une fille de cet âge veuille être avec lui. Ou s'il évitait juste de s'avouer la vérité : que le charme des débuts s'estompait, sans que rien ne le remplace.

Nora s'était peut-être doutée de quelque chose, mais elle avait eu beaucoup à faire l'année passée. Elle était la première à deviner son humeur. Comme une petite sœur, elle savait toujours où il en était.

Nora et lui partageaient une amitié très particulière, que Pernilla avait eu la générosité de ne pas remettre en cause. On ne pouvait pas en dire autant de Henrik, le mari de Nora, dont Thomas n'avait jamais pu devenir vraiment proche.

Au début, étudiant en médecine, Henrik lui était apparu comme un enfant gâté de la haute société. Mais Nora était amoureuse et Henrik s'était efforcé de mettre de l'eau dans son vin. Par la suite, Thomas avait trouvé avec Henrik un terrain d'entente, mais néanmoins ils ne s'étaient jamais vraiment appréciés. Aujourd'hui, Thomas voyait surtout Nora seule ou avec son cadet, Simon, son filleul, qu'il aimait beaucoup.

Il jeta un coup d'œil au réveil. Encore vingt minutes avant qu'il ne sonne, mais il faisait déjà plein jour. Carina avait installé des stores blancs qui n'arrêtaient pas la lumière.

Thomas se retourna sur le dos en songeant à l'enquête et aux informations recueillies jusqu'à présent. Qu'Oscar Juliander ait été un vigoureux gaillard fréquentant volontiers la gent féminine ne faisait aucun doute. Après tout, cela donnait à sa femme comme à ses maîtresses des raisons de le tuer. Ou pourquoi pas un mari trompé ? La jalousie peut être un puissant mobile.

D'un autre côté, pourquoi sa femme se serait-elle débarrassée d'un mari qui subvenait à ses besoins ? Elle devait probablement endurer les infidélités de son mari depuis des années. Qu'est-ce qui l'aurait alors poussée ce jour-là à franchir le pas d'une manière si radicale ?

De toute façon, il leur fallait interroger son épouse dès que possible. On pouvait espérer qu'elle se serait suffisamment ressaisie aujourd'hui pour qu'ils puissent lui parler tranquillement. Dimanche dernier, à Sandhamn, toute tentative avait été vaine, et son médecin avait jusqu'à présent interdit la moindre conversation.

Les pensées de Thomas glissèrent vers la liste des clients fournie par le cabinet d'avocats. Plusieurs centaines de faillites administrées au cours de ces dernières années. Juliander devait avoir gagné de grosses sommes, c'était clair. Comment s'y était-il pris, c'était une autre question.

Thomas décida de demander à Carina de passer au peigne fin les comptes bancaires de Juliander dès que possible. En traçant l'argent, on trouverait le mobile. Il se demanda distraitement si les avocats étaient plus honnêtes que les autres, ou seulement plus habiles à camoufler leurs revenus par leur connaissance du système.

Thomas regarda à nouveau le réveil. Il était grand temps de se lever et de filer sous la douche. Une visite au cabinet d'avocats Kalling s'imposait de toute urgence.

13

Nora regarda le téléphone, perplexe. Sur la boîte vocale, le message était sans ambiguïté, mais elle n'en revenait pas.

L'agent immobilier confirmait avec beaucoup d'enthousiasme qu'il viendrait à Sandhamn dès le lendemain pour évaluer le bien. Pouvait-on venir le chercher sur le port ?

Le bien ? Il ne pouvait s'agir que de la villa Brand… Henrik avait donc contacté un agent immobilier derrière son dos, sans lui en parler. Elle refusait de le croire, mais qui d'autre que lui aurait pu organiser un tel rendez-vous ?

Nora s'effondra dans le fauteuil en rotin de la véranda vitrée. Les géraniums avaient soif. Ils avaient pris le soleil toute la matinée, il fallait les arroser.

Pourquoi Henrik avait-il fait ça ?

Elle poussa un profond soupir en laissant son regard glisser par la fenêtre jusqu'à la villa Brand. Elle se dressait à deux pas de chez elle. Elle pouvait presque sentir le parfum des roses qui grimpaient sur sa façade. Ces rosiers tant choyés par Tante Signe.

L'automne passé, Nora avait décliné l'offre d'un

poste de rêve à Malmö comme responsable juridique régional de la banque – principalement à cause de Henrik, qui refusait d'envisager de quitter Stockholm.

La décision n'avait pas été si difficile à prendre, après les événements éprouvants de l'été. Elle était alors fragile, défaite, et Henrik l'avait encouragée à rester à son poste au service juridique central de la banque. « Tu n'es pas en état de faire face à de grands changements. Il te faut d'abord reprendre des forces. »

Au cours de l'hiver, pourtant, comme elle recouvrait peu à peu son équilibre, elle n'avait pu s'empêcher de se demander pourquoi il était allé de soi que la famille devait rester à Stockholm, pourquoi le poste de Henrik avait prévalu. N'aurait-il pas pu se montrer généreux, pour une fois ? Pourquoi était-elle ainsi réduite à la portion congrue ?

Si c'était à Henrik qu'un poste intéressant avait été proposé dans une autre ville, toute la famille aurait sûrement fait ses cartons.

Depuis, c'était comme une écharde qui refusait de partir. Elle était là, douloureuse, et Nora avait beau faire, tenter de se raisonner, c'était peine perdue. Elle digérait mal de se retrouver au même poste, avec le même chef suffisant et incompétent, qui lui rappelait sans cesse combien elle avait été heureuse qu'on lui propose ce poste à Malmö.

Elle se leva pour ôter aux géraniums quelques feuilles mortes, qu'elle jeta par la fenêtre ouverte. C'était inévitable, il lui faudrait se confronter à Henrik, l'interroger sur ce message de l'agent immobilier. Mais elle en était fatiguée d'avance.

Avec une grimace, elle gagna la cuisine pour préparer le déjeuner des garçons. Ce serait un repas de vacances, fromage blanc, céréales et tartines de fromage. Elle n'avait pas l'énergie de faire autre chose. Parfois, elle avait l'impression de passer ses congés à la cuisine. Entre la préparation du petit déjeuner, du déjeuner et du dîner, sans parler du goûter, il lui restait peu de temps pour elle.

Comme d'habitude, Henrik était descendu au port s'occuper de son bateau. Un six mètres avec lequel il participait à toutes les régates possibles pendant la saison estivale. Il ne serait pas rentré avant plusieurs heures.

Nora décida de mettre le sujet sur la table dès son retour. Sans agressivité, d'un ton neutre, faussement étonné. Ils s'étaient tant disputés cet hiver qu'elle n'avait pas le courage de commencer les vacances par une scène. Il y avait certainement une explication naturelle. Il fallait laisser à Henrik la possibilité de la donner sans l'accuser d'emblée d'agir derrière son dos.

Elle refoula son irritation et sortit appeler les garçons.

14

Le lourd porche de l'immeuble Jugendstil situé au milieu de la place Norrmalmstorg pivota sur ses gonds avec une étonnante facilité. Il doit y avoir un mécanisme, pensa Thomas, ouvrir une porte en fer de ce genre n'est pas aussi simple.

Un tapis rouge conduisait jusqu'à un ascenseur dont la porte grillagée grinça légèrement. Une plaque de laiton informa Margit et Thomas que les bureaux du cabinet d'avocats Kalling occupaient tous les étages, mais que l'accueil était au deuxième.

Là, ils furent reçus par une jolie jeune fille vêtue d'un élégant chemisier blanc et d'une jupe bleue, assise derrière un bureau cossu en bois sombre. Elle leur demanda poliment en quoi elle pouvait leur être utile. Ils se présentèrent et une minute plus tard une femme d'une cinquantaine d'années vint à leur rencontre.

« Me Hallén, notre gérant associé, peut vous recevoir, dit-elle avec un sourire. Si vous voulez bien me suivre. »

Elle les conduisit au bout d'un couloir dans une salle de conférences où trônait une grande table en acajou. À côté de diverses eaux minérales, un service à café en porcelaine danoise et des biscuits. Pour compléter le tout, un bol rempli de chocolats noirs qui semblaient coûteux.

« C'est pour un mariage ou un enterrement ? » souffla Margit à Thomas à la vue de cette abondance de victuailles.

L'homme d'un certain âge qui entra dans la pièce correspondait à tous les préjugés de Thomas à propos des avocats.

Il portait un costume sombre sur mesure finement rayé de blanc, une pochette en soie bleu pâle parfaitement assortie à sa cravate et une chemise blanche impeccablement repassée. Thomas constata le violent contraste entre sa propre tenue vestimentaire et celle de l'avocat.

« Quelle terrible histoire, dit Ivar Hallén en serrant les mains de ses visiteurs. Absolument effroyable. Oscar était un collègue très apprécié ici, au cabinet. Un de nos associés les plus demandés, qui traitait d'importantes affaires.

— M. Juliander était-il en conflit avec un client ? » demanda Thomas quand ils se furent assis.

Hallén parut réfléchir.

« Pas que je sache, répondit-il. Un administrateur de faillite a rarement des conflits avec le client. L'entreprise est déjà en cessation de paiement, l'avocat est une personne neutre qu'on appelle une fois la faillite avérée.

— Oscar Juliander était-il populaire ici ? » dit Margit en attrapant un chocolat.

C'était le meilleur qu'elle eût jamais goûté. Elle se demanda où on pouvait en acheter. Ils devaient certainement coûter une petite fortune.

Hallén marqua une pause avant de répondre. Les mains jointes, il baissa les yeux vers la table. Puis il prit la parole.

« “Populaire” n’est peut-être pas le mot. Il était très respecté et apprécié comme juriste. Mais il avait un côté diva. Il aimait briller et courait les interviews. »

L’avocat se tut quelques instants avant de poursuivre :

« Certains trouvaient qu’il tirait un peu trop la couverture à lui, au détriment du cabinet. Il travaillait beaucoup et dirigeait ses assistants d’une main de fer. Son équipe était toujours la première arrivée et la dernière à quitter les bureaux.

— Gagnait-il beaucoup d’argent ?

— Oui, il rapportait de gros honoraires au cabinet.

— Comment les bénéfices sont-ils répartis ? demanda Thomas.

— Nous pratiquons le *true partnership*, dit Hallén.

— C’est-à-dire ?

— Nous divisons en parts égales. Une fois les frais payés, le surplus est également réparti entre les associés.

— Tous les associés rapportent-ils autant ? s’enquit Margit.

— Non, loin de là, rétorqua Hallén. Les différences de rendement sont assez nettes.

— Alors pourquoi une répartition à parts égales ? »

Hallén haussa les épaules.

« On peut se le demander. L’idée du *true partnership*, c’est qu’aucun associé ne va chercher à truster les clients pour toucher le plus possible. Chaque client doit recevoir les services de l’avocat le mieux à même de l’aider.

— Ce système ne devait donc pas être favorable à quelqu'un comme Juliander, je suppose.

— C'est exact. » Hallén but une gorgée de café dans sa tasse en porcelaine bleue, avant de poursuivre : « Oscar n'en était pas satisfait. De fait, il avait abordé la question en termes assez brutaux. Comme il rapportait plus que les autres, il voulait avoir une plus grande part des bénéfices.

— Et qu'en pensaient les associés ? » dit Margit.

Hallén fixa un point sur le mur quelque part au-delà de la tête de Margit. Plusieurs secondes s'écoulèrent avant qu'il ne réponde.

« Il y avait un conflit dans l'air. Oscar menaçait plus ou moins de quitter le cabinet s'il n'obtenait pas gain de cause.

— De quel genre de sommes parlons-nous ? demanda Thomas.

— Si Oscar avait pu imposer ses vues, ses revenus auraient augmenté au bas mot d'un million. Par an. »

Margit songea que l'appétit du gain n'a pas de limites. Mais ce n'était pas la question pour le moment.

« Ce conflit était-il profond ? demanda-t-elle. Assez profond pour que quelqu'un puisse vouloir tuer Juliander ? »

Hallén se tortilla sur son siège. Il semblait regretter d'avoir été un peu trop bavard, tout avocat expérimenté qu'il était. Il se montra aussitôt beaucoup moins disert.

« "Conflit" était peut-être un terme excessif. C'était plutôt un point de désaccord entre associés. Mais rien qui puisse déboucher sur de la violence, absolument pas. » Il secoua la tête pour appuyer son propos.

Thomas regarda Margit pour lui faire comprendre

qu'il était temps de conclure. Margit le reçut cinq sur cinq et reprit, impassible :

« Nous aimerions parler avec la secrétaire d'Oscar Juliander, si c'est possible.

— Bien sûr, sans aucun problème. Si vous voulez bien attendre ici, je vais la faire appeler. »

Hallén alla décrocher un téléphone dans un coin de la pièce et composa un numéro. Après quelques phrases brèves, il raccrocha et se tourna vers Margit et Thomas.

« Eva arrive tout de suite. Eva Timell. La secrétaire d'Oscar. Ils travaillaient ensemble depuis des années. Aussi loin que je me souvienne, à vrai dire. »

Il eut à peine le temps de finir sa phrase qu'on frappa à la porte.

Entra une femme brune en tailleur bleu marine et élégants talons hauts. Elle semblait avoir pleuré, elle avait les yeux rouges et serrait un mouchoir dans sa main. Elle portait un discret collier de perles, mais pas d'alliance.

Margit songea qu'elle avait vu plus de femmes en tailleur bleu marine dans ce cabinet d'avocats que tout le reste de l'année.

« Alors je vous laisse, dit Hallén en tendant la main à Thomas et Margit. N'hésitez pas si vous avez la moindre question. Le cabinet Kalling fera tout pour vous aider dans votre enquête. Le meurtrier d'Oscar ne doit pas rester en liberté. »

Eva Timell prit place à la table et fit face à Thomas et Margit, sans rien dire.

« Combien de temps avez-vous travaillé avec Oscar Juliander ? commença prudemment Margit.

— Plus de vingt ans. Je suis entrée au cabinet à

peu près au moment où il est devenu associé. C'était au milieu des années quatre-vingt. »

Elle essaya sans trop de succès de cacher un sanglot.

« Excusez-moi, murmura-t-elle. Je suis à bout. Le téléphone n'arrête pas de sonner. Tout le monde veut savoir ce qui s'est passé et comment on va faire. Et tous les collègues au bureau sont sous le choc.

— Jusqu'à quel point étiez-vous au courant des affaires traitées par M. Juliander ? » demanda Thomas.

Eva Timell se redressa un peu.

« Oscar ne faisait rien sans me tenir au courant, répondit-elle avec une pointe de fierté dans la voix.

— Pouvez-vous préciser ? dit Margit.

— Oscar avait l'habitude de dire qu'il n'aurait pas survécu un jour sans moi. J'ai accès à ses mails et à son courrier. Sans parler de son téléphone portable, qu'il oubliait un peu n'importe où.

— En d'autres termes, vous l'aviez à l'œil ? suggéra Thomas.

— C'était moi qui mettait de l'ordre dans son existence, autant au bureau que dans sa vie privée.

— Sa vie privée ? répéta lentement Margit.

— Oscar était bien trop pris pour avoir le temps de s'occuper de toutes ses affaires privées. Il était extrêmement occupé.

— Donc vous l'aidiez ?

— Oui, au besoin. J'achetais des cadeaux d'anniversaire, j'envoyais des fleurs, je répondais aux invitations. Enfin, tout ça, vous savez bien », ajouta-t-elle en regardant Margit.

Pas du tout, songea cette dernière. Moi, personne ne m'aide à acheter des cadeaux d'anniversaire ou à envoyer des fleurs et des cartes de remerciement.

« Votre patron était-il en conflit avec quelqu'un ? » dit Thomas.

Eva Timell secoua la tête.

« Pas à ma connaissance. Oscar était un juriste très apprécié, très respecté. Vous savez sans doute qu'il siégeait à l'ordre des avocats ?

— S'il avait eu des ennemis, auriez-vous été au courant ? » demanda encore Thomas.

Eva Timell hocha la tête.

« Cela n'aurait pas ressemblé à Oscar de ne pas m'en parler. »

Margit s'était levée et avait gagné la fenêtre. Sous ses yeux s'étendait la place de Norrmalmstorg où une foule de touristes et d'employés se mêlait parmi les kiosques des fleuristes et les terrasses des cafés. Dans un angle, une queue s'allongeait devant un marchand de glaces.

Elle se tourna vers Eva Timell.

« Et son couple ? Connaissiez-vous sa femme ? »

Le regard de la secrétaire se troubla.

« Son couple… » Elle se tut, comme cherchant ses mots. « Sylvia et lui étaient mariés depuis longtemps.

— Un mariage heureux ? » insista Margit.

Eva Timell poussa un soupir.

« Pas vraiment. Pas depuis un bon moment. Mais ils n'étaient probablement pas… » Elle s'arrêta. « … pas malheureux ensemble.

— Que voulez-vous dire ? » demanda Thomas.

Eva Timell fit une discrète grimace.

« Il était un avocat à succès, elle une femme au foyer qui s'occupait des enfants. Ils ont une villa à Saltsjöbaden et une maison de vacances sur l'île d'Ingarö. Tant qu'il était libre d'aller et venir à sa guise et que l'intendance suivait, elle jouissait d'un niveau de vie et d'une position sociale que beaucoup lui auraient enviés. Sylvia n'était pas dans le besoin. Ils avaient conclu un pacte, pour ainsi dire. Un contrat à usage interne.

— Avait-il une liaison extraconjugale ? » demanda Margit.

Eva Timell semblait trouver la question amusante.

« Une liaison extraconjugale ? Bien sûr, et pas qu'une, d'ailleurs.

— En êtes-vous certaine ? fit Margit.

— Oh oui, si vous saviez combien de bouquets j'ai fait envoyer à diverses dames. Vous ne croyez quand même pas qu'un homme comme lui se contenterait de sa légitime pendant trente ans ?

— Mais comment arrivait-il à donner le change ? » dit Margit, avec une rapide pensée pour Bertil, sa moitié depuis vingt ans. Il passait d'ordinaire toutes ses soirées dans le séjour, devant la télévision.

Eva Timell regarda Margit comme si sa question était d'une naïveté confondante.

« Oscar Juliander ne passait aucune soirée chez lui en semaine, et ne se montrait parfois pas non plus le week-end. Comment sa femme aurait-elle su s'il avait un dîner d'affaires, une séance au conseil d'administration du club nautique ou s'il était avec une maîtresse ? Et que croyez-vous qu'il faisait en voyage d'affaires, une fois la journée terminée ? Qu'il regardait CNN ? »

Eva Timell sourit légèrement en secouant la tête.

« Il participait à beaucoup de régates. Une fois au port, pendant leur temps libre, ce ne sont pas des enfants de chœur. La réussite, ça rend séduisant, surtout quand le portefeuille est bien rempli. » Elle baissa les yeux vers ses mains jointes. « Mais il restait loyal vis-à-vis de Sylvia, autant que je sache, et ne la mettait jamais dans l'embarras. Il était très discret.

— Grâce à votre aide. »

Margit n'avait pas pu s'en empêcher. Elle regretta aussitôt sa pique.

Eva Timell perdit contenance et se cala contre son dossier. Un silence gênant s'installa.

« Oscar était mon patron, finit-elle par dire, je mettais un point d'honneur à être aussi efficace et dévouée que possible.

— Pourriez-vous nous établir une liste des femmes avec lesquelles vous savez que votre employeur a eu une liaison ? » demanda Thomas en se levant.

Il lui donna sa carte, avec son téléphone et son adresse électronique.

« Nous vous recontacterons certainement pour d'autres questions. Si quelque chose vous revient, n'importe quoi, merci de nous appeler. »

Eva Timell hocha la tête et regarda tristement Thomas.

« Je n'arrive pas à réaliser qu'il est mort », chuchota-t-elle en les escortant vers la sortie.

15

Henrik la prit de court. Il rentra juste après déjeuner et, avant même qu'elle ait le temps de mentionner le message sur le répondeur, il lui annonça gaiement qu'il avait contacté un agent immobilier qui viendrait le lendemain.

Son sang se glaça : la connaissait-il donc si mal, ou refusait-il de comprendre ?

« Ce n'était pas simple, crois-moi, au beau milieu des vacances, ajouta-t-il, la mine satisfaite. Surtout si on veut avoir un gars vraiment compétent.

— Mais… est-ce qu'il n'aurait pas fallu au moins m'en parler ? » risqua-t-elle.

Ils étaient à la cuisine, les garçons venaient de filer au jardin. Elle entreprit d'essuyer énergiquement le plan de travail pour ne pas avoir à le regarder en face.

Henrik parut surpris, puis s'assombrit peu à peu.

« Je croyais que ça te ferait plaisir, dit-il au bout d'un moment. Difficile de savoir ce que tu veux, ces derniers temps. Pourtant j'essaie, crois-moi. »

Il ouvrit la bouche, comme pour ajouter quelque chose, mais se ravisa.

Nora eut aussitôt un pincement au cœur. Elle sourit pour arrondir les angles.

« J'ai juste été un peu surprise », dit-elle en reposant le chiffon grisâtre. Il rendait l'âme, il faudrait penser à en acheter un neuf la prochaine fois qu'elle ferait les courses chez Westerberg. « Mais ce sera peut-être intéressant d'avoir l'avis d'un professionnel. J'espère juste qu'il n'aura pas l'impression d'être venu pour rien. »

Henrik la regarda, interloqué.

« Qu'est-ce que tu veux dire ?

— C'est que… nous n'avons pas encore décidé si nous vendons ou non cette maison, juste vaguement parlé.

— Mais enfin, tu ne peux quand même pas sérieusement envisager de déménager là-bas ! Tu veux habiter la maison d'une criminelle ? » Il croisa les bras et s'appuya à la table de la cuisine.

Nora sentit un malaise l'envahir. Elle regarda par la fenêtre et remarqua du coin de l'œil un groupe de touristes. Un guide leur faisait la visite historique de Sandhamn.

La vie était-elle plus simple autrefois ? Probablement pas. Juste différente.

Elle se mit instinctivement sur la défensive.

« Ne dis pas ça. Tante Signe était quelqu'un de bien, dit-elle d'une voix plus tranchante qu'elle n'aurait voulu. Elle ne m'a pas légué la villa pour que je la vende du jour au lendemain. Elle voulait que j'en prenne soin. Elle aimait la villa Brand plus que tout au monde.

— Réveille-toi, la coupa Henrik. Elle a tué deux personnes, tu l'as oublié ? Arrête avec ta fichue fidélité. Deux personnes sont mortes parce qu'elle ne voulait pas partager son bien. »

Henrik n'arrivait pas à cacher sa déception. Nora lui jeta un regard désolé. Elle était déchirée entre sa fidélité à Signe et son désir de ne pas empirer les choses. Vraiment, elle ne voulait pas se brouiller à nouveau avec Henrik.

« Écoute, dit-elle d'un ton plus conciliant, on ne va pas se disputer pour ça. On va voir ce que cet agent immobilier nous dira. De toute façon, ça ne peut pas faire de mal. »

Elle s'approcha de lui et se fit câline. Il sentait le café et l'après-rasage, ce parfum la fit se sentir mieux. Doucement, elle huma le creux de son cou.

Henrik se détendit devant cette invitation manifeste à faire la paix.

« Mais c'est ce que je disais. Tu vas voir, tout se passera bien, Nora, dit-il en lui caressant les cheveux. Tout ce que je veux, c'est notre bien. Et celui des enfants. Tu peux comprendre ça ? »

16

Thomas tambourinait impatiemment du bout des doigts sur la rampe verte de l’institut médico-légal de Solna. Ils arrivaient directement du cabinet Kalling.

L’institut faisait partie de l’hôpital universitaire Karolinska, aux portes de Stockholm. Un banal bâtiment en brique rouge, que rien ne distinguait des autres. Çà et là des étudiants paressaient sur la pelouse, sans doute en train de préparer la session d’examens de la rentrée.

« Il leur faut combien de temps pour ouvrir cette porte ? lâcha Thomas, sans vraiment attendre de réponse.

— À peu près le temps d’arriver de la salle d’autopsie, qui est sauf erreur à l’autre bout du bâtiment, répondit Margit. Allez, du calme, il ne va pas tarder. On a déjà de la chance d’avoir eu la priorité, ce qui nous a évité d’avoir à attendre la fin de la semaine. »

Thomas ne répondit rien, mais cessa de tambouriner.

Une silhouette apparut derrière la vitre dépolie, et le docteur Oscar-Henrik Sachsen leur ouvrit.

« Désolé de vous avoir fait attendre, grommela-t-il. En juillet, le concierge est en vacances. »

Margit et Thomas le suivirent dans un couloir interminable, gravirent un escalier en colimaçon puis traversèrent un autre couloir. Ils finirent par arriver aux salles d'autopsie, une rangée de pièces silencieuses, neutres, où le lino gris répondait à la peinture grise des murs. Sur une longue paillasse étaient disposés divers instruments et récipients en inox.

Ils saluèrent de la tête un assistant en blouse blanche occupé à saisir des notes sur un ordinateur.

Sachsen indiqua le corps qui gisait sur la table de dissection, sous un drap.

« Vous voulez voir ? » demanda-t-il.

Sans attendre la réponse, il découvrit la partie supérieure du corps d'Oscar Juliander.

La balle qui l'avait tué avait fait un trou d'une surprenante netteté. Comme une petite entaille juste au-dessous du téton gauche.

« Il avait de la classe, dit Margit. Il devait sûrement s'entretenir en salle de gym. »

Son visage leur était connu par les médias. Il avait été très en vue lors de grosses faillites immobilières dans les années quatre-vingt-dix et, depuis, il était souvent consulté par les journalistes.

« Aucun doute sur la cause de la mort, je suppose, dit Thomas.

— En effet, on n'a pas eu à se donner trop de mal, répondit Sachsen. La mort a dû être quasiment immédiate. » Il se pencha pour leur montrer. « La balle est entrée directement dans le cœur, par le ventricule gauche. Le tireur ne se trouvait pas en face, plutôt un peu à droite de la victime. Le trajet du projectile dans les tissus indique qu'il a pénétré le corps par l'avant, un peu en biais. »

Thomas se rappela les indications de Fredrik Winbergh.

Sachsen se retourna et saisit délicatement au bout d'une pincette un objet luisant dans un récipient en plastique blanc. Il faisait à peine un centimètre de long et environ cinq millimètres de diamètre.

« Voici la balle. On dirait une balle de carabine, à tête molle. Cela correspond bien au type des lésions.

— Pas d'arme de poing, donc ? » dit Margit.

Sachsen secoua la tête.

« Je ne crois pas. Il y aurait dans ce cas plus de traces de poudre autour du trou d'entrée. Mais ce n'est pas sûr à cent pour cent, l'expertise balistique le dira. Vous avez trouvé des douilles sur place ?

— Non, rien, répondit Thomas. Autre chose qui fasse penser à une carabine ?

— Oui. Le coup a été tiré de loin. Sinon les dégâts dans les tissus voisins auraient été beaucoup plus importants. »

Margit observa le petit objet que Sachsen venait de reposer.

« C'est un petit calibre, dit Sachsen. Probablement du .22.

— C'est-à-dire ? dit Margit.

— Je ne suis pas un expert, mais j'ai eu l'occasion de tirer un ou deux chevreuils. C'est un type de balle très utilisé pour la chasse.

— Pourquoi ?

— La balle s'évase en pénétrant dans le corps, comme un petit champignon.

— Et cause donc plus de dégâts, compléta Margit pour elle-même.

— D'ailleurs, il est inhabituel d'utiliser des munitions à tête de plomb avec un pistolet, continua Sachsen. Cela corrobore la thèse de la carabine. » Il reprit la balle et la leur présenta de près. « Regardez bien. Tête en plomb, reste du corps en cuivre. Une munition de chasse typique. La balle reste dans le corps en provoquant le maximum de dégâts, comme vous le disiez. » Il la reposa doucement. « J'orienterais les recherches vers une arme utilisée pour la chasse au petit gibier.

— Si c'est une carabine, impossible que le tireur ait été à bord du voilier. »

La conclusion s'imposa à Thomas tandis qu'il l'énonçait.

Puisque la balle avait pénétré par la droite dans la cage thoracique de Juliander, le meurtrier devait être à bord d'une embarcation au vent par rapport au voilier, c'est-à-dire dans la zone des spectateurs.

Les informations concordaient.

Il ferma les yeux pour mieux se représenter la ligne de départ. La vedette de la police était un peu derrière, le bateau chargé de donner le départ un peu devant. Et une foule de spectateurs.

« Deux personnes au moins doivent être impliquées, pensa Thomas à voix haute, le pilote du bateau et le tireur. Impossible de tenir la barre tout en visant avec cette précision.

— Mais peut-on seulement tirer d'un bateau dans la houle ? demanda Margit.

— Il devait s'agir d'un fin tireur, pour faire mouche avec cette précision, glissa Sachsen. Mais avec le bon angle et un bon entraînement, c'est bien sûr possible. Comment était la météo, ce jour-là ? »

Il se tourna vers Thomas.

« Très calme, répondit-il. Juste une légère brise. Un vrai jour d'été.

— En d'autres termes, nota Sachsen, des conditions idéales pour tirer depuis le pont d'un bateau.

— Quelqu'un a quand même dû entendre le coup de feu, remarqua Margit, sceptique.

— Pas s'il était couvert par le coup du départ, dit Thomas. C'est une grosse détonation, crois-moi.

— Mais peut-on vraiment synchroniser un tir à ce point ? En moins d'une seconde ?

— Pour un tireur d'élite, aucun problème, dit Sachsen.

— Et un silencieux ? demanda Margit.

— Cela pourrait expliquer les choses, dit Thomas. Surtout si le coup de feu a été tiré en même temps que le signal du départ. Même si quelqu'un a entendu, il aura pris le bruit pour un écho.

— On peut parfaitement utiliser un silencieux avec des munitions de petit calibre, intervint Sachsen. Beaucoup plus difficile d'étouffer la détonation des cartouches de gros calibre. Mais avec du .22, ça fait juste un petit *pof*.

— Impossible à remarquer en mer », ajouta Thomas.

À nouveau, il imagina l'instant du départ : Juliander effondré sur le pont. Les membres d'équipage en état de choc. Leur confusion en voyant le capitaine mort.

« Nous avons affaire à un tueur de sang-froid », conclut-il en jetant un dernier regard au corps bleuté sur la table en inox.

17

Il fallait environ une demi-heure pour aller de Solna à Saltsjöbaden en dehors des heures de pointe. Thomas conduisait tandis que Margit était perdue dans ses pensées. Ils traversèrent Fisksätra, une cité des années soixante-dix passablement délabrée qui contrastait avec les villas chic de Saltsjö-Duvnäs et de Saltsjöbaden.

Quelques minutes plus tard, en approchant de la place Saltsjötorg, ils prirent à gauche vers Neglinge. La villa de Juliander jouxtait le monumental Grand Hôtel. Ils suivirent une route zigzaguant entre d'anciennes bâtisses cossues entourées de jardins luxuriants et quelques villas en brique blanche des années soixante.

On apercevait au loin le bâtiment jaune où le club nautique KSSS avait son siège.

On n'était qu'à quelques minutes du centre de Stockholm, mais c'était comme aller à la campagne. L'eau scintillait dans un magnifique écrin de verdure, certaines maisons disparaissant complètement sous le lierre. Dans bien des jardins, des chênes centenaires dataient de la fondation de cette villégiature aux portes de Stockholm à la fin du dix-neuvième siècle.

Thomas s'engagea sur Amiralsvägen et, bientôt, ils découvrirent la façade grise d'une imposante villa Belle Époque. Elle jouissait d'une vue fantastique sur le lac. Devant le garage, une Land Rover était garée à côté d'une Lexus métallisée. Plus loin, dans l'ombre, une Porsche noire.

« Pas mal, dit Margit. Je me demande combien de temps il faut pour faire le ménage ?

— Pour le petit personnel, tu veux dire ? Je ne pense pas qu'ils passent eux-mêmes l'aspirateur, ici. »

Ils allèrent sonner à la porte laquée de blanc. Elle fut presque aussitôt ouverte par un jeune homme en jean et T-shirt rouge portant le logo d'une fameuse marque de soda. Il se présenta comme David Juliander, le plus jeune fils d'Oscar.

Margit se rappela que l'avocat avait trois enfants, deux fils et une fille. Sa fille étudiait à l'étranger, à Paris lui semblait-il, tandis que son cadet, marchant dans ses traces, faisait son droit. L'aîné travaillait dans l'informatique.

Thomas présenta ses condoléances à David et demanda à voir Sylvia Juliander. Le jeune homme les fit entrer et asseoir au salon. Sa mère se reposait, mais il allait la chercher.

Ils s'installèrent dans le canapé d'angle clair, d'où l'on profitait pleinement de la vue sur le lac.

Pendant qu'ils attendaient, Margit songea à la femme qu'ils allaient rencontrer.

Elle l'imaginait passant d'une pièce à l'autre de cette villa cossue en guettant le retour de son mari. Elle ne pouvait pas ignorer les « faiblesses » de ce dernier. Peut-être l'avait-elle d'abord affronté, avant d'apprendre à avaler la pilule pour ne pas mettre son mariage en péril.

Elle a dû se sentir très seule, songea Margit, surtout une fois les enfants partis.

Quelques minutes plus tard, Sylvia Juliander entra, pâle mais digne. Son fin visage encadré de cheveux bruns trahissait combien les événements des derniers jours l'avaient éprouvée.

Son fils s'assit à côté d'elle en l'observant d'un air inquiet. Les rôles semblaient inversés : on voyait qu'il voulait la soutenir, comme un père son enfant.

« Vous vouliez me poser quelques questions ? » dit tout bas Sylvia, d'une voix hésitante. Ses doigts fins tiraient nerveusement sur un fil qui pendait de son cardigan bleu. Ses ongles bien manucurés étaient couverts d'un vernis clair et elle portait à l'annulaire gauche un gros saphir à côté de son alliance.

Thomas rompit le silence.

« Comme vous pouvez l'imaginer, notre priorité est de retrouver le meurtrier de votre mari. Nous avons pour cela besoin de vous poser certaines questions que vous trouverez peut-être bizarres ou désagréables. D'avance, nous en sommes désolés. »

Sylvia hocha la tête.

« Votre mari avait-il des ennemis, à votre connaissance ? »

Elle blêmit.

« Et pourquoi ? Oscar était avocat d'affaires. Il était très apprécié. Très demandé.

— Il est important que vous y réfléchissiez, même si la question vous semble étrange, continua Thomas.

Nous essayons de nous faire une idée de la vie que menait votre mari, professionnelle comme privée. »

Thomas sourit pour encourager la veuve éplorée.

« Je comprends, mais je n'ai jamais entendu parler d'aucun ennemi, répondit Sylvia. Bien sûr, je suis très peu au courant des affaires d'Oscar. Il disait toujours qu'il ne voulait pas m'ennuyer avec ça. De toute façon, je n'y aurais rien compris. »

David Juliander semblait tourmenté. Il se pencha en avant, comme pour prendre son élan.

« Papa a reçu des lettres de menace », dit-il quand sa mère eut fini.

Thomas regarda le garçon, qui semblait fatigué sous son bronzage. Un voile de tristesse s'était déposé sur son visage.

« De qui ?

— Une société, Property quelque chose, je ne me souviens pas bien. En tout cas, en rapport avec des affaires immobilières.

— Comment le savez-vous ?

— J'ai ouvert une lettre par erreur. Il s'agissait d'une société dont papa administrait la faillite. Il m'a dit que les anciens propriétaires étaient liés à la mafia russe. Ils ont essayé de dépouiller l'entreprise, mais n'en ont pas eu le temps avant qu'elle soit déclarée en faillite.

— Vous êtes certain de ça ? » demanda Margit.

David sembla hésiter. Ce n'est qu'un gamin qui vient de perdre son père, se dit Thomas.

« Assez, oui. Quand les Russes ont raté leur coup, ils ont tenté de persuader papa de lever la faillite. Ce qui était naturellement impossible, la décision ayant force de loi. »

Thomas remarqua le vocabulaire juridique inhabituel dans la bouche d'un jeune de vingt-deux ans. On reconnaissait là le fils de son père.

« Et où est passée cette lettre ? demanda Margit.

— Papa m'a dit qu'il l'avait remise à la police. » David les regarda, incertain. « Mais je ne me souviens pas bien. C'était l'an dernier, ou même l'année d'avant. Papa ne voulait pas que je me soucie de ça. » Sa voix se brisa, il se racla la gorge avant de reprendre : « Papa se moquait de tout. "Ça fait partie du métier d'avocat, mais il ne faut pas s'en faire", voilà ce qu'il m'a dit quand je lui ai demandé s'il n'avait pas peur. Après, ça m'est sorti de l'esprit. »

Thomas nota de vérifier une éventuelle plainte de Juliander pour lettres de menace. Il releva aussi que la lettre avait été adressée à son domicile, alors qu'il était sur liste rouge.

D'un autre côté, cette liste rouge ne protégeait pas grand-chose. Il y avait une foule de sites Web qui vendaient la mèche. Et puis des personnes en vue comme Juliander finissaient toujours cataloguées quelque part, dans un annuaire d'anciens élèves ou d'un club quelconque. Trouver une adresse était un jeu d'enfant.

Margit se tourna vers Sylvia.

« Quels rapports aviez-vous avec votre mari ? Étiez-vous heureux en ménage ? »

La question fit sursauter Sylvia, comme si cette intrusion dans sa vie privée la blessait.

« Nous étions mariés depuis presque trente ans. Nous avons eu trois enfants.

— S'il vous plaît, pouvez-vous répondre à la question ? insista doucement Margit. Comment décririez-vous votre mariage ? »

Sylvia lui adressa un regard réprobateur. Après un soupir et un coup d'œil à son fils, elle se décida à répondre.

« J'étais seule la plupart du temps, dit-elle. Oscar était très souvent absent. Il voyageait beaucoup pour son travail. Et il avait bien d'autres obligations. L'ordre des avocats, le KSSS.

— Parlez-nous de son engagement au sein du club nautique », la pria Thomas.

Sylvia leur sourit avec nostalgie, et son visage se transforma. Il s'éclaira, sa tristesse s'effaça d'un coup et l'on vit qu'elle était belle. Thomas comprit pourquoi l'homme à femmes qu'était Oscar était jadis tombé amoureux d'elle.

« Oscar adorait la voile, dit-elle. Il en faisait depuis son adolescence. Il a toujours participé à des régates, avec des bateaux toujours plus gros. Je crois que c'était en mer qu'il passait ses meilleurs moments. Cela l'apaisait, d'une certaine façon, même s'il s'agissait de gagner des compétitions.

— Et vous, vous aimez la voile ? » glissa Margit.

Sylvia rit nerveusement. Son sourire s'évanouit et l'épouse éprouvée refit surface.

« Moi ? Non, pas spécialement. J'ai le mal de mer dès que je vois le mât d'un bateau. » Elle resserra son cardigan sur sa poitrine. « Mais c'était une bouffée d'oxygène pour Oscar. Notre aîné est comme lui, mais pas David. N'est-ce pas, chéri ? »

Elle regarda son fils qui opina du chef en lui serrant maladroitement la main.

« Que faisiez-vous quand votre mari était en mer ? » demanda Thomas.

Sylvia haussa les épaules.

« Parfois je l'accompagnais, et je l'attendais à terre. Ou alors je restais sur Ingarö, dans notre maison de vacances. Je passais beaucoup de temps à attendre Oscar, ça on peut le dire. Notre couple fonctionnait comme ça.

— Étiez-vous aussi active au sein du KSSS ? demanda Margit.

— Pas particulièrement. » Elle secoua la tête. « Oscar aurait voulu me voir m'impliquer davantage, et je faisais de mon mieux. Mais je n'étais pas intéressée.

— Votre mari n'était-il pas censé être élu président du club, cet automne ? dit Thomas.

— Si. Mais j'ai suivi ça de loin. Pour moi, ce n'était pas important. » Elle fit un geste las. « De toute façon, Oscar n'aurait pas été plus souvent à la maison pour autant. C'était une obligation supplémentaire qui lui enlevait du temps pour s'occuper de sa famille. »

« Pourquoi avoir une maison sur l'île d'Ingarö quand on a un terrain au bord de l'eau à Saltsjöbaden ? s'étonna Margit en s'éloignant de la grande villa grise. C'est quoi le truc ? Changer de plage ? »

Thomas avait engagé la Volvo sur le chemin du retour. Il se contenta de répondre par un sourire.

« Qu'est-ce que tu penses de ces lettres de menace ? Ça ne ressemble pas trop aux méthodes de la mafia russe, continua Margit.

— On va demander à Erik d'éplucher les mains courantes. J'espère que ces lettres existent toujours. À condition qu'il ait vraiment porté plainte, bien sûr. »

Margit opina du chef.

« Mais il faut essayer de les retrouver et, le cas échéant, d'en identifier l'origine. » Elle fouilla dans son sac et en sortit un carnet pour y noter un mémo.

Le téléphone de Thomas sonna. Il le chercha à tâtons et répondit.

« Bonjour, ici Britta Rosensjöö. Nous nous sommes vus lundi dernier. »

Thomas revit cette femme désespérée qui passait son temps à tortiller son mouchoir humide entre ses doigts.

« Bonjour, répondit-il, attendant la suite.

— Eh bien… je voulais vous dire… Si vous n'êtes pas occupé, bien sûr. » Cette dernière phrase hâtive, comme si elle craignait de le déranger.

« Mais non, l'assura Thomas. De quoi s'agit-il ? Vous avez retrouvé votre appareil photo ?

— Malheureusement non. Mais je vais sûrement remettre la main dessus, ce n'est pas la première fois que je le perds. Il finit toujours par refaire surface. » Elle se tut quelques secondes. « Le fait est qu'il me semble qu'il y a eu un cambriolage dans notre chambre d'hôtel. Hans dit que je me fais des idées, mais je tenais à vous appeler.

— Un cambriolage ?

— Oui. On dirait que quelqu'un est entré.

— Il manque quelque chose ?

— Non, non, rien. Mais plusieurs objets ont été déplacés.

— La femme de ménage ?

— Oui, bien sûr, peut-être, dit lentement Britta. Mais j'ai malgré tout l'impression que quelqu'un s'est introduit dans notre suite, quelqu'un qui n'avait rien à y faire. C'est plus fort que moi.

— Mais vous dites qu'il ne manque rien ?

— Tout à fait, rien n'a été pris.

— Alors ce n'est peut-être pas si grave ? Mais n'hésitez pas à rappeler si vous voyez qu'il vous manque quelque chose. »

Thomas raccrocha et rapporta la conversation à Margit.

« Qu'est-ce que tu en penses ?

— Rien de spécial, cela n'a probablement aucun rapport avec notre enquête. Elle avait l'air un peu confuse lundi, elle doit toujours être sous le choc. »

Margit regarda par la portière. Ils avaient dépassé le centre-ville et s'engageaient sur la voie rapide.

« C'est sans doute une femme de ménage, comme tu disais. »

Thomas se mit sur la file de gauche et accéléra.

« Tu as sûrement raison. »

18

Quelque chose attira son attention dès qu'il ouvrit la porte. Il s'arrêta net dans le hall spacieux.

Le long tapis persan déployait ses motifs bleus, comme d'habitude. Sur le bureau, sous le miroir balinais rapporté de voyage, rien n'avait été bougé. Factures et publicités jonchaient le sol sous la fente de la boîte aux lettres.

Pourtant, quelque chose avait mis la puce à l'oreille de Martin Nyrén.

Sans se déchausser, il s'avança dans le séjour. Le beau canapé italien en cuir était à sa place, les fenêtres bien fermées. Il remarqua qu'il avait oublié de descendre les persiennes en partant le matin. Même ses orchidées cuisaient au soleil.

Puis il comprit ce que c'était.

Un parfum inconnu flottait dans l'appartement, une odeur inhabituelle.

Il fronça les sourcils en essayant de l'identifier. Un mélange d'épices exotiques ? De la muscade, peut-être, ou du clou de girofle.

Il retourna lentement dans le hall pendre sa veste légère à un cintre.

D'où venait cette odeur ? De quelqu'un qui était entré chez lui ?

Il refit un tour de l'appartement. Tout semblait normal, rien n'avait changé ni disparu. Les choses étaient à leur place.

Il huma à nouveau l'air et hésita. Avait-il rêvé ? Il avait du mal à retrouver l'odeur.

Il chassa l'idée en secouant la tête. Probablement quelque chose que dégageaient les fleurs à cause de la chaleur. On étouffait vraiment.

Il alla ouvrir grand une fenêtre pour laisser entrer l'air du soir.

Puis se servit un whisky avec un peu d'eau.

Il fut réveillé en pleine nuit par leurs éclats de voix. C'était l'été de ses treize ans, mais il lui arrivait encore d'être mouillé à son réveil. Une tache humide et gênante sur son bas de pyjama qu'il tentait désespérément de laver dans l'évier pour que personne ne remarque rien.

Mais cette fois-là, autre chose avait troublé son sommeil. La voix sourde de son père dans la chambre voisine traversait la fine cloison de la maison de vacances. Et les supplications désespérées de sa mère.

« Je t'en prie, cesse de voir cette femme », sanglotait-elle.

Elle était ivre. Évidemment.

Elle croyait que personne ne la voyait se servir un verre de sherry après l'autre. En fait, tout le monde à la maison savait. Mais personne ne faisait rien.

« Ne te mêle pas de ce qui ne te regarde pas ! hurla son père. Si tu n'étais pas aussi collante, je n'aurais pas besoin d'aller la voir. »

Il se blottit dans son lit, un oreiller sur la tête pour ne plus entendre. Il avait la gorge serrée.

Le lendemain, en descendant prendre son petit déjeuner, Elsa lui dit que monsieur le directeur était reparti à Stockholm. Des affaires importantes exigeaient sa présence.

Quant à Madame, elle avait la migraine et ne prendrait rien.

19

Tout le monde était rassemblé devant un gobelet de café dans la salle de conférences du commissariat de Nacka. Le Vieux se racla la gorge pour signifier qu'il était temps de commencer.

Il était huit heures du matin ce mercredi, exactement deux jours et vingt heures après qu'on eut abattu Oscar Juliander à quelques milles marins au sud-est de Sandhamn. La pluie tambourinait aux fenêtres. La température avait brusquement chuté à dix-sept avec l'arrivée de la dépression. Un été suédois typique, se dit Thomas avec résignation.

Il s'était installé avec Margit d'un côté de la table, Kalle et Erik à l'autre bout. Carina près d'eux.

Le Vieux se racla à nouveau la gorge.

« Bon, récapitulons. Qui commence ? » Il regarda avec insistance Margit et Thomas. « J'ai cru comprendre que vous avez fait des navettes. Quoi de neuf à Sandhamn ? »

Margit se leva et gagna le tableau blanc. Le premier feutre qu'elle prit était sec, mais le second fonctionnait mieux.

Tout en écrivant, elle résuma les principales pistes que Thomas et elle avaient listées. Des conclusions confortées par la lecture des rapports des auditions de témoins menées en parallèle par Kalle et Erik.

Elle s'arrêta après avoir noté quatre points :

Jalousie (maîtresse, femme ? mari trompé)
Criminalité financière
Mafia russe
Drogues.

« Pourquoi ce point d'interrogation après la femme ? » demanda le Vieux.

Margit, revenue à sa place, prit quelques secondes avant de répondre.

« Elle a évidemment un mobile, mais aussi un alibi. Sept personnes attestent qu'elle était en train de boire du vin italien sur une banquette de yacht au moment du coup de feu. De fait, toutes les personnes présentes à bord témoignent les unes en faveur des autres. Et puis elle n'a pas l'habitude des armes à feu. Nous avons vérifié, elle n'a pas de port d'arme. » Elle attrapa son gobelet, but une gorgée de café et continua : « J'ai aussi du mal à voir ce qu'elle avait à gagner à sa mort. Je crois que nous pouvons pour le moment mettre Mme Juliander hors de cause.

— Ici, on ne met personne hors de cause, grommela le Vieux. En tout cas pas avant que je l'aie décidé. Mais des maîtresses, il y en avait un paquet, si j'ai bien compris ? »

On échangea des regards entendus autour de la table.

« Ça, on peut le dire, fit Erik à voix basse.

— Tu es jaloux ? lâcha Margit.

— Non, ça va, je me débrouille. »

Erik, la trentaine, sourire poupin et torse musclé, disait sans doute la vérité.

Kalle brandit la liste fournie par Eva Timell. Plus d'une douzaine de femmes soigneusement alignées, avec nom et adresse.

« Un gros cochon, quoi, ricana le Vieux.

— C'est en effet une façon de voir les choses, pouffa Margit. Si tant est qu'un homme qui trompe sa femme depuis des années soit un sujet de plaisanterie.

— Au fait, dit le Vieux. Vous vous partagerez la liste des maîtresses pour les contacter. On laisse tomber l'épouse pour le moment. Et du côté de ses finances, comment se présentent les choses ? »

Thomas se tourna vers Carina.

« Qu'est-ce que ça a donné ? »

La première chose qu'ils avaient demandée au procureur était l'autorisation d'accès aux comptes bancaires de Juliander. C'était une importante pièce du puzzle pour comprendre la situation de la victime. Et surtout le train de vie qu'il affichait.

« J'ai commencé à tout examiner, répondit-elle, mais c'est long. Les gens sont difficiles à joindre en juillet. À la fin de la semaine j'en saurai plus.

— Nous sommes également en train d'analyser les affaires qu'il traitait, pour voir si quelque chose se cache de ce côté, ajouta Thomas.

— Bon, d'accord. Et la piste russe ? »

Le Vieux se tourna vers Margit et Thomas, qui se tournèrent à leur tour vers Erik Blom. Il feuilleta son carnet et l'ouvrit à une page entièrement griffonnée.

« Nous n'avons pas trouvé trace de plainte : apparemment, il ne s'est pas soucié de signaler à la police les lettres de menace mentionnées par son fils. D'après

Eva Timell, il s'agit sans doute de l'administration de la faillite de la société Eastern Property. Juliander en a été chargé voilà deux ans.

— Cela peut signifier qu'il n'a pas pris ces menaces au sérieux, dit Thomas.

— Ou qu'il n'a pas osé porter plainte, glissa Margit.

— J'ai parlé hier à un ancien collègue qui travaille à l'office de répression de la criminalité financière, dit Erik, pour savoir si le nom Eastern Property lui disait quelque chose. » Il feuilleta quelques pages de son carnet et releva les yeux. « Il a cherché dans ses fichiers.

— Et ? dit Margit.

— Rien.

— Si la mafia russe est derrière tout ça, ils se cachent derrière des hommes de paille, dit Margit.

— Des hommes de paille ? » s'étonna Carina, embarrassée de s'apercevoir qu'elle était la seule à ne pas savoir de quoi il s'agissait.

Erik lui sourit. Toujours prêt à expliquer la vie à une jolie fille.

« Le rôle d'un homme de paille est d'être en première ligne en cas de pépin. Surtout quand la société en question sert de façade à des activités criminelles. On met un pauvre type à la tête du conseil d'administration, et c'est lui qui va en taule.

— Mais il y a vraiment des gens prêts à aller en prison pour des crimes qu'ils n'ont pas commis ? » s'étonna Carina.

Thomas ne savait pas à quoi s'en tenir : sa question était-elle justifiée, ou naïve ? Puis il regretta aussitôt de penser en ces termes à sa petite amie – ou comment fallait-il l'appeler ?

« Tu serais surprise d'apprendre ce qu'un type qui siffle sa vodka sur un banc est prêt à faire pour quelques billets de mille. Ça ne coûte pas bien cher de faire signer les papiers d'une société par le premier RMIste venu.

— De toute façon, reprit Erik, si la mafia a utilisé un homme de paille ou un prête-nom, on aura du mal à les retrouver.

— Que savons-nous sur les méthodes de la mafia russe ? Est-ce que notre affaire correspondrait à leur mode opératoire ? »

Le silence se fit, puis Thomas prit la parole.

« Je ne suis pas un expert, mais ça ne leur ressemble pas. Difficile de croire que la mafia russe attende plus d'un an pour se débarrasser d'un administrateur de faillite gênant. »

Il griffonnait distraitement sur son bloc tout en parlant.

« Et puis, continua-t-il, s'ils en avaient vraiment après lui, il aurait été bien plus simple d'envoyer quelques durs à cuire lui faire la peau.

— Oui, il y aurait eu beaucoup d'autres occasions, renchérit Margit. Un faux accident de voiture, un coup de feu la nuit, un coup de couteau dans un coin sombre. Il y avait l'embarras du choix. » Elle se pencha au-dessus de la table. « Nous avons affaire à un meurtre sophistiqué, qui a dû nécessiter une planification minutieuse. Nos amis russes ne sont pas réputés pour leur délicatesse. Pourquoi se donner le mal de sortir en mer quand il suffisait de lui régler son compte un soir après le travail ? »

Elle se recala au fond de son siège et croisa les bras. Avec sa brosse ébouriffée qui avait pris dernièrement des nuances rouges, elle avait des airs de frelon énervé. Ce n'était pas beau à voir, mais cela imposait un certain respect.

« Ils veulent peut-être faire passer un message ? proposa le Vieux.

— Si longtemps après les lettres de menace ? » Margit souleva les sourcils, sceptique. « Et à qui ? À tous les administrateurs de faillite suédois ? À l'ordre des avocats ? Ces malfrats-là restent plutôt entre eux. Ils évitent les avocats et les juges. En général, il n'est pas rentable de s'en prendre aux représentants de l'ordre établi.

— Ça me va, dit le Vieux en se grattant le menton. Alors écartons pour le moment la piste russe. »

Il se balança sur sa chaise, qui émit des craquements inquiétants.

« Je continue à penser, intervint Thomas, que la façon dont a été tué Juliander a son importance, pas seulement le fait qu'il ait été tué. »

Il avait prononcé cette dernière phrase d'un ton particulier, qui avait attiré l'attention du Vieux. Les événements de l'été précédent avaient révélé le flair de Thomas. C'était sa première grosse enquête criminelle, et il s'en était bien sorti. En particulier à la fin, lorsque Nora Linde avait failli mourir enfermée dans le phare de Grönskär, au large de Sandhamn.

« Continue, dit le Vieux.

— Comme Margit l'a fait remarquer, ce meurtre a nécessité une planification minutieuse. C'est pour cette raison que j'estime le mode opératoire important. Il a un but. Il s'agissait peut-être d'humilier Juliander en public. Incontestablement, il a été abattu en pleine gloire.

— Oui, dit Margit, il s'agissait d'une véritable exécution, si on y réfléchit.

— Tout à fait, confirma Thomas.

— Une femme abandonnée se donnerait-elle tout ce mal pour tuer son amant ? demanda le Vieux, perplexe.

— J'en doute. Mais un mari jaloux ? dit Thomas. Ou un concurrent, peut-être actif lui aussi au sein du club nautique KSSS, présent lui aussi sur la ligne de départ ce jour-là ? Disposant d'un bateau et d'une arme.

— À creuser, conclut le Vieux. » Il changea de sujet. « Et pour les drogues ? Qu'est-ce que nous avons ? »

Thomas résuma l'audition de Winbergh et les soupçons de ce dernier.

« Juliander toxicomane ? fit le Vieux. On a autre chose pour étayer la théorie ?

— Aucune confirmation.

— Autrement dit, derrière sa façade lisse, notre avocat n'était donc peut-être pas tout blanc. Au fait, en savons-nous davantage sur l'arme du crime ? »

Erik montra une grosse pile de documents.

« On est en train de croiser le registre des ports d'arme avec l'entourage de Juliander. On veut savoir qui dispose d'une carabine de petit calibre.

— Vérifiez aussi toute la bande du KSSS, ajouta le Vieux.

— Combien y a-t-il de personnes enregistrées ? dit Margit.

— Environ six cent cinquante mille propriétaires d'armes en Suède et presque un million de permis pour des carabines à plombs. » Erik fit la grimace. « Merci à Sachsen d'avoir trouvé la balle, ça élimine déjà un million de suspects. »

Il fit un clin d'œil à Carina, qui lui sourit. Elle se leva et alla ouvrir grand la fenêtre. C'était un soulagement d'aérer l'atmosphère étouffante de la pièce.

Le Vieux rassembla ses papiers. Personne ne dit rien.

« Je crois qu'on va en rester là pour le moment. Tout le monde sait ce qu'il a à faire ces prochains jours ? »

Le Vieux se leva à moitié, mais se rassit aussitôt.

« Ah oui, au fait. Le procureur. Ne pas oublier de le tenir informé. Sinon il va nous pourrir la vie.

— Nous la voyons demain matin, dit Margit. On s'en occupe. Mais pas de problème, c'est Charlotte Öhman, on la connaît bien, non ? »

20

L'agent immobilier déplut à Nora dès l'instant où il posa le pied à Sandhamn. Elle ne savait pas ce qu'elle trouvait le pire, sa veste impeccable, ses chaussures astiquées qu'on voyait luire de loin sur le ponton poussiéreux, ou le fait qu'il avait mis une cravate pour se rendre dans l'archipel extérieur.

Il était étonnamment jeune, mais avait l'air de traiter l'affaire de sa vie. Ce qui était sans doute le cas. Un jeune loup avec des dents qui rayent le parquet, songea Nora, et qui veut se faire mousser devant ses patrons.

Svante Severin ne se laissa pas démonter par l'accueil glacial de Nora. Avec un sourire étudié, bouillonnant d'enthousiasme, il lui serra la main bien trop longtemps. Il se comportait avec Henrik comme avec un ami de longue date. Un flot de paroles se déversa de sa bouche pendant les dix minutes qu'ils mirent à gagner la maison de Tante Signe.

Devant la villa Brand, aucun superlatif ne suffisait pour décrire ce qu'il avait sous les yeux.

La cuisine à l'ancienne dégageait un charme irrésistible. Le poêle en faïence du salon le fit entrer en transe et la véranda lui coupa le souffle. Même la vieille salle de bains, avec sa baignoire à pattes de lion, reçut son lot de louanges, alors qu'il était évident qu'une rénovation complète était depuis longtemps nécessaire dans cette pièce humide.

Nora serra les dents.

À peine cette visite terminée, elle veillerait à réexpédier Svante Severin d'où il venait par un bateau de la compagnie Waxholm, et bon débarras.

« Tu as entendu ? dit Henrik.

— Quoi ? »

Perdue dans ses pensées, Nora n'avait pas suivi la conversation, tandis qu'ils redescendaient dans la salle à manger.

« Il faut être un peu plus attentive, chérie. Svante vient juste de dire qu'il est prêt à un compromis spécial sur ses honoraires, étant donné la nature unique du bien. »

Nora croisa les bras et regarda Severin et Henrik par-dessus la grande table, interloquée.

« Ses honoraires ?

— Son travail doit bien entendu être rémunéré. Mais Svante est disposé à renoncer à ses quatre pour cent habituels au profit d'une somme forfaitaire sur laquelle nous nous mettrons d'accord. Excellente idée, non ? »

Il posa un bras protecteur autour des épaules de Nora et fit un signe de tête bienveillant à l'agent immobilier.

« Tout à fait, renchérit Severin. Ce serait pour nous un honneur de nous occuper d'un tel trésor culturel. Nous pourrons certainement tomber d'accord sur quelque chose qui satisfera tout le monde. » Il fit un sourire désarmant. « Je n'imagine pas commencer à chicaner sur un pourcentage dans un cas pareil. »

Il se pencha vers Nora, qui recula instinctivement de quelques pas. La situation était bizarre. Elle cherchait en vain à lire sur le visage de Henrik qu'il avait compris qu'elle était loin de s'être décidée à vendre la maison.

Elle se dégagea du bras de son mari et alla à la fenêtre. La vue était comme toujours renversante. Sur la véranda, elle apercevait le vieux fauteuil en rotin où Tante Signe s'asseyait le soir. Un instant, il lui sembla entendre une queue frapper le plancher, le bruit que faisait sa chienne, Kasja, toujours couchée à ses pieds.

« Il est un peu tôt pour discuter de cela. Je pense que nous avons besoin d'en parler en privé, Henrik », dit-elle en tentant d'envoyer du regard un message muet.

Henrik fit comme si de rien n'était.

« Nora, il faut que tu écoutes ça. Svante dit qu'il a déjà une offre.

— Une offre ?

— Une proposition concrète. La maison est un bien très recherché. »

Nora passa la main sur la vieille horloge de la salle à manger. Elle avait encore besoin d'être remontée.

« Comment peut-on déjà faire une offre ? La maison n'est même pas encore en vente. »

Severin les regarda comme s'il avait une grosse surprise pour eux dans son chapeau.

« Eh bien, voyez-vous, après avoir parlé avec Henrik, je suis allé consulter notre liste de clients. Sandhamn est terriblement couru, en particulier chez les Suédois de l'étranger. Nous avons plusieurs clients qui ont depuis longtemps manifesté le souhait d'acquérir ici une maison ancienne.

— Je ne comprends toujours pas, dit Nora.

— Après notre conversation, j'ai contacté une famille particulièrement intéressée, des Suédois qui vivent en Suisse. Ils ont été tout feu tout flamme en entendant parler de la villa Brand. »

Nora se sentit tout à coup furieuse. Impossible de dire si c'était plus contre son mari ou contre l'agent immobilier, mais elle était à bout. Pourtant, elle se maîtrisa. Elle n'avait aucune envie de faire une scène devant Severin.

« De quoi parlons-nous, quand vous dites un prix exceptionnel ? entendit-elle Henrik demander.

— Je dirais… Svante Severin marqua une pause rhétorique : Que nous parlons de plusieurs millions. C'est une maison extraordinaire, avec une situation extraordinaire. *Prime location, you know ?* ajouta-t-il, la mine triomphante.

— Mais c'est une fortune, lâcha Henrik, estomaqué. Pour quelque chose qui nous tombe du ciel. » Il se tourna vers Nora. « C'est incroyable, non ? Imagine ce qu'on pourrait faire avec cet argent. Des perspectives impensables aujourd'hui s'ouvriraient à nous. »

Il regardait tour à tour Nora et l'agent immobilier, rayonnant.

« Henrik, il faut réfléchir. Je te rappelle que nous n'avons même pas encore décidé si nous voulons vendre cette maison. »

Nora jeta à son mari un regard assassin puis se tourna vers l'agent immobilier.

« Merci d'avoir pris le temps de venir jusqu'ici. Nous avons besoin de réfléchir à tout ceci. Tous les deux », ajouta-t-elle avec un nouveau coup d'œil à son mari, qui semblait déjà en train d'imaginer comment dépenser tous ces millions.

Elle reconduisit énergiquement l'agent immobilier jusqu'à la porte d'entrée.

« Nous vous tiendrons au courant, dit-elle de sa voix la plus autoritaire, signifiant ainsi une fin de non-recevoir. Quand nous aurons réfléchi. »

21

Thomas et Margit s'étaient partagé la liste : anciennes maîtresses, maîtresses actuelles.

Certaines de ces femmes occupaient des postes importants, d'autres étaient de parfaites inconnues. Deux hôtesses de l'air, ce que Thomas trouva d'une banalité affligeante. Quelques-unes étaient mariées à des hommes très en vue et n'allaient sûrement pas apprécier que la police vienne leur poser des questions sur un amant assassiné.

Malgré la période estivale, curieusement, il avait été très facile de localiser ces dames. Thomas devait rencontrer la femme que fréquentait Oscar Juliander ces derniers temps. Celle qui était « de permanence », comme avait dit Erik.

Diana Söder, trente-neuf ans. Elle n'était pas encore partie en vacances, Thomas la trouva sur son lieu de travail, sur Strandvägen.

Il gara sa voiture dans un garage hors de prix, descendit Birger Jarlsgatan, passa devant le théâtre Dramaten, dont les escaliers étaient couverts de touristes. Il se dirigea alors vers Djurgården.

Galerie Strandvägen, annonçait la vitrine en lettres

élégantes. Derrière, deux paysages dans d'épais cadres dorés.

Il entra dans un local assez grand, tout en longueur, aux murs blancs couverts d'œuvres d'art éclairées par des spots. À droite de l'entrée, deux confortables fauteuils club en cuir vert bouteille autour d'une table basse en verre couverte de revues d'art.

Thomas, qui n'y connaissait rien, se rendit compte qu'il n'avait pas la moindre idée de la valeur de ce qui était accroché aux murs : dix ou cent mille couronnes ?

Une femme séduisante était assise derrière un bureau ancien au fond du local. Elle était au téléphone, mais se dépêcha de raccrocher en le voyant, et vint à sa rencontre.

« Que puis-je faire pour vous ? »

Elle portait une robe d'été rose et un collier avec de grosses perles de la même couleur. Ses cheveux blonds étaient attachés sur la nuque. Quand elle sourit, une fossette s'ébaucha sur une de ses joues.

Thomas se présenta en montrant sa carte de police.

« J'ai quelques questions à vous poser au sujet d'Oscar Juliander. »

Elle blêmit, mais hocha la tête et l'invita à s'asseoir dans un des deux fauteuils.

« Que voulez-vous savoir ? » demanda-t-elle à voix basse.

Thomas sortit son carnet et le feuilleta jusqu'à une page blanche. Il sortit un stylo-bille de sa veste et vérifia qu'il marchait. Pendant ce temps, Diana Söder l'observait d'un œil inquiet.

« Pouvez-vous décrire votre relation avec Oscar Juliander ?

— Nous étions amis… De bons amis.

— De très bons amis, si j'ai bien compris », dit Thomas.

Diana Söder le supplia du regard, mais Thomas attendit. Il avait le temps.

« Nous avions une liaison », dit Diana Söder en baissant les yeux. Elle fit tourner nerveusement une bague qu'elle portait à l'annulaire droit. Des fils d'or et d'argent tressés.

Cela donna une idée à Thomas.

« Quelle jolie bague ! »

Diana Söder hocha la tête.

« C'est lui qui vous l'a offerte ? »

Ses mains s'immobilisèrent, et une larme coula sur sa joue.

« Pour mon anniversaire. En juin. Il l'a fait faire spécialement pour moi.

— Racontez-moi comment vous vous êtes rencontrés.

— Par le travail. La galerie organise une fête chaque Noël. Nous invitons nos clients et des personnalités en vue. C'est la femme de mon patron qui organise tout.

— Et vous vous êtes donc rencontrés à cette fête ?

— Oui. Il y a un an et demi, la veille de la Sainte-Lucie. Isabelle avait invité beaucoup de monde, entre autres les membres de la direction du KSSS et leurs femmes. Mais Oscar était venu seul. »

KSSS. Isabelle. Thomas sursauta.

« Comment s'appelle votre patron ?

— Ingmar von Hahne. »

Thomas s'efforça de masquer sa surprise. Comment avait-il pu lui échapper que Diana Söder travaillait pour Ingmar von Hahne ? Il se rappelait à présent l'avoir entendu évoquer sa galerie d'art lors de son audition à Sandhamn.

« Ingmar est le propriétaire. Il a ouvert sa galerie il y a vingt-cinq ans. Un véritable amateur d'art, mais pas un grand vendeur. » Elle sourit un peu. « Il aime beaucoup trop ses tableaux pour avoir envie de s'en défaire. »

Singulière coïncidence, songea Thomas, que la maîtresse de Juliander travaille pour Ingmar von Hahne. Que faut-il en penser ?

« Que s'est-il passé à cette fête ?

— Nous avons noué la conversation. Quelques jours plus tard, il m'a proposé de déjeuner avec lui. »

Elle soupira en laissant son regard glisser vers la fenêtre.

« Et de fil en aiguille… Oscar pouvait être très têtu quand il s'y mettait.

— Saviez-vous qu'il était marié ? »

Diana Söder évita de regarder Thomas en face.

« Oui, dit-elle à voix basse. Je le savais. Mais Oscar affirmait qu'il avait un accord avec sa femme. Dès que les enfants auraient fini leurs études, ils se sépareraient. »

Elle semblait soudain le défier de prouver le contraire.

Thomas savait que la plupart des hommes infidèles utilisent leurs enfants comme prétexte pour ne pas quitter leur femme. Convaincre sa maîtresse que ses enfants devaient d'abord finir leurs études était une variante intéressante.

Il se demandait pourquoi une femme séduisante comme Diana Söder se contentait d'une liaison clandestine avec un homme marié. Surtout un homme à femmes comme feu Juliander.

« Vous aviez des projets d'avenir ?

— Je l'espérais. Je l'aimais vraiment beaucoup. »

Sa voix était si sourde que Thomas dut tendre l'oreille pour comprendre.

« J'aimerais savoir où vous vous trouviez dimanche dernier, quand Oscar Juliander a été tué. »

Elle joignit les mains sur ses genoux avant de répondre. Elle avait l'air de se préparer à faire sa prière.

« J'étais en famille avec mon frère. Dans leur maison de campagne de Skarpö. J'ai appris la nouvelle aux informations. Qu'il avait été assassiné.

— Votre frère peut-il attester votre présence ?

— Bien sûr. C'était si horrible d'apprendre ça à la télévision. » Ses yeux s'emplirent de larmes qu'elle essaya d'essuyer avec la pointe de l'index. « Pourquoi quelqu'un aurait-il voulu tuer Oscar ? C'est incompréhensible, ajouta-t-elle en étouffant un sanglot.

— C'est justement ce que nous tentons d'élucider, dit Thomas en se penchant vers Diana Söder. Le comportement de Juliander avait-il en quoi que ce soit changé ces derniers temps ? »

Elle réfléchit.

« Il avait l'air très stressé. Oppressé. Je pensais que c'était son travail. Mais il a eu des sautes d'humeur tout le printemps.

— Savez-vous s'il avait des soucis d'argent ? »

Elle secoua la tête.

« Il ne m'a en tout cas parlé de rien de ce genre. Au contraire, il était toujours très généreux quand nous nous voyions. Nous sommes parfois partis ensemble en voyage, toujours dans les meilleurs hôtels. » Elle se tut et regarda Thomas d'un air interrogatif. « C'est une histoire d'argent ?

— Je ne sais pas, je ne peux pas répondre à cette question pour le moment. »

Diana Söder se laissa retomber au fond de son fauteuil tandis que ses yeux se remplissaient à nouveau de larmes.

« Savez-vous si Oscar Juliander consommait de la drogue ? » continua Thomas. Il s'efforça d'adoucir sa voix. Il ne voulait pas inquiéter encore davantage cette femme en deuil.

Le silence se fit. On n'entendait plus que les bruits de la rue. Une poussette passa avec un tintement de hochet.

Puis Diana dit tout bas :

« Oui, parfois. Il prenait de temps en temps de la cocaïne.

— Qu'en pensiez-vous ? demanda Thomas. En consommez-vous aussi ? »

Diana Söder secoua énergiquement la tête.

« Ça ne me viendrait jamais à l'idée. Oscar voulait que j'essaie, mais j'ai toujours refusé. Il faut que je pense à mon fils.

— Mais Oscar en prenait malgré tout ?

— Il disait que ça l'aidait à se concentrer. Ça lui clarifiait les idées. C'était d'ailleurs un sujet de dispute entre nous. Il me trouvait hystérique.

— Combien de temps cela a-t-il duré ?

— Je ne sais pas. La première fois qu'il en a pris devant moi, sans se cacher, ça devait être il y a un an.

— Où étiez-vous ?

— Chez moi. J'étais allée aux toilettes et en revenant j'ai vu qu'il en avait étalé sur un miroir de poche, sur la table du séjour. Il m'a demandé si je voulais essayer.

— Et vous l'avez fait.

— Mais non, je vous l'ai déjà dit. » La voix de Diana Söder était cassante.

« Et ensuite ?

— Il m'a dit que je ne devais pas m'inquiéter. Que beaucoup de monde consommait de la cocaïne. Que ce n'était pas pire que l'alcool.

— Vous n'avez pas alors songé à le quitter ?

— Je l'aimais. Je lui faisais confiance quand il m'assurait qu'il gardait le contrôle.

— Quel effet cela avait-il sur lui ?

— Ça ne le rendait en rien désagréable. Il parlait juste un peu plus fort, avec les yeux brillants. Il était remonté, quoi. Mais agressif, jamais. Juste plus intense. » Elle fit un sourire triste. « C'était sa façon d'être, plein de vie. » Elle regarda sa montre. Une discrète montre-bracelet en or cerclant son fin poignet. « J'ai un client dans dix minutes. En avons-nous encore pour longtemps ? J'ai besoin de me ressaisir. Je ne peux pas me présenter comme ça devant lui. » Elle regarda Thomas de ses yeux rougis.

Ce dernier étouffa un soupir. La mort précoce d'Oscar Juliander avait peut-être du bon pour Diana Söder. À présent, elle était forcée de se prendre elle-même en main pour aller de l'avant.

« Juste une dernière question. Savez-vous si Oscar avait des ennemis ? »

Elle secoua la tête.

« Pas à ma connaissance. Mais il pouvait parfois être assez méprisant avec les gens qu'il n'aimait pas, surtout d'autres avocats.

— Comment ça ?

— Il se moquait de leur incompétence. Les traitait d'idiots. Il lui arrivait de dire qu'Untel n'aurait jamais dû être reçu à l'ordre des avocats, ou que tel autre devrait en être exclu.

— Le disait-il en public ?

— Il n'avait pas sa langue dans sa poche, quand il s'y mettait. »

Au point de se faire un ennemi mortel ? se demanda Thomas. Oscar Juliander s'était-il montré insolent au point que quelqu'un décide de le tuer ?

« Au fait, savez-vous s'il avait des relations avec la mafia russe ? »

Diana Söder le regarda, interloquée.

« Pourquoi demandez-vous ça ?

— Il semble qu'il ait reçu des lettres de menace en rapport avec eux.

— Je n'en ai jamais entendu parler. Mais si c'était le cas, il ne m'en aurait de toute façon pas parlé. »

Thomas se leva.

« Je crois que nous en avons fini. Merci d'avoir pris le temps de me recevoir. Encore une fois, toutes mes condoléances. »

Diana Söder s'essaya à le saluer d'un sourire qui ressemblait davantage à une grimace. En refermant la porte de la galerie, Thomas la vit disparaître dans l'arrière-boutique.

Il lui sembla en partant entendre des sanglots.

22

Ça doit être la première fois que la remise des prix du Tour de Gotland a lieu devant des drapeaux en berne, songea Hans Rosensjöö. Il était en compagnie d'Ingmar von Hahne au pied de la scène où devait avoir lieu la cérémonie, entre la capitainerie et la grande jetée.

On avait installé une grande table couverte d'une nappe en satin bleu à l'emblème du club nautique. Des coupes en argent s'alignaient à côté de magnums de champagne. À un bout, des médailles de tailles décroissantes pour les deuxième et troisième prix. Un magnifique bouquet central couronnait le tout.

En sa qualité de président, Hans Rosensjöö devait procéder à la remise des prix. Pour l'assister, il avait l'organisateur de la compétition ainsi que la jeune et jolie Emma, la fille d'Ingmar. Il était d'avis qu'une touche féminine était toujours la bienvenue. Surtout quand plus de quatre-vingt-dix pour cent des participants de la course étaient des hommes.

L'ambiance n'était pas vraiment à la fête, mais cela n'avait rien d'étonnant. Le restaurant des Navigateurs, d'ordinaire complet un soir pareil, avait dû faire face à une vague d'annulations. Le maître d'hôtel n'était pas content. Il leur avait fallu réaménager la salle à manger pour qu'elle ne semble pas trop déserte.

S'il avait pu, Hans Rosensjöö se serait bien dispensé de participer à l'événement. Mais comme ils avaient décidé de maintenir la course, il fallait aller jusqu'au bout, remise des prix, dîner de gala et tout le tralala. Ils le devaient à tous les participants.

Il regarda à nouveau sa montre. Encore dix minutes avant que ne retentisse le coup de feu ouvrant la cérémonie.

Britta Rosensjöö bavardait avec Isabelle von Hahne et quelques autres membres du comité d'organisation de la régate. Comme d'habitude, Isabelle menait la conversation. Elle était en train de parler en long et en large de son engagement au sein d'un groupe de pression visant à faire interdire toute forme de trafic automobile dans le quartier de Djurgården.

Comme si la chose était réalisable. À quoi bon, honnêtement ? Britta sirotait son champagne. Où Isabelle trouvait-elle ce dynamisme ? Comment s'en sortait-elle avec toutes ces activités bénévoles ? Ce qu'il lui aurait fallu, c'était un vrai travail pour canaliser son surplus d'énergie.

Mais c'était impensable dans son milieu huppé, se dit Britta. Hans et elle fréquentaient certes du beau monde, mais Isabelle avait un pedigree supérieur. Dans les années cinquante, son père avait été l'industriel le plus connu de Suède. Dans cette famille, il n'était pas question de laisser une jolie fille faire des études et exercer une profession. On l'avait plutôt mariée à un aristocrate à particule. Une breloque qui avait dû ravir son petit papa.

Isabelle lui faisait presque pitié. Britta avait eu l'occasion de rencontrer son père avant sa disparition, et se souvenait combien il était rigide et attaché aux traditions. Un homme qui gouvernait sa famille d'une main de fer. Et il n'y avait pas à discuter.

L'air soucieux, Britta regarda en direction de son mari près de la table des trophées. Il était fatigué, très pâle. Ces derniers jours avaient été terribles, elle s'inquiétait pour lui. Il allait malgré tout avoir soixante-cinq ans, il n'était plus tout jeune. Le sens du devoir, d'accord, mais la santé d'abord. Elle ne lui avait jamais dit ouvertement combien elle attendait le moment où il abandonnerait ses responsabilités à la tête du club, mais elle comptait désormais les jours.

À vrai dire, elle n'avait jamais beaucoup aimé Oscar. Il était bien trop imbu de lui-même. Comme s'il était depuis toujours habitué à ce que les gens lui obéissent. Cet été, il avait commencé à jouer les présidents, alors que Hans n'était pas encore parti. Oscar n'en avait fait qu'à sa tête, et avait plusieurs fois failli mettre son mari dans l'embarras.

Britta l'avait trouvé bien présomptueux. Mais n'en avait rien dit à Hans.

Elle avait toujours préféré cette chère Sylvia, beaucoup plus sympathique. Et de bien meilleure famille. Mais Sylvia ne l'accompagnait pas très souvent, préférant rester dans leur maison de vacances d'Ingarö. Sans doute n'aimait-elle pas trop jouer les potiches tandis qu'Oscar accaparait l'attention avec son rire tonitruant et ses intarissables anecdotes. Et, de son côté, il n'avait probablement rien contre le fait de la voir rester à la maison en lui laissant le champ libre.

« N'est-ce pas, Britta ? »

Britta sursauta à la question d'Isabelle, penaude. Elle s'était perdue dans ses pensées.

« Pardon, tu disais ? s'excusa-t-elle. Je n'ai pas entendu. Je ne suis pas dans mon assiette, cette semaine. L'autre jour j'ai perdu mon appareil photo et ce matin mes lunettes de soleil. »

Isabelle ne semblait pas mal le prendre. Elle sourit avec indulgence.

« Je disais juste : vivement que ce soit fini. »

Britta opina du chef et but une gorgée de champagne. Il avait commencé à tiédir. Heureusement, Hans avait bientôt fini son mandat, elle allait enfin être dispensée de ces mondanités.

23

« Regarde ça », dit Kalle en tendant un document que venait de cracher le fax.

Il était seize heures, ils étaient presque seuls à l'étage : beaucoup étaient en vacances et ceux qui travaillaient sur le meurtre du Tour de Gotland étaient occupés ailleurs.

Erik prit le document. Il reconnut aussitôt l'en-tête : le laboratoire de police scientifique de Linköping.

« Les analyses biomédicales ?

— Yes », opina Kalle.

Erik s'assit en face de lui et parcourut rapidement le rapport de trois pages.

« Bon », dit-il ensuite en se grattant la tête. Ses cheveux bruns étaient rejetés en arrière avec un peu de gel. Son polo blanc remontait en découvrant des reins bronzés.

« Apparemment, il n'y a aucun doute. » Il brandit la page deux.

« Très peu, en effet.

— Il y a des traces de cocaïne dans le sang de Juliander.

— Les soupçons de Winbergh étaient donc justifiés.

— Mais qu'est-ce que ça veut dire ? »

— Oui, c'est bien la question. Je dirais même plus, qu'est-ce que ça veut dire ? »

« Nora, quelle bonne nouvelle ! Quelle chance ! » La voix enthousiaste de Monica Linde se déversait du combiné. « Henrik m'a mise au courant. Maintenant, vous allez pouvoir acheter la maison de vos rêves à Saltsjöbaden. Félicitations ! Après tout ce qu'a fait cette affreuse bonne femme… Comme on dit, à quelque chose malheur est bon, non ? »

C'était comme si sa belle-mère, snob et totalement dénuée de tact, savait exactement sur quel bouton appuyer pour faire enrager Nora.

Elle n'avait jamais beaucoup apprécié Monica Linde, qui ne manquait pas une occasion de se faire mousser en évoquant tout le beau monde qu'elle avait côtoyé au cours de sa longue carrière d'épouse de diplomate. Un jour comme celui-ci, où Henrik et elle ne se parlaient presque plus après la visite cauchemardesque de l'agent immobilier, supporter sa belle-mère était au-dessus de ses forces.

Ce n'est qu'à grand-peine que Nora parvint à se maîtriser.

« Là, je ne vous suis pas vraiment, dit-elle. Qu'est-ce qu'il vous a raconté ?

— Mais que vous allez vendre la villa Brand, bien sûr. Et qu'on vous a fait une proposition fantastique.

— Ah, je vois. »

Monica Linde ne sembla pas remarquer son ton glacial. « J'ai toujours trouvé ce pavillon où vous habitez d'une tristesse… On y est serré comme des sardines. Et puis le voisinage n'est pas fameux. Aucun style. »

Courte pause pour reprendre son souffle.

« Depuis qu'il est tout petit, Henrik est habitué à de grandes surfaces. Je n'ai jamais compris comment il a supporté de vivre jusqu'ici dans cette bicoque. Ce serait quand même merveilleux que vous puissiez acheter quelque chose qui ait plus de standing.

— Nous nous plaisons beaucoup là où nous habitons », dit Nora en serrant la mâchoire.

Elle faillit lui raccrocher au nez. Mais elle savait qu'elle aurait à le payer pendant des années. Et si elle faisait semblant d'être à court de batterie ? L'idée était tentante.

« Je suis tellement bouleversée par la mort d'Oscar, continua Monica. Tellement bouleversée. Mais où va le monde ? Vous avez vu les journaux, ces derniers jours ?

— Oui.

— Comment un homme si charmant a-t-il pu être assassiné ? C'est incompréhensible. Et comme d'habitude, la police ne fait rien. Avec tous les impôts qu'on paie ! Des incompétents. »

Simon déboula soudain dans la pièce derrière son ballon de football : Nora était sauvée.

« Simon aimerait vous parler. » Elle passa le téléphone à son fils sans dire au revoir.

Simon la regarda avec des yeux ronds en secouant la tête. Nora prit son air sévère et souffla : « Grand-mère » tout en lui mettant l'écouteur sur l'oreille.

« Dis quelque chose, chuchota-t-elle le plus fort qu'elle put sans qu'on l'entende à l'autre bout du fil. Allez, dis quelque chose, parle de tes cours de natation. »

De mauvais gré, il marmonna quelques phrases avant de demander avec des grimaces la permission de raccrocher.

Grand-mère n'avait pas non plus la cote chez ses petits-enfants : elle ne manquait pas une occasion de les corriger ou de dire à Nora comment les élever. Elle n'était pas très discrète et les enfants étaient assez grands pour que cela ne leur échappe pas.

Pour ne rien arranger, ils adoraient les parents de Nora, Lars et Susanne, qui de leur côté encensaient Adam et Simon. Depuis que Lars avait vendu son entreprise et que Susanne avait pris sa retraite, ils étaient en outre très disponibles pour leurs petits-enfants.

Nora embrassa rapidement son fils sur le front pour le remercier d'avoir fait l'effort de parler à sa grand-mère. Il prit le ballon et courut rejoindre Adam qui l'attendait dehors avec des copains. Le seul fait de voir combien les garçons s'amusaient lui redonna le moral.

Il fallait qu'elle discute de cette histoire de vente avec quelqu'un d'autre que Henrik. Elle aurait préféré ne pas avoir à mettre son mari à l'écart, mais il y avait urgence. Et dans ces cas-là, il n'y avait qu'une seule personne sur qui compter : Thomas. Et puis il était bien au courant de toute cette histoire autour de la villa de Tante Signe.

Nora lui envoya un SMS.

Appelle-moi dès que tu as le temps.

Une minute plus tard la réponse arrivait.

Suis à Sandhamn. Il s'est passé quelque chose ?

Nora sourit intérieurement.

Rapide et efficace, comme toujours. C'était tout Thomas.

Elle répondit directement :

Une bière au bar des Plongeurs vers dix-huit heures ?

La réponse fut tout aussi prompte :

OK/T.

24

« Alors ? Raconte ! » dit Nora.

Thomas reposa son verre de bière après en avoir bu la moitié d'un coup. Il étouffa discrètement un rot.

« Qu'est-ce que tu veux savoir ?

— Tu imagines bien que je suis curieuse. Tout le monde à Sandhamn se demande qui a tué Juliander. Les journaux ne parlent que de ça.

— Et tu penses que je vais divulguer des informations confidentielles relatives à l'enquête ? »

Thomas lui adressa un sourire un peu las. En compagnie de Margit, il avait passé la journée à auditionner d'autres témoins, des concurrents d'Oscar Juliander, de retour à Sandhamn après avoir terminé la course.

Il remarqua que Nora n'avait pas paru aussi reposée depuis longtemps. Elle était moins maigre qu'au cours du dernier hiver. Le soleil avait fait apparaître quelques taches de rousseur sur son petit nez bronzé. Les cernes sous ses yeux avaient presque disparu et sa nouvelle coupe de cheveux, un peu plus longue, lui allait bien, lui donnant un air plus doux.

« Allez ! dit Nora. Tu n'es pas obligé si tu ne veux

ou ne peux pas. Mais Juliander était quelqu'un de connu, ça ne t'étonne pas que je pose la question ?

— Tu l'avais rencontré ? » demanda Thomas en faisant un sort au bol de cacahouètes apporté par la serveuse. Il avait commandé un club sandwich qui n'était pas encore arrivé. Nora, qui devait dîner en famille, s'était contentée d'une bière légère. Elle avait proposé à Thomas de les accompagner, mais il avait décliné l'invitation. Il fallait qu'il attrape le dernier bateau pour Stavsnäs à dix-neuf heures trente.

« Plusieurs fois. C'était une huile au KSSS. Les parents de Henrik le connaissaient.

— Tu as travaillé avec lui ?

— Non. Mais il faisait autorité dans les cercles juridiques à Stockholm. Un tout petit monde, en réalité, ajouta-t-elle avec une grimace. Le cabinet Kalling est ancien et chic, Oscar Juliander était un des meilleurs administrateurs de faillite du pays.

— Explique-moi en quoi consiste ce métier », dit Thomas.

Il attrapa une bouteille de ketchup et en versa une dose généreuse sur le bord de l'assiette qu'on venait de lui apporter.

« Un administrateur de faillite, dit Nora en faisant tourner son verre de bière, est une personne qui prend en charge l'activité d'une entreprise quand celle-ci a été déclarée en faillite.

— Ça, j'avais compris. Mais plus précisément ?

— Après une faillite, ni la direction ni le conseil d'administration ne peuvent plus disposer de la société. Ils en ont en quelque sorte perdu l'usufruit. »

Thomas regarda Nora, une expression lasse dans les yeux. Décidément, les juristes utilisaient parfois un jargon incompréhensible pour le commun des mortels.

« Et la traduction en suédois, s'il te plaît ? »

Nora sourit.

« Le tribunal vire le P-DG et le conseil d'administration et nomme un avocat avec mission de démanteler l'entreprise en soldant les dettes et en liquidant les actifs.

— Que se passe-t-il, concrètement ?

— Ça dépend. On vend parfois les actifs les uns après les autres jusqu'à avoir tout liquidé. Parfois, les anciens propriétaires rachètent une partie de ces actifs et reprennent l'activité.

— C'est autorisé ?

— Et pourquoi pas ? Le but de la liquidation judiciaire est de collecter le plus d'argent possible pour rembourser les créanciers. Si on peut tirer un bon prix en revendant l'entreprise à ses anciens propriétaires, ce n'est pas interdit. Immoral, peut-être. »

Thomas la regarda, sceptique. Tout cela lui semblait légalement et éthiquement douteux. Mais c'était elle la juriste.

« Oscar Juliander faisait donc office de P-DG de secours ?

— Oui, c'est à peu près ça.

— T'est-il arrivé d'entendre dire du mal de lui ? Quelque chose qui tranche avec son image publique ? »

Nora se cala au fond de son siège. Elle se remémora le florilège de ragots qu'on entendait à Stockholm. Sans aucun doute, c'était un homme à femmes. Aux soirées de l'ordre des avocats, il flirtait toujours avec les jolies petites juristes. Mais sinon, qu'avait-elle entendu dire d'Oscar Juliander ?

Elle secoua la tête.

« Il a une bonne réputation. Et beaucoup d'argent, je crois.

— Tu aurais vu leur villa à Saltsjöbaden… Trois voitures devant le garage.

— Ce voilier avec lequel il concourait a dû coûter bonbon, continua Nora. Et ils ont une jolie maison à Ingarö, pas loin de chez mes beaux-parents. »

Elle adressa un clin d'œil ironique à Thomas, qui connaissait bien Harald et Monica Linde et savait exactement ce qu'elle voulait dire.

« Mais un avocat, c'est très bien payé, n'est-ce pas ? Surtout quand on est du cabinet Kalling ? dit Thomas en embrochant ses dernières frites au bout de sa fourchette. Nous avons rencontré leur gérant associé, *managing partner*, comme ils disent, qui nous a parlé de salaires pouvant atteindre le million. De quoi voir venir.

— Peut-être. Mais Juliander était sans doute forcé d'aligner les heures pour se maintenir à flot. Tu sais ce qu'on dit de la voile de compétition ? »

Thomas secoua la tête.

« Non.

— Eh bien, c'est comme déchirer des billets de mille sous la douche. »

Thomas sourit.

« Ça coûte vraiment la peau des fesses. Je vois bien combien d'argent Henrik et ses partenaires mettent dans leur six mètres, et encore, ils ne participent qu'à des compétitions en Suède.

— De quel genre de sommes parlons-nous ?

— Sans doute dix à douze millions pour un Swan comme celui de Juliander. À quoi il faut ajouter le ravitaillement, les dîners de gala, l'uniforme de l'équipage avec le nom du bateau brodé dessus. Le capitaine paie tout à bord, c'est la tradition. »

Elle but une gorgée de bière et regarda le port.

Le remorqueur orange était revenu s'amarrer au quai de la douane. Simon, qui apprenait tout juste à lire, trouvait très bizarre de voir PILOTE écrit sur sa coque. Un pilote, ça conduit un avion, pas un bateau. Nora avait beau lui expliquer qu'on le disait aussi pour un remorqueur, il n'en démordait pas.

« Et alors, comment ça se passe ? » demanda-t-elle.

Thomas haussa les épaules.

« On rame. » Son image le fit sourire. « De nombreuses pistes, mais pas un seul suspect.

— Et les faillites qu'il administrait ? Rien de bizarre de ce côté-là ? Sais-tu à quoi il travaillait ?

— Vois par toi-même. »

Thomas sortit de son sac quelques documents agrafés. Il les tendit à Nora qui entreprit de parcourir la liste.

« Comment vous y êtes-vous pris pour contrôler tout ça ? dit-elle au bout d'un moment en lui rendant les papiers.

— Tu peux les garder, si tu veux. Si tu y vois quelque chose d'intéressant, fais-moi signe. » Il eut un geste las. « Pour répondre à ta question, on a commencé les vérifications, mais on manque d'effectifs, et la brigade financière n'est pas en mesure de nous apporter l'aide qu'il nous faudrait en plein mois de juillet. Ils sont tous en vacances. »

Il se tut et hésita un instant.

« Tu penses qu'on devrait chercher dans une direction en particulier ? »

Nora reprit la liste et l'étudia de plus près.

« Croise les noms de tous les membres des conseils d'administration concernés avec le fichier des infractions économiques, si ce n'est pas déjà fait. Même chose pour tous les P-DG.

— Bonne idée, dit Thomas. Erik s'en occupera. »

Nora regarda sa montre.

« Écoute, dit-elle, restons-en là avec Juliander. Il faut que je rentre bientôt, on doit dîner à sept heures. Et je voulais te parler de tout autre chose. »

Elle se tut en ramassant quelques grains de sel tombés sur la nappe. À nouveau cette vieille sensation d'être déloyale envers Henrik, mais tant pis : le besoin de parler avec quelqu'un était plus fort.

« Henrik veut qu'on vende la maison de Tante Signe. Et il y a déjà un acheteur sur le coup. »

25

Le silence du bureau la submergea. Un vide qui appelait une voix familière, la seule personne au monde capable de le combler.

Eva Timell se prit la tête entre les mains en se demandant ce qu'elle allait devenir. La migraine l'assommait. Un arc au-dessus de son œil gauche qu'elle pouvait presque voir en fermant les yeux. Comme une barre de fer rouge qu'on aurait courbée en demi-lune avant de la lui enfoncer le long du sourcil.

Pourtant, elle ne voulait pas prendre la petite pilule rose qui rendait le supplice supportable et la remettait sur pied. Ce battement lancinant dans ses tempes valait toujours mieux que la douleur qui l'envahissait chaque fois qu'elle se souvenait qu'Oscar était mort.

Elle se surprenait sans cesse à regarder vers la porte de son ancien patron. Après tant d'années, c'était plus fort qu'elle. Sa tête se tournait toute seule. Il y avait là-bas son bureau, un élégant meuble dix-neuvième qu'il avait acheté aux enchères chez Bukowski. Il s'y était accroché avec entêtement, contre l'avis de l'architecte d'intérieur engagé par le cabinet qui ne jurait que par le mobilier moderne et les formes épurées. Il semblait à présent aussi abandonné qu'un chien ayant perdu son maître.

Les premiers jours après l'annonce de sa mort, elle n'aurait pas imaginé pouvoir autant pleurer. Un flot insensé de larmes que déversaient des yeux de plus en plus rouges et gonflés. La nuit, elle pressait un oreiller contre sa bouche pour que les voisins n'entendent pas son désespoir. Son chat persan blanc, le beau Blofeld, se cachait sous le lit, effrayé par ses sanglots étouffés.

Elle se demanda comment Sylvia se sentait, en ce moment même. Sylvia, qui avait le droit de pleurer publiquement. La veuve éplorée, soutenue par sa famille et ses amies, et qui avait au moins ses enfants comme raison de vivre.

La bouche d'Eva Timell forma une grimace amère. Sylvia avait tout et elle rien. Pourtant, personne n'avait mieux connu Oscar qu'elle. C'était elle qui avait organisé presque chaque minute de la vie d'Oscar.

Tous les cadeaux de Noël que Sylvia avait reçus ces quinze dernières années, tous les flacons de parfum luxueusement emballés, Eva les avait choisi. Elle avait même tenu un registre pour ne pas se répéter d'une fois sur l'autre.

Et comment était-elle remerciée ? Par une vie solitaire de femme mûre sans enfants.

Quand Eva avait commencé à travailler comme assistante d'Oscar, une liaison passionnée s'était installée entre eux. Elle ne s'était jamais sentie aussi aimée. Elle se levait trop tôt, pressée d'aller au bureau retrouver Oscar.

Dans son lit, elle fantasmait sur les moments qu'ils passaient ensemble, imaginait des surprises. Parfois, elle achetait une jolie carte, y inscrivait un mot sibyllin et la glissait avec le courrier du jour. Puis elle attendait qu'il la trouve. Il sortait alors de son bureau avec ce sourire particulier qu'il n'arborait que dans ces moments-là.

Plusieurs années, elle avait attendu en espérant qu'Oscar divorce. Peu à peu, pourtant, à mesure que les enfants grandissaient et que l'attention d'Oscar se tournait ailleurs, il devint clair qu'il n'y aurait jamais de divorce. Oscar aimait trop sa confortable existence pour faire une chose pareille.

Sylvia était l'épouse et la mère parfaite. Elle s'occupait de la maison et des enfants et représentait un atout important pour sa réussite. Elle venait d'une famille distinguée, bien implantée dans la bonne société de Saltsjöbaden. Elle acceptait qu'Oscar mène sa vie de son côté. Elle s'occupait des réunions de parents d'élèves, des dîners, des réceptions et fermait les yeux sur les aventures féminines de son mari.

Ne remettait rien en question. Se plaignait rarement. Était toujours là.

Peu à peu s'établit une sorte d'entente entre Sylvia et Eva. Elles se partageaient Oscar. À Sylvia revenait le peu de temps qu'il passait avec sa famille, Eva s'occupant de tout le reste. Elles gravitaient autour de lui comme deux lunes autour du soleil. Oscar, le Roi-Soleil.

La fin de leur liaison avait été douloureuse, mais la passion avait cédé la place à une autre forme d'intimité. Si elle avait dû renoncer à son amour, Eva avait su se rendre indispensable.

La clé de son succès, quand il était devenu un des avocats suédois les plus en vue. Elle gérait l'afflux de nouveaux clients et veillait à lui faciliter la vie en tout. À une réception, elle faisait en sorte qu'il ait toujours un verre à la main. Si sa chemise était froissée, elle en sortait une nouvelle comme par enchantement. Elle arrondissait les angles quand il était débordé.

Parfois, elle avait caressé l'idée d'aller voir ailleurs, de briser cette dépendance et de refaire sa vie. La quarantaine avait été une période difficile. Ses chances de fonder elle-même une famille s'amenuisaient, et elle avait alors compris que le prix à payer pour conserver sa dose d'Oscar quotidienne était une longue solitude. Pourtant, elle ne pouvait se résoudre à le quitter.

Avec un soupir, elle se leva pour aller boire un peu d'eau. La migraine tambourinait. Peut-être valait-il mieux prendre malgré tout cette pilule rose, sinon la douleur allait devenir atroce.

Elle revint avec une bouteille de Ramlösa s'asseoir devant l'ordinateur. Depuis l'annonce de la mort d'Oscar, les mails avaient afflué. Les premiers jours, elle était restée chez elle, apathique, mais il fallait qu'elle se ressaisisse et se décide à les lire.

Son courrier personnel lui prit une bonne heure. Beaucoup des connaissances d'Oscar préféraient passer par elle pour ne pas déranger Sylvia.

Puis elle ouvrit la boîte d'Oscar. Après une trentaine de messages, elle en trouva un différent des autres. L'adresse de l'expéditeur était codée : ACV91@hotmail.com. Pas de titre. Elle cliqua dessus. Le texte s'afficha :

Oscar,

Tu avais promis que l'argent serait versé au plus tard aujourd'hui. Je ne peux plus attendre.

Benny

Eva Timell regarda ces quelques lignes, perplexe. Ce n'était pas le ton habituel entre deux avocats. D'ailleurs, si le mail émanait d'un autre cabinet, cela aurait dû apparaître dans l'adresse.

Cela pouvait toujours être quelqu'un impliqué dans une des faillites dont Oscar s'occupait, mais ce texte avait quelque chose d'étrange. La dernière phrase avait un ton désagréable. Presque menaçant.

Elle regarda la date d'envoi. Vendredi, le jour où Oscar était parti pour Sandhamn. Deux jours avant qu'on l'abatte.

Elle tendit la main vers sa bouteille d'eau, mais elle était déjà vide. Lentement, elle alla en chercher une autre. Devait-elle en parler à la police ? Cela pouvait-il salir la mémoire d'Oscar ?

Elle pesa le pour et le contre.

Le plus sage était quand même de remettre ce message à la police. Et si c'était le meurtrier d'Oscar qui l'avait écrit ?

La casquette blanche d'étudiant, symbole d'espoir et de liberté, vola en l'air tandis qu'il chantait à tue-tête avec ses camarades du lycée Östra Real.

« C'est nous les bacheliers, c'est nous les bacheliers, c'est nous les bacheliers ! Hip hip hip hourra ! »

Le soulagement de n'avoir pas été recalé le rendait euphorique, son sang était en ébullition. À moi l'avenir radieux, pensait-il.

Il n'aurait pas supporté d'échouer et de devoir tout penaud aller trouver le concierge, qui faisait sortir par la porte de derrière ceux qui avaient craqué à la dernière épreuve. Ils s'éclipsaient ainsi la queue entre les jambes, tandis que leur famille et leurs amis les attendaient en vain dans la cour.

Plutôt mourir, avait-il songé en attendant que l'examinateur rende son verdict.

Cela avait duré une éternité. Il était resté raide comme une trique, poings fermés et sans broncher, alors que l'impatience le dévorait.

L'examinateur avait regardé dans ses papiers, noté quelque chose. Puis il avait ôté ses lunettes, les avait essuyées avec un petit chiffon avant de les remettre et d'ouvrir la bouche.

« Ma foi, jeune homme, je crois qu'on s'en tire pas trop mal », avait-il fini par dire avec un sourire.

Et voilà, tout frais diplômé, il vit ses parents approcher.

Son père portait un chapeau et un élégant paletot bleu marine, alors qu'il faisait presque vingt degrés. Sa mère arborait une robe en lin clair, avec un petit chapeau que sa couturière lui avait cousu dans la même étoffe. Une rose en tissu l'ornait.

« Mon chéri ! s'exclama sa mère en se jetant à son cou. Comme tu es beau. Bravo ! »

Ses yeux brillaient. Quand elle l'embrassa sur la joue, il sentit une bouffée de sherry. Elle n'a pas pu s'empêcher, songea-t-il. Même pas aujourd'hui.

« Félicitations, mon fils, dit son père avec raideur. Tu as réussi malgré tout. Je m'en réjouis.

— Merci, père, murmura-t-il en inclinant la tête comme un automate.

— Tiens. » Son père lui tendit une enveloppe. « Fais-toi plaisir, on n'est jeune qu'une fois », dit-il avec un clin d'œil entendu.

Cette maladroite tentative de camaraderie virile le fit reculer, mais il prit l'enveloppe.

Un peu plus loin, il vit son jeune frère qui s'amusait avec sa sarbacane. Un petit pois toucha en plein dos une bonne femme en robe de soie mauve, qui poussa un cri de peur, sans comprendre d'où venait le tir. Son frère ricanait, ravi.

Il chercha Elsa du regard, on aurait dû la laisser venir. Tout cela était grâce à elle.

Sans l'amour inconditionnel d'Elsa, il n'aurait jamais survécu à sa scolarité.

« Où est Elsa ? »

Sa mère le regarda, interloquée. « Mais à la maison, évidemment. Elle prépare la réception. Qui d'autre préparerait à manger et mettrait le couvert ? »

Elle lâcha un rire trop aigu.

Mais oui, qui d'autre ? Pas toi, en tout cas, tu ne t'occupes que du sherry, pensa-t-il, avec une méchanceté inhabituelle.

Un de ses camarades vint le prendre par le bras.

« Viens, il faut que je te présente mes parents. Et ma petite sœur. Elle voudrait tellement te connaître. »

26

En route vers le commissariat, Thomas décida d'appeler pour savoir si l'analyse de la balle était terminée. Le légiste avait comme d'habitude remis le projectile aux services de la police scientifique, qui l'avaient acheminé au laboratoire principal de Linköping.

Normalement, il avait dû y arriver mercredi, au pire jeudi : on pouvait donc espérer que l'analyse soit finie. La comparaison de la balle avec leurs bases de données était généralement assez rapide.

Il sortit son portable et, tout en conduisant, composa le numéro du laboratoire. Une femme répondit dès la première sonnerie. Gunilla Bäcklund. Son nom ne disait rien à Thomas, qui se présenta brièvement.

« Vous avez de la chance, dix minutes plus tard, vous attendiez jusqu'à lundi matin. Je partais en réunion pour toute la journée. On est vendredi, non ? Le week-end, ça se prépare. » Elle rit à sa propre plaisanterie.

Thomas décida de ne pas relever. Il se contenta de demander ce qu'elle avait trouvé. Puis il alluma le ventilateur, qui ne fit que brasser de l'air chaud. Quand il avait acheté sa voiture, il avait renoncé à l'option air conditionné, mais à présent il regrettait de ne pas avoir fait un effort financier. Au soleil matinal, la voiture chauffait comme un sauna.

« Nous nous sommes livrés à une analyse approfondie, répondit Gunilla Bäcklund, dont la jovialité n'avait en rien été affectée par la question laconique de Thomas. Là encore, vous avez de la chance. Nous savons que la balle provient d'un fusil, et pas n'importe lequel.

— Comment ça ? »

Thomas changea son téléphone de main et s'accouda à la fenêtre baissée. Il faisait aussi chaud dehors, et il sentit la sueur couler entre ses omoplates. Il plissa les yeux dans la lumière vive – quelle idée d'oublier ses lunettes de soleil au commissariat !

« Si nous sommes si sûrs de nous, c'est que chaque balle est rayée par les stries internes du canon de l'arme utilisée, continua gaiement Gunilla Bäcklund. On peut déterminer par le nombre et l'orientation des rayures si le canon était strié vers la droite ou vers la gauche. »

Elle rappelait à Thomas certains des enseignants qu'il avait subis à l'école de police. Un enthousiasme indécrottable, alors que les auditeurs s'apprêtaient à mourir d'ennui. Il s'arma de patience.

« Je comprends », dit-il.

Gunilla Bäcklund ne se laissa pas démonter.

« La plupart des fusils, mais aussi les autres armes de poing, ont entre cinq et huit stries de différentes largeurs. On peut les utiliser pour identifier une arme, car elles varient selon les modèles.

— Oui…

— Et le FBI a créé une vaste base de données qui rassemble les caractéristiques d'à peu près toutes les armes à feu connues, le General Rifling Characteristics File, GRC pour les intimes. » Elle se tut pour reprendre son souffle, mais continua avant que Thomas ait le temps de rien dire. « C'est un outil exceptionnel. Toutes les polices de l'Union européenne l'utilisent. Avec la base de données allemande, qui est fiable elle aussi.

— Oui…, fit Thomas, sans parvenir à cacher son impatience. Et sur cette balle en particulier, qu'avez-vous trouvé ? »

Il s'efforça de se maîtriser, mais ne put s'empêcher de klaxonner la voiture devant lui, qui ne redémarrait pas alors que le feu était passé au vert. Le conducteur lui fit un doigt d'honneur.

« Si la balle provient d'une arme dont le type de stries est répandu, il est difficile de l'identifier. » Gunilla marqua une pause rhétorique. « Mais cette balle, voyez-vous, vient d'une arme particulière.

— Pouvez-vous me dire laquelle, si vous n'y voyez pas d'inconvénient ?

— Mais très volontiers, dit aimablement Gunilla Bäcklund. Cette balle ne provient pas d'un canon avec cinq ou six stries vrillées à droite, mais d'un canon à vingt stries vrillées à droite. »

Elle pensait visiblement provoquer un effet de surprise. Elle se tut en attendant la réaction de Thomas.

« Voilà qui est très intéressant, finit-il par dire avec un enthousiasme forcé. Où voulez-vous en venir ? »

Gunilla Bäcklund lâcha un gloussement de satisfaction.

« Cela signifie que nous savons exactement quel modèle d'arme a été utilisé. »

Un sourire soulagé se dessina sur le visage de Thomas. Cela valait la peine d'écouter ce long exposé.

C'était là une bonne nouvelle, une très bonne nouvelle, même. Mais elle avait mis le temps.

« Et peut-on savoir de quel modèle il s'agit ?

— Un fusil Marlin.

— Marlin », répéta Thomas. Il connaissait vaguement ce nom, sans vraiment le remettre.

« C'est un fusil américain assez apprécié, continua Gunilla Bäcklund. Bon marché et fiable. Calibre .22, microstries. Parfait pour l'identification. Estimez-vous heureux que votre meurtrier n'ait pas utilisé la première Winchester venue. »

Thomas réfléchit.

« Peut-on utiliser une lunette de visée sur un fusil Marlin de ce calibre ?

— Tout à fait. Il y en a une assez facile à monter, spécialement conçue pour le tir rapide.

— Et un silencieux ?

— Pas de problème là non plus. »

Ce qui expliquait pourquoi personne n'avait entendu le coup de feu. L'hypothèse du légiste Sachsen semblait se confirmer.

« Merci beaucoup », dit Thomas, en prenant congé de la bavarde Gunilla Bäcklund.

Il posa son téléphone sur le skaï brûlant du siège passager en se demandant combien il pouvait y avoir de détenteurs de fusils Marlin en Suède.

Cinq cents ? Mille ? Le registre central des ports d'arme devrait pouvoir y répondre.

À voir dès que possible.

27

Content de lui, Henrik sifflotait en nettoyant ses filets. La pêche avait été bonne ce matin : quatre perches, un beau turbot et cinq flétans.

Les filets pendaient à quatre grands piquets le long du ponton. Il les détacha et les plia soigneusement en évitant de faire des nœuds. Rien de pire que des filets emmêlés, surtout si on s'en apercevait une fois en mer, au moment de les jeter.

Il ouvrit la porte de sa cabane de pêche, juste dans le prolongement du ponton. La baraque peinte en rouge faisait tout juste deux mètres sur un et demi, mais elle était haute sous plafond et permettait de ranger filets et outils. Tout était ordonné, pendu à des crochets en fer.

L'hiver, ils stockaient là les meubles de jardin et les vélos, selon un ordre savant qui tenait du puzzle, sans quoi tout n'entrait pas.

Henrik ferma la porte, revint au ponton et ouvrit la trappe du vivier. On pouvait y conserver les prises quelques jours. Ainsi, on mangeait le poisson très frais.

Il attrapa les perches et en jeta trois dans un seau plein d'eau. La quatrième atterrit directement sur la planche à vider qu'il avait lui-même fabriquée. Le soleil tapait déjà et il sentait la sueur lui couler dans le dos. Une petite trempette ne ferait pas de mal quand il aurait fini.

Adam et Simon faisaient un concours de plongeon. Ce matin, il les avait laissés venir avec lui remonter les filets.

« Attention à la bombe ! » cria Adam en plongeant en boule du ponton.

La gerbe d'éclaboussures fit s'étouffer de rire son frère.

Henrik entailla le cou de la perche jusqu'à ce que la tête se détache presque. Puis il fendit le ventre du poisson entre ses nageoires orange. D'une main sûre, il découpa la peau des deux côtés de la colonne vertébrale et leva les filets. Il ôta soigneusement les arêtes pointues et, pour finir, détacha la chair de la peau, sans oublier d'ôter les petites arêtes dressées au milieu du filet. Les gens de l'archipel appelaient ça « déculotter la perche ».

« Voilà, fit-il, content de lui, en contemplant le résultat. Même à la table du roi, on ne sert rien d'aussi bon. »

Il se mit à siffler une chanson d'ABBA tout en attrapant la perche suivante. Il mit de côté les déchets. Le festin des mouettes serait pour un peu plus tard. C'était un sacré spectacle que les garçons adoraient regarder.

Tout en vidant les poissons, il laissa ses pensées vagabonder et dépenser tout l'argent qu'ils allaient tirer de la vente de la villa Brand. Il sourit tout seul. C'était une chance extraordinaire, comme gagner à la loterie, en mieux.

Il n'était pas mal payé. Radiologue dans l'un des plus grands hôpitaux du pays, il était rémunéré largement plus que la moyenne de la population. Bien des ménages ne gagnaient pas autant à deux salaires. Mais ce n'était pas à eux qu'il se comparait.

Il lorgnait plutôt du côté de ses amis d'enfance qui avaient fait une école de commerce et travaillaient à présent dans des sociétés de capital-risque où les bonus pleuvaient par millions. C'était on ne pouvait plus clair quand ils se voyaient autour d'une bière, ou lors d'une régate. Beaucoup d'entre eux étaient eux aussi passionnés de voile et on parlait beaucoup voitures de luxe et bateaux rapides, tout en colportant les ragots sur Untel qui s'était offert un bel appartement sous les toits et tel autre qui avait gagné bonbon sur un coup en Bourse.

Aucun doute, le mot « bonus » ne faisait pas partie du vocabulaire de la direction de l'hôpital. S'il voulait gagner autant que ses camarades, il lui fallait changer de métier. Et, malgré tout, Henrik n'avait pas choisi cette profession pour le salaire.

Au lycée, il s'était mis à s'imaginer médecin. Il ne savait pas bien pourquoi. Personne dans sa famille n'avait fait médecine. Il était fils unique, sans l'exemple d'un aîné. Son père avait été diplomate et avait fini ambassadeur. Sa mère avait fait sienne la carrière de son mari, et rangé ses propres ambitions au placard.

Au début de ses études, Henrik se serait bien vu chirurgien. Facile de s'identifier avec l'orthopédiste qui répare les bras cassés. Mais après sa formation, il avait fait un remplacement dans un service de radiologie en attendant un poste d'interne. Sa curiosité avait été éveillée. Quelque chose dans le rôle du radiologue lui avait paru captivant.

Peut-être cette aptitude à comprendre et interpréter ce qui, pour le commun des mortels, n'était qu'un amas indistinct d'ombres et de lumières. Trouver la clé de l'énigme dans une image à laquelle les autres ne comprenaient rien, répondre à des questions de vie ou de mort.

Quand il montrait ses images sur grand écran aux chirurgiens concentrés, c'était sa parole qui comptait. Il jouissait de captiver ainsi leur attention en leur expliquant en termes médicaux précis ce qu'ils devaient chercher au moment de l'opération.

Il s'enorgueillissait secrètement de sa réputation et de sa popularité. En particulier auprès des infirmières, qui aimaient venir faire leur pause-café avec lui, ce qui n'avait rien pour lui déplaire.

Mais dans cette profession, personne n'avait jamais fait fortune. Même si Henrik ne se préoccupait pas souvent de son salaire, il avait peu à peu pris conscience de ce que signifiait la liberté économique. En réalité, il tenait à un certain mode de vie – qui rappelait beaucoup celui du milieu de son enfance.

Quand Nora était tombée enceinte d'Adam, ils avaient décidé de quitter leur deux-pièces en ville. Nora lorgnait du côté d'une maison en bois jaune dans le vieux quartier d'Enskede, non loin de chez ses parents, qui vivaient à Älvsjö. Mais Henrik, mordu de voile, avait son bateau dans la baie de Saltsjö et avait insisté pour qu'ils s'installent dans le quartier chic de Saltsjöbaden. C'était là qu'il avait passé son enfance quand son père n'était pas en poste à l'étranger, et beaucoup de ses anciens camarades de classe y habitaient toujours. À Saltsjöbaden, dans la verdure luxuriante, parmi les vieilles villas cossues, il se sentait chez lui.

Cependant, c'était un choix beaucoup plus coûteux, et ils n'avaient les moyens que de s'offrir un tout petit pavillon dans cette zone. Loin de ce dont Henrik rêvait en quittant le centre-ville.

Mais cela allait changer.

Avec ce que leur rapporterait la vente de la maison

de Signe, ils pourraient s'installer dans une de ces belles villas 1900, et il leur resterait même de l'argent. L'image d'une nouvelle voiture se présenta à lui, mais il la rejeta avec un petit sourire. Chaque chose en son temps.

À condition que Nora ne se mette pas à faire des chichis. Parfois, il ne la comprenait vraiment pas. Comme quand elle s'était mis en tête de déménager à Malmö. Ç'aurait été une folie de déraciner toute la famille. Leurs parents vivaient à Stockholm, c'était là qu'ils avaient toutes leurs connaissances. Changer de poste ne disait rien du tout à Henrik. Mais tout ça avait distillé de l'aigreur entre eux.

Nora avait porté le deuil de Signe, comme s'il s'agissait de sa propre grand-mère. Elle avait été désespérée à son enterrement au petit cimetière de Fläskberget, où la plupart des habitants de Sandhamn avaient leur dernière demeure.

Henrik ne comprenait pas pourquoi Nora ne tournait pas simplement la page pour aller de l'avant. Elle avait passé l'hiver précédent à se morfondre après les événements de l'été. Taciturne, renfermée, elle avait consacré presque tout son temps libre aux enfants. Ils n'avaient pas eu d'invités depuis une éternité, et, chaque fois que Henrik l'avait proposé, Nora avait trouvé une objection. Ils avaient passé des mois sans voir personne.

À présent, Henrik entrapercevait la lumière au bout du tunnel. Le testament de cette vieille folle allait améliorer la situation économique de la famille, tout cela finissait bien, malgré tout.

Dans une nouvelle maison, les garçons auraient chacun leur chambre. Ils auraient un grand jardin, pas cette pelouse format timbre-poste. Une vraie salle à manger, pour que leurs hôtes ne soient pas obligés de rester à la cuisine entre les piles de vaisselle sale.

Mais il avait du mal à suivre les humeurs fluctuantes de Nora. D'abord elle avait semblé vraiment contente qu'il ait pris l'initiative de contacter Svante Severin. Puis elle avait changé d'avis et l'avait presque insulté lors de sa visite.

Henrik avait rappelé l'agent immobilier pour s'assurer qu'il ne l'avait pas mal pris. Mais Severin s'était montré toujours aussi enthousiaste au téléphone. Il l'avait assuré qu'il mettrait le paquet. Et puis cette famille qui vivait en Suisse avait plusieurs fois rappelé. Ils étaient toujours intéressés et se trouvaient déjà dans l'archipel, où ils louaient une maison pour l'été à Ljusterö.

Henrik avait même téléphoné à sa mère pour lui parler de ses projets. Elle comprenait parfaitement combien il tenait à quitter ce pavillon. Henrik savait que Nora supportait parfois mal sa mère, mais elle restait un grand soutien pour lui. Et elle s'était donné du mal pour accueillir Nora dans la famille et la faire se sentir chez elle. Mais on savait bien qu'il y avait toujours des tensions entre bru et belle-mère.

Il haussa les épaules en finissant de lever de magnifiques filets de perche. Ce soir, il pensait les pocher au beurre et les servir avec des pommes de terre nouvelles et une sauce moutarde avec une pincée de sucre glace.

Il recommença à siffler avec satisfaction, en réfléchissant à quelle zone de Saltsjöbaden ils allaient choisir. Plein sud, ou pourquoi pas sur la baie, près de l'eau ?

28

Thomas ouvrit la réunion en rendant compte de sa conversation avec Gunilla Bäcklund.

« Il y a en Suède plus d'un millier de permis pour des fusils Marlin, dit Kalle, qui avait eu le temps de vérifier en vitesse. Dès que nous aurons un suspect, nous pourrons le chercher dans le registre des ports d'arme.

— Parfait, dit le Vieux. Quand peux-tu nous fournir une liste, pour y chercher des noms connus ?

— Dès qu'on a fini ici, dit Kalle.

— Qu'en est-il des maîtresses et des membres du KSSS ? demanda Thomas. L'autre fois, on parlait des maris trompés. »

Kalle hocha la tête.

« On a vérifié tous les noms sur la liste d'Eva Timell et tous les membres de la direction et des commissions du KSSS. À peine un tiers de chasseurs. Des permis pour toutes sortes d'armes, de première et deuxième catégories. Blaser 30.06, Winchester 22 WMR, une vraie quincaillerie.

— Et plus précisément ? dit Margit.

— Le Blaser est utilisé pour le gros gibier, élans

ou chevreuils. La Winchester pour le petit, renards ou blaireaux.

— Je veux dire, tes conclusions ?

— Qu'il y a au moins trente personnes à la tête du KSSS qui ont accès à des munitions de petit calibre.

— Un propriétaire de fusil Marlin ?

— On n'a pas eu le temps de vérifier. On s'y met tout de suite après la réunion.

— Et les maîtresses ? dit Thomas.

— Rien. »

Margit brandit un mail imprimé.

« Juliander a reçu un étrange message. C'est sa secrétaire qui nous a prévenus, dit-elle en faisant circuler le papier. Peut-être une tentative d'extorsion de fonds. Évidemment pas d'expéditeur identifiable.

— Carina, dit le Vieux en se tournant vers sa fille assise au bout de la table, tu peux t'occuper de ça ? Vois jusqu'où tu remontes. On pourra toujours contacter plus tard les gars de Kronoberg, au besoin. »

Le Vieux parlait de l'unité spéciale de la criminelle qui intervenait quand il fallait pénétrer dans un ordinateur ou reconstituer le contenu d'un disque dur. On y croisait des garçons aux airs d'ados montés en graine, longs cheveux sales, teint blafard à force de passer des nuits blanches devant des jeux en ligne. Mais si on les enfermait quelques jours avec un ordinateur endommagé ou verrouillé, ils pouvaient faire des miracles.

Carina n'était pas manchote non plus avec un ordinateur et une connexion Internet.

« OK », dit-elle en tentant en vain de croiser le regard de Thomas.

La veille, elle lui avait envoyé plusieurs SMS pour lui proposer de sortir ce week-end, mais il n'avait pas donné de nouvelles.

Sûrement trop accaparé par l'enquête pour répondre, se dit-elle. La situation était critique, les premiers jours sont toujours déterminants. Chaque jour qui passait voyait diminuer leurs chances de retrouver le meurtrier. Thomas était certainement concentré sur sa tâche. Concentré au point de mettre de côté sa vie privée.

« Et cette histoire de drogue, dit le Vieux. Qu'est-ce qu'on en fait ?

— J'en sais plus sur la consommation de Juliander, répondit Thomas, avant de résumer ce que lui avait appris Diana Söder. Visiblement, il prenait régulièrement de la coke ces dernières années.

— Est-ce qu'il pourrait y avoir un dealer derrière tout ça ? s'enquit Kalle. Quelqu'un à qui il devait de l'argent ? »

Thomas sembla sceptique.

« Bien sûr, la cocaïne n'est pas donnée, mais pas non plus hors de prix. Pas de quoi mettre en péril les finances d'un avocat fortuné.

— Est-il très vraisemblable qu'un dealer se procure un fusil et sorte en mer commettre un meurtre aussi sophistiqué ? demanda Margit, dubitative.

— Sans doute pas.

— Erik va quand même suivre cette piste, dit le Vieux. Ouvrir ses oreilles, voir si on peut trouver quelque chose.

— Au fait, fit Thomas, et le film de la télé ? Il devrait être arrivé. »

Kalle secoua la tête.

« Je suis revenu deux fois à la charge. Mais je les appelle tout de suite après la réunion.

— Et du côté de la population ? lança le Vieux. Des signalements utilisables ? »

Erik haussa les épaules.

« Comme d'habitude. Les gens appellent pour un oui ou pour un non, nous servent des théories du complot, défendent la thèse du suicide. Pas mal de ragots sur ses galipettes. Mais ça, on est déjà au courant. Nous vérifions tout, sauf ce qui relève du pur délire. »

Le Vieux hocha la tête.

« Continuez comme ça. »

29

La voie rapide de Värmdöleden était embouteillée, comme tous les vendredis. Les gens partaient en week-end dans l'archipel : le mois de juillet avait beau être bien entamé, la circulation ne connaissait pas encore ici de trêve estivale. Le bouchon commençait sur l'autoroute et se prolongeait jusqu'au centre commercial de Mölnvik. Pourvu qu'il finisse là.

Martin Nyrén regarda sa montre. Un peu plus de seize heures, mais il n'était pas pressé. Aucune contrainte horaire. L'Omega 36, son voilier, l'attendait à la marina de Bullandö. Prêt à larguer les amarres pour la virée du week-end.

Il n'avait rien contre le fait de partir sans compagnie. Au contraire, c'était un moment de calme bienvenu. Aucune voix pour rompre le silence, personne pour réclamer son attention. Le voilier était parfaitement équipé pour être manœuvré seul. L'unique personne qui lui manquait était Indi, mais il ne comptait pas sur sa présence.

Juillet était consacré à la famille, c'était comme ça.

Il monta d'un cran l'air conditionné, il se mettait à faire sacrément chaud en plein soleil avec tous ces gaz d'échappement. Cette semaine, c'était un vrai temps d'avril : grand soleil et la minute suivante pluie battante. Vivement un bon vieil anticyclone !

Il se recala au fond de son siège.

Ces derniers jours, il avait eu la sensation désagréable d'être regardé, observé en cachette par une personne inconnue.

La veille, alors qu'il regagnait le bureau après le déjeuner, il avait eu un pressentiment. Comme si quelqu'un le surveillait au milieu de la foule. Mais en regardant autour de lui, il n'avait reconnu personne.

Cela s'était répété ce matin, en allant travailler. L'impression soudaine d'être suivi, un mouvement inhabituel dans son dos. Il s'était arrêté, mais rien.

Il s'était même mis devant une vitrine pour guetter un reflet. Il n'avait bien sûr rien vu et s'était senti bête.

Pourquoi le suivrait-on ?

Il avait probablement tout imaginé. Le meurtre d'Oscar lui faisait voir des fantômes en plein jour.

D'un geste résolu, il alluma la radio, chercha un programme musical et chassa ces idées de filature. C'était vendredi, avec une belle partie de voile en perspective. Aucune raison de s'inquiéter.

Une vague sensation de malaise persista pourtant, alors que la circulation reprenait.

30

« Qu'est-ce qu'il y a, maman ? Tu es triste ? On dirait que tu as pleuré ? » Fabian la regarda d'un air inquiet et essaya de lui caresser la joue.

Il tenait sous le bras son nounours, qu'il appelait Calinours à cause de son pelage si doux.

Diana Söder sursauta.

Elle n'avait pas entendu son fils entrer dans sa chambre. Trop occupée, elle avait oublié qu'il aurait dû dormir depuis longtemps. Confuse, elle quitta des yeux l'écran de son ordinateur et se retourna.

« Ne t'inquiète pas, chéri, dit-elle en essuyant ses larmes de son mieux, maman a juste quelque chose dans l'œil. »

Avec un sourire forcé, elle le prit dans ses bras. Le parfum d'enfant sorti du bain la consola et elle chercha à puiser de la force dans la chaleur qui émanait de ce petit corps. Son pyjama bleu clair avec des éléphants miniatures commençait à être trop juste, il lui laissait les chevilles à l'air. Il faudrait penser à lui en acheter un neuf.

Parfois, elle souhaitait qu'il ne grandisse jamais.

Son fils l'étudia. Puis regarda l'écran.

« Tu as reçu un méchant mail ? Ma maîtresse a dit que si on en recevait, il fallait tout de suite venir lui dire. »

Il répétait sa leçon avec conviction, de sa voix claire d'enfant.

Diana Söder sourit à travers les larmes. Il ne savait pas à quel point il avait raison.

Elle se dépêcha d'éteindre l'ordinateur, pour qu'il ne puisse rien voir. Il avait huit ans, il savait déjà bien lire.

Elle ne voulait pas qu'il voie les mots affreux qui l'accusaient d'avoir assassiné Oscar Juliander.

Ni qu'on traitait sa mère de pute.

31

« Tout le monde a vu les gros titres, aujourd'hui ? » dit le Vieux en jetant le journal du soir sur la table de réunion.

Le silence qui lui répondit était compact.

« Comment la presse a-t-elle pu savoir que Diana Söder entretenait une liaison avec Oscar Juliander, bordel ? »

Diana Söder les regardait fixement. Sa photo d'identité occupait presque toute la première page. TUÉ PAR JALOUSIE ! clamait le gros titre. Pages six et sept suivait un exposé approfondi des conquêtes féminines de Juliander.

« Voici où se cache la maîtresse de Juliander ! » Sous ce titre, une photo floue de Diana Söder devant un porche, le visage dans les mains. Comme pour se protéger.

« Inutile de dire que je trouve cela inacceptable. »

Mais tu n'y peux rien, pensa Thomas avec une pointe de découragement. N'importe qui a le droit de raconter n'importe quoi à un journal. Et tu ne peux même pas enquêter pour savoir qui, c'est contraire à la loi.

Thomas imagina cette femme malheureuse qui n'arrêtait pas de tourner sa bague d'anniversaire autour de son doigt.

« Si jamais j'apprends que la fuite vient de chez nous… »

Le Vieux ne termina pas sa phrase.

« Oublie ça ! dit Margit d'une voix tranchante. Il y a des douzaines de personnes dans cette taule qui savent qu'on a rencontré Diana Söder. »

Le Vieux la regarda avec des yeux ronds.

« Toute la semaine, on a fait appel à des renforts pour recueillir les témoignages et passer en revue le registre des ports d'arme. N'importe qui a pu entendre quelque chose devant la machine à café.

— Le chef régional de la police et son porte-parole nous maudissent pour ça.

— Peu importe. On n'y peut rien. »

Le visage écarlate du Vieux pâlit un peu. Il tendit la main vers le plateau de viennoiseries apporté par Carina. Il mordit rageusement dans une brioche à la cannelle. Mais passa outre.

« Bon, au travail, dit Margit en prenant les commandes. On ne va pas y passer le week-end. Où en sommes-nous ? Thomas ? »

Ce dernier fut clair et concis.

« Nous avons rencontré toutes les dames fréquentées par Juliander. La plupart disent du bien de lui, même s'il les a quittées.

— Il devait savoir parler aux femmes, remarqua perfidement Margit.

— Et leurs alibis ? demanda le Vieux.

— Toutes en ont de satisfaisants. Beaucoup d'entre elles étaient à l'étranger ou au moins loin de Stockholm quand il a été tué, précisa Thomas.

— On oublie donc le meurtre par jalousie ?

— En tout cas toutes celles qu'on a entendues ont un alibi. »

Thomas se tourna vers Kalle.

« Et du côté des armes ?

— Voici la liste de tous les propriétaires de fusil Marlin. »

Il posa un listing informatique devant Thomas.

« Des noms connus ? »

Kalle hocha la tête.

« Un.

— Une maîtresse ?

— Un mari.

— Alors ça mérite une petite visite à domicile. »

Thomas regarda Margit, qui ne semblait pas se réjouir à cette idée. Certes, c'était le lot des policiers, mais un samedi…

« Voici l'adresse », dit Kalle en pointant son doigt sur la liste.

Thomas jeta un coup d'œil. Saltsjö-Duvnäs, non loin de la résidence de Juliander à Saltsjöbaden. Margit y était passée dans la semaine.

« Quelles chances a-t-on de les trouver chez eux un samedi après-midi en juillet ? » demanda Margit.

Thomas regarda sa montre :

« Treize heures trente.

— Ça fait juste. On téléphone d'abord ?

— Ça va, lança Thomas, je peux y aller après la réunion. J'en fais mon affaire. »

À peine eut-il prononcé cette phrase qu'il se dit que cela lui donnait un prétexte pour ne pas voir Carina.

Le Vieux se tourna vers Erik, qui feuilletait une pile de documents posée devant lui. Il essayait en vain d'en ôter un peu de sucre glace tombé de sa viennoiserie.

« Quoi de neuf ?

— Nous avons étudié la liste des faillites dans lesquelles Juliander est intervenu. Nous n'avons trouvé qu'un cas ayant conduit à une condamnation du P-DG. Juliander avait signalé aux autorités un soupçon d'évasion fiscale.

— Tu as parlé au type en question ?

— Oui, il a pris sa retraite à peu près au même moment. Il n'avait pas l'air de trop s'en plaindre. »

Erik farfouilla dans ses papiers, répandant davantage de sucre glace sur la table.

Thomas se demanda si Erik avait les compétences pour étudier une telle liste de faillites. Mais il n'y avait personne d'autre pour le moment. La brigade financière était toujours à court de personnel.

Le Vieux regarda autour de la table. Il avait depuis longtemps avalé sa brioche.

« Rien d'autre ? Alors bon week-end. À lundi. »

La maison, à Saltsjö-Duvnäs, était au sommet d'une colline, avec une vue sur l'eau scintillante en contrebas. La femme qui ouvrit la porte pâlit en voyant la carte de police que brandissait Thomas.

« J'aimerais vous poser quelques questions au sujet du meurtre d'Oscar Juliander », dit-il.

Elle avait l'air sur le point de pleurer.

« Mais j'ai déjà parlé à la police. Mercredi. Aujourd'hui mon mari est à la maison. Êtes-vous obligé de… » Sa voix mourut.

« Je souhaite lui parler également.

— Qui est-ce ? » fit une voix à l'intérieur. Un homme vigoureux d'une cinquantaine d'années apparut, en maillot de bain. Thomas aperçut une piscine turquoise au-delà d'une véranda vitrée.

« Puis-je entrer ? demanda Thomas. Je voudrais vous interroger au sujet d'une licence de port d'arme. »

32

À qui pouvait profiter la mort d'Oscar Juliander ? La question tarabusta Thomas toute la nuit et il se réveilla trempé de sueur. Quand le soleil tapait, la chambre en mezzanine de sa maison de Harö devenait un vrai four. Dès huit heures du matin en été.

Il rejeta le drap humide et enfila un maillot de bain. Puis il descendit par l'échelle dans le vaste espace ouvert qui servait à la fois de cuisine, de salle à manger et de salon.

Thomas et Pernilla avaient transformé cette ancienne grange en maison de vacances moderne et habitable l'hiver. À part l'électricité et la plomberie, ils avaient tout fait eux-mêmes. Même le carrelage de la cuisine, c'était Thomas qui l'avait posé, non sans quelques difficultés.

Il passait à présent le plus clair de son temps libre sur l'île. Surtout depuis que Pernilla avait récupéré l'appartement en ville. Le deux-pièces qu'il louait à Gustavsberg n'était pas reluisant et il n'avait jamais trouvé l'énergie de l'arranger. Et puis Carina avait mobilisé son attention l'année passée, et ils se voyaient surtout chez elle. Thomas avait évité de l'emmener dans la maison de Harö, où Pernilla et lui avaient été si heureux avant la mort d'Emily.

Il prit une serviette et sortit dehors. La maison n'était qu'à une dizaine de mètres de l'eau. Un sentier étroit descendait au ponton. Thomas plongea. Le choc du contact brusque avec l'eau froide se transforma presque aussitôt en sensation de fraîcheur revigorante. Dans de tels moments, il comprenait pourquoi les Finlandais s'obstinaient à se jeter dans des trous creusés dans la glace au sortir du sauna. Le sang affluait dans les veines et les pensées s'éclaircissaient. Exactement ce qu'il lui fallait.

Il remonta à la surface et grimpa sur le ponton en s'ébrouant. Il se savonna soigneusement puis replongea.

Rien ne pouvait remplacer une baignade matinale.

Il gratta contre un des pieux du ponton quelques herbes aquatiques restées coincées entre ses orteils. Puis il se frictionna avec la serviette et regagna la maison.

Une fois habillé, il décida de faire un saut à Sandhamn pour acheter du pain frais. La fameuse boulangerie de l'île avait pour spécialité les irrésistibles brioches du marin. Ce serait peut-être aussi l'occasion de voir Nora et son filleul.

Soudain, son téléphone sonna. Un SMS de Margit qui voulait savoir comment ça s'était passé la veille.

Malgré son étonnement, l'homme de Saltsjö-Duvnäs avait énuméré les armes qu'il possédait sans se faire prier : deux fusils, dont un de marque Marlin. Ce dernier était en réparation. Il avait produit le reçu. Puis avait montré à Thomas le râtelier à la cave où il rangeait ses armes, verrouillé dans les règles de l'art.

Le week-end où Juliander avait été abattu, il se trouvait en compagnie de son épouse à Varberg, où ils rendaient visite à sa sœur et à son beau-frère. Thomas avait leurs numéros pour vérifier. Cela correspondait à ce que sa femme avait déjà déclaré à Margit.

Quand l'homme avait voulu savoir pourquoi Thomas posait toutes ces questions, la situation s'était un peu crispée.

« Voyez avec votre femme, avait-il répondu sur le ton le plus neutre possible. Elle a connu Juliander voilà quelques années. »

Thomas était parti sans laisser le temps au mari de poser d'autres questions, bien content d'échapper à la discussion qui n'allait pas manquer de suivre.

Vu l'heure, il avait déjà un bon prétexte pour ne pas voir Carina.

Carina.

Il fallait qu'il fasse quelque chose, mais plus tard.

Il envoya un SMS à Margit, puis un autre à Carina où il lui proposait d'aller au cinéma dans la soirée. Une tentative maladroite de lui faire plaisir. Puis il cessa de penser à sa petite amie.

Une fois assis au soleil devant la fenêtre de la cuisine avec une tasse de café, revint la question qui l'avait taraudé toute la nuit.

À qui pouvait profiter la mort d'Oscar Juliander ?

Peut-être la réponse avait-elle malgré tout un rapport avec ses activités d'avocat. Peut-être était-il tombé sur quelque chose de compromettant en administrant une faillite. Thomas décida d'en toucher un mot à Nora, puisqu'il allait à Sandhamn. Elle était juriste dans une banque, elle devait s'y connaître.

« Demande à la secrétaire de Juliander », dit Nora. Elle entama à belles dents une des brioches que Thomas avait apportées de la boulangerie de Sandhamn.

Ils s'étaient installés sur le ponton pour profiter du beau temps. Du côté de la terre ferme, une nouvelle dépression était en train d'arriver. Des nuages gris clair s'attroupaient derrière la cime des arbres du côté du détroit d'Eknösund. L'eau s'assombrissait déjà là-bas, mais ici le soleil brillait encore.

Les garçons avaient avalé leur en-cas en un temps record avant de retourner se baigner, leur activité favorite un jour pareil. Henrik était rentré en ville pour la matinée. Il était de garde et on l'avait appelé.

Thomas imagina la malheureuse Eva Timell, qui avait déjà tant aidé l'enquête. Il froissa en boule le papier collant des brioches et le posa sur le plateau.

« Tu ne voudrais pas entrer dans la police comme aspirant ? demanda-t-il en souriant. Je trouve que tu as de bonnes dispositions. Et puis comme ça tu serais débarrassée de ce chef dont tu te plains sans cesse. »

Nora protesta du regard.

« Je ne me plains pas tant que ça, quand même ! Mais c'est vrai, c'est un idiot. Je n'arrive pas à comprendre pourquoi on le garde. »

Ils furent interrompus par Simon, qui déboula, dégoulinant, un seau d'eau à la main. On voyait de loin ce qu'il comptait faire.

Juste avant d'arriver sur Thomas, il saisit le seau à deux mains – mais ne fit pas un pas de plus : Thomas l'avait désarmé et soulevé la tête en bas.

« Tu n'avais tout de même pas l'intention de verser un seau d'eau sur la tête d'un policier ? » dit-il de sa voix la plus sévère.

Aucun effet sur Simon.

« Lâche-moi ! cria-t-il, avant d'appeler sa mère à la rescousse.

— Oh non, dit Nora. Débrouille-toi. Tu voulais tremper ton parrain, tu n'as qu'à t'en prendre à toi-même. »

Thomas porta Simon au bout du ponton. À la une, à la deux, à la trois : après l'avoir balancé, il le jeta à l'eau.

Adam, qui assistait à la scène, riait à en tomber à la renverse. Thomas s'approcha de lui en écartant les bras, mais le garçon se déroba et sauta lui-même du ponton.

« Tu peux pas nous attraper, tu peux pas nous attraper ! » crièrent-ils en chœur.

Thomas gesticula un peu, puis retourna s'asseoir.

Nora le regarda en secouant la tête.

« Tu sais que tu es mignon, toi, avec les enfants, Thomas Andreasson ?

— Je ne sais pas..., dit Thomas avec un sourire gêné. Mais ne le dis à personne. »

Il vida sa tasse de café.

« Tu aurais le temps de m'accompagner jusqu'à la maison de Signe avant de rentrer ? » dit Nora.

Le soleil de l'après-midi illuminait la cuisine peinte en blanc tandis qu'elle rangeait dans la machine la vaisselle de la collation. Thomas devait bientôt regagner Harö et prendre ensuite le ferry pour la ville.

« Bien sûr, répondit-il. Je ne suis pas spécialement pressé.

— Les garçons, fit Nora. Vous pouvez vous débrouiller seuls un moment ? Je vais juste montrer quelque chose à Thomas, ça ne prendra pas plus d'une demi-heure. »

Ils se rendirent à la villa Brand. Nora ouvrit la porte, ils entrèrent dans le vestibule. Une odeur de renfermé. De maison inhabitée.

Nora gagna lentement la véranda lumineuse. Pour y recréer l'atmosphère d'autrefois, elle y avait placé quelques géraniums. Mais ils se fanaient au soleil, ce qui rendait l'atmosphère plus désolée encore.

« L'agent immobilier a téléphoné pour venir faire visiter la maison à cette famille qui vit en Suisse. Ils veulent absolument acheter, d'après lui. »

Nora se laissa tomber dans l'un des vieux fauteuils en rotin et regarda la mer. Les nuages approchaient, le soleil allait bientôt disparaître. Elle caressa le plaid en tricot qui recouvrait l'accoudoir. Il restait dessus des poils noirs du labrador de Signe.

« Je ne sais pas quoi faire. Henrik veut absolument vendre, c'est devenu une obsession. Tout ce qui l'intéresse, c'est combien d'argent on peut en tirer. Je le reconnais à peine.

— C'en est là ?

— Il veut qu'on achète une énorme baraque à Saltsjöbaden. Quelque chose d'assez snob pour plaire à papa et maman. »

Elle soupira en se calant au fond du fauteuil.

Thomas ne savait pas comment le dire. D'une certaine façon, il comprenait que Henrik veuille se débarrasser de la maison de Signe et en profiter pour déménager. Bien sûr, la villa Brand était une magnifique maison de maître, mais elle était vieillotte et nécessitait beaucoup d'entretien.

En même temps, il voyait bien le dilemme de Nora. Lui aussi connaissait Signe, il l'aimait bien, et comprenait parfaitement pourquoi elle avait fait de Nora son héritière.

« Est-ce que vous ne profiteriez pas davantage d'une maison plus grande à Saltsjöbaden que de deux maisons ici ? » risqua-t-il prudemment.

Le regard de Nora s'enflamma.

« De quel côté es-tu, si je puis me permettre ? »

Thomas fit une autre tentative.

« Allez, sois réaliste. Qui va s'occuper de cette énorme bicoque ? Vous avez déjà une jolie maison à Sandhamn. Tu travailles à plein temps, Henrik est médecin. Est-ce qu'il ne vaudrait pas mieux miser plutôt sur votre résidence principale ? »

Nora se mordit la lèvre, mais hocha la tête à contrecœur. Elle se leva et alla à la fenêtre. Le ciel était à présent couvert par le front nuageux, les vagues se couronnaient de crêtes d'écume. La mer tournait au gris.

« Qu'est-ce que tu ferais, à ma place ? finit-elle par dire.

— Je ne peux pas te dire ce que tu dois faire. C'est à toi de décider. » Il hésita une seconde. « Mais ne laisse pas Henrik te forcer la main. »

Nora hocha à nouveau la tête.

« Pourquoi tu ne la louerais pas, pendant un certain temps ? Tu n'es pas obligée de vendre tout de suite. »

Louer. Pourquoi n'y avait-elle pas songé ?

Chaque fois que Henrik revenait à la charge au sujet de la vente de la maison, son ventre se nouait. Elle n'était pas prête à s'en séparer, c'était aussi simple que cela. Aussitôt, elle se sentit le cœur plus léger.

« Viens, dit-elle. Il faut que tu files avant qu'il pleuve. Ça se rafraîchit sérieusement. »

33

Cette sortie au cinéma n'avait pas été un succès, songea tristement Thomas en se préparant une tasse de thé dans la kitchenette du commissariat.

Une fois sur place, Carina et lui n'avaient pas réussi à se mettre d'accord sur le film. Thomas ne voulait rien de compliqué, il avait besoin de se vider la tête après une dure semaine d'enquête. Carina, elle, insistait pour voir une comédie romantique avec une actrice américaine connue que Thomas détestait.

Il avait fini par céder, mais Carina était déjà renfrognée. Il ne restait plus de bonnes places, ils s'étaient retrouvés au fond de la salle. Carina ne s'était déridée que vers la moitié du film. Ses mains avaient cherché les siennes et elle s'était mise à lui couvrir la joue de petits baisers.

Thomas était gêné. Il se sentait comme un adolescent en train de flirter au cinéma. En le voyant se dérober, Carina avait retrouvé sa froideur. Après la séance, elle était fatiguée et voulait rentrer chez elle. Thomas avait encore gaffé.

Il gagna le bureau de Margit à l'autre bout du couloir et s'affala en face d'elle avec un profond soupir.

Elle continua quelques minutes à taper sur son ordinateur avant d'enregistrer et de lever les yeux.

« Quelle tête tu fais ! »

Thomas leva la main pour la faire taire.

« Tu t'es disputé avec Carina ? » continua-t-elle sans se démonter. Elle referma le classeur ouvert sur son bureau et le rangea sur une étagère derrière elle.

Thomas la regarda, interloqué.

« Qu'est-ce que Carina… »

Margit le regarda comme un gamin de sept ans.

« D'abord Carina qui arrive en pétard. Puis toi, en pire. Tu t'es vu, ce matin ? »

Thomas dut admettre qu'il y avait du vrai. Il était las et cela se voyait. Mais il n'avait pas envie de s'afficher avec Carina au travail.

« Ce que Carina a fait ce week-end ne regarde qu'elle, tenta-t-il mollement.

— Arrête ton char, Thomas, fit Margit avec un geste d'impatience. Tout le commissariat sait que vous êtes ensemble.

— Ça se voit tant que ça ? capitula Thomas.

— Tu sais, ici, notre job, c'est d'observer les faits et d'en tirer des conclusions. Tu nous crois aveugles ?

— Bon, ça va…

— Il n'y a que le Vieux qui n'a rien compris. Sans doute parce qu'il n'a pas envie de comprendre. »

Margit regarda sévèrement Thomas, puis sourit plus gentiment.

« Elle n'est pas un peu jeune pour toi ? »

Thomas baissa la tête, accablé. C'était justement ça, le problème.

« Je pensais me sentir plus jeune avec elle, mais c'est le contraire, elle me fait me sentir vieux et fatigué.

— Alors tu devrais peut-être faire quelque chose avant que ça n'aille trop loin », dit Margit avec un ton pincé de maîtresse d'école.

Elle se baissa pour ramasser un papier tombé à côté de la corbeille, puis le regarda à nouveau dans les yeux.

« Elle est très amoureuse de toi, ça se voit comme le nez au milieu de la figure. Je n'aimerais pas la voir blessée inutilement, sache-le. »

Thomas ne pouvait qu'opiner. Il se promit de prendre les choses en main dès cette enquête réglée.

« Au fait, j'ai parlé avec Sylvia Juliander de la toxicomanie de son mari, dit Margit.

— Elle était au courant ?

— Pas du tout. Elle avait l'air choquée. Disait que c'était sûrement une erreur.

— Elle tombait des nues, en somme.

— Oui, cela fait un peu beaucoup de nouvelles posthumes, dit Margit. D'abord les maîtresses, puis la drogue.

— Elle devait quand même se douter qu'il la trompait, non ?

— Probablement. Mais le savoir vraiment, c'est autre chose. Ou l'apprendre par les gros titres des journaux. Je ne l'envie pas. »

Thomas se leva.

« On se retrouve dans cinq minutes en salle de réunion. »

« Carina a réussi à repérer l'expéditeur du mail que nous a transmis Eva Timell », commença le Vieux.

Thomas aurait juré voir un éclat de fierté paternelle briller dans ses yeux.

« Il vient d'un expert-comptable qui a contrôlé les comptes d'une faillite administrée par Juliander, compléta Carina.

— Mais pourquoi l'adresse est-elle si bizarre ? » demanda Thomas.

Carina lui adressa un regard glacial.

« Parce que ce comptable était à la campagne, sans sa connexion Internet professionnelle. Il a donc utilisé le compte Hotmail de sa fille.

— Mais pourquoi était-il si pressé ? demanda Kalle. Dans le mail, il semble aux abois.

— Visiblement, il devait avoir besoin de ce versement avant le milieu de l'année, pour des raisons de comptabilité, expliqua Carina. Ils en avaient convenu en juin, vers la Saint-Jean. Mais Juliander l'avait oublié.

— Il devait avoir beaucoup à faire avec cette régate, glissa Margit.

— Peut-être bien. Le service financier du cabinet comptable a demandé à ce gars de contacter le client pour qu'il accélère le paiement, et il a envoyé ce mail.

— Qu'Eva Timell a mal interprété, dit Margit.

— Un simple malentendu, opina Carina.

— Et comment tu as découvert tout ça ? voulut savoir Margit.

— J'ai parlé avec l'expert-comptable. Puis avec le service financier, pour vérifier. J'ai eu confirmation de la chose. *End of the story*.

— En d'autres termes, on peut faire une croix sur cette piste, constata Thomas. Autre chose ? »

Elle ne le regarda pas dans les yeux, mais saisit une liasse de papiers.

« J'ai épluché toutes les données économiques que j'ai pu trouver, rétorqua-t-elle sèchement.

— Conclusion ? fit le Vieux.

— Je sais en tout cas pourquoi il est resté avec sa femme.

— Voyons voir, dit Margit.

— Les époux Juliander vivaient sous le régime de la communauté des biens. Aucun contrat de mariage n'avait été établi.

— Ça alors, s'étonna Margit.

— Les maisons, les voitures, les bateaux, tout leur appartenait en commun.

— Donc, pour divorcer, il aurait fallu lui en céder la moitié, dit Margit. Un beau paquet de millions.

— Avait-il de grosses dettes ? demanda Thomas.

— Il avait contracté un assez gros emprunt pour la maison, mais semblait avoir les moyens de faire face, dit Carina, toujours sans le regarder. Il n'était pas exactement dans le besoin. Son salaire était assez juteux.

— Des assurances ? s'enquit Margit.

— Une assurance vie. Une solide retraite complémentaire. La veuve et les orphelins ne seront pas dans le besoin.

— Sa femme l'a peut-être quand même tué pour l'argent, dit Kalle. Elle en a eu assez de toutes ces femmes et a décidé de prendre les choses en main. »

Carina semblait dubitative.

« Tous les associés du cabinet d'avocats ont les mêmes conditions de retraite, j'ai vérifié.

— Pas d'assurance récemment souscrite ? demanda Margit.

— Non, les contrats n'ont pas changé depuis des années. Tout passe par le cabinet.

— Donc elle aurait aussi bien pu divorcer, constata Margit. Et empocher les millions.

— Il y a juste une chose bizarre, dit Carina.

— Quoi ? fit le Vieux.

— Je ne comprends pas comment il a eu les moyens d'acheter le grand voilier.

— Le voilier ? dit Margit.

— Il était neuf, non ?

— Oui, dit Margit.

— Il n'a pas emprunté. Et ça lui a pourtant coûté bonbon. D'où venait l'argent ?

— Il avait déjà un voilier de compétition, constata Thomas. Il a dû le vendre.

— Pour douze millions ? » s'exclama Carina.

34

« Margit est là ? » demanda Thomas à peine entré. Il portait un blouson de cuir. L'été se montrait à nouveau capricieux. Il tombait une pluie fine. La météo annonçait cependant une éclaircie dans la soirée.

« Margit ! appela-t-il. Viens voir ! »

Elle pointa la tête hors de son bureau, interloquée. Plus que jamais, ses cheveux courts échappaient à tout contrôle.

« Qu'est-ce que tu as à crier comme ça ? » Elle bâilla et se dirigea vers la machine à café.

« Regarde ! » dit Thomas en déchirant une enveloppe-bulle jaune portant le logo de la chaîne SVT. Il en sortit un DVD.

« Qu'est-ce que c'est ?

— Le film tourné par la télévision le jour du meurtre de Juliander. Kalle a téléphoné plusieurs fois pour l'obtenir. C'était toujours la faute d'un stagiaire qui avait oublié. Du coup, je suis allé moi-même le chercher. Viens, on va regarder ça. »

Ils allèrent dans une salle de réunion équipée d'un téléviseur et d'un lecteur DVD. Thomas inséra le disque et attrapa la télécommande, avant de battre le rappel dans le couloir. Kalle n'était pas encore revenu de sa pause de midi, mais Erik et Carina vinrent aussitôt s'installer devant l'écran.

D'abord un panoramique sur la mer scintillante. Thomas se souvenait de l'atmosphère. Un temps magnifique. La mer couverte de bateaux, de l'électricité dans l'air à l'approche du départ. Le jour idéal pour cette importante régate.

Venait ensuite une série de plans rapprochés sur les bateaux alignés, prêts à partir tous ensemble à midi pile.

Soudain, la caméra zoomait sur l'*Emerald Gin* et ils virent nettement Oscar Juliander, tout sourire, à la barre de son élégant Swan. À ses côtés, Thomas identifia Fredrik Winbergh, regard fixé sur les concurrents.

Thomas nota que Winbergh était un peu en retrait, comme il l'avait indiqué lors de son audition.

« C'est horrible de regarder un homme qui va bientôt mourir », murmura Carina.

L'hélicoptère remonta et la caméra embrassa à nouveau l'ensemble de la zone de départ. Un nuage de fumée se dessina dans le ciel.

« Sans doute le coup des cinq minutes, dit Thomas dans sa barbe.

— Quoi ? fit Margit.

— Le coup des cinq minutes. On tire un coup de feu dix minutes, puis cinq avant le départ, pour que les participants aient le temps de se positionner. Et il y a aussi un compte à rebours à la radio. »

Ils continuèrent à visionner le film. Thomas contrôla l'heure : presque cinq minutes, le départ proprement dit devait avoir lieu incessamment.

L'hélicoptère s'était à présent approché de la ligne de départ, on distinguait sans mal les différents participants, alignés entre les deux drapeaux orange. L'*Emerald Gin* serrait le vent.

Soudain, Thomas crut voir Juliander sursauter et s'effondrer. Ou avait-il rêvé ?

« Vous avez vu, s'exclama Erik, vous avez vu quand on lui tire dessus ? Ça, ils ne l'ont pas montré aux infos.

— Le respect des proches, ça te dit quelque chose ? » dit Margit.

Erik se tut en baissant les yeux.

Thomas s'approcha de l'écran pour étudier la scène. Tandis que ses concurrents s'éloignaient, l'*Emerald Gin* se mettait en panne au bout d'une minute à peine, et s'immobilisait. Puis la caméra tournait pour suivre les autres en route vers le phare d'Almagrundet.

Thomas pointa la télécommande sur le lecteur DVD. Retour en arrière. Tous les bateaux à nouveau rassemblés sur la ligne de départ.

Il fixait l'écran, concentré.

À l'image, on voyait aussi une bonne partie des bateaux spectateurs. Il reconnut sans mal le yacht de la famille Bjärring. Une vingtaine d'autres embarcations mouillaient à proximité. Pour être sûr, il repassa encore une fois la scène.

« Il nous faut un sérieux agrandissement de ces images, dit-il en montrant l'écran. Ensuite nous les confronterons à l'estimation de l'angle du tir faite par Fredrik Winbergh. Sachsen, le légiste, dit que la balle venait de face, légèrement sur la droite. Cela nous donne une idée de la direction. » Une expression résolue se dessina sur son visage. « Au travail. On va jouer au puzzle et coincer le salaud qui a tué Juliander. »

« Tu dors ? » chuchota doucement Nora à l'oreille de Henrik.

Il était vingt-trois heures trente, et les époux venaient de faire l'amour. Une belle rencontre, intense, entre deux corps qui se connaissaient bien mais parvenaient pourtant à raviver le désir. Pour la première fois depuis longtemps, elle s'était vraiment laissée aller.

Nora se sentait le cœur moins lourd. Une somnolence repue s'était déjà emparée d'elle, elle n'allait pas tarder à s'endormir, mais c'était si bon de faire durer ce moment dans le noir, avant de s'abandonner au sommeil.

Henrik dormait déjà, elle entendait sa respiration légère.

Plus tôt dans la soirée, ils avaient pris leur *Toupie* pour aller dîner à Falkenskär, à dix minutes de Sandhamn en hors-bord. Elle avait préparé un panier pique-nique : des mini-pizzas maison pour les enfants, des tortillas au poulet grillé gratinées au fromage de Västerbotten avec un peu de sauce au piment doux pour Henrik et elle. Avec une salade verte et un bon rosé, c'était un vrai repas d'été. Une barquette de framboises et du chocolat noir composaient un dessert parfait.

Ils avaient mangé sur des rochers plats à la surface lisse et tiède. Au nord, on distinguait Sandhamn. Le temps était si calme que même les roseaux du rivage étaient immobiles. On n'entendait que le faible clapotis des vagues dans la douceur du soir.

À la nuit tombante, ils avaient allumé quelques bougies sous le ciel de plus en plus sombre. Leurs flammes faisaient scintiller les paillettes de mica comme une pluie d'étoiles prises dans la roche sombre.

Dans le noir, Henrik avait passé son bras autour de ses épaules et elle avait profité de l'instant. Elle ne s'était pas sentie aussi détendue en compagnie de son mari depuis longtemps. Elle avait appuyé sa tête contre son épaule, envahie par une vague d'affection.

Après sa conversation avec Thomas, elle s'était décidée : elle louerait la villa Brand pendant deux ans. À quelqu'un qui l'entretiendrait. Ainsi, elle pourrait souffler un peu avant de prendre une décision.

Si Henrik insistait pour déménager, ils pourraient toujours emprunter. Un des rares avantages que la banque accordait à ses employés était justement des prêts à taux très intéressants.

Nora sourit de satisfaction, dans l'obscurité de la chambre.

Plus d'inquiétude à l'idée de devoir s'occuper de l'héritage de Tante Signe. Plus de mauvaise conscience vis-à-vis de Henrik.

Cette solution devrait même convenir à son insupportable belle-mère.

Avec un soupir d'aise, elle se blottit contre Henrik. Bientôt, elle s'endormit comme un bébé.

« À la santé des fiancés ! » s'exclama son père en servant de grands cognacs aux messieurs présents. Puis il prit un Cohiba, son cigare favori, et gesticula avec.

Du coin de l'œil, il vit sa mère faire la grimace. Elle n'appréciait pas l'odeur qui imprégnerait l'appartement le lendemain, mais pas question d'émettre la moindre objection.

La future épouse était dans un coin en compagnie des deux mères qui discutaient déjà de ce qui s'annonçait comme le plus important mariage de la saison. Quand sa fiancée remarqua qu'il la regardait, elle lui adressa un sourire coquet. Un brin possessif ?

Son père s'approcha.

« Un excellent parti, ma foi. Non seulement la demoiselle est charmante, mais d'excellente famille. Elle apportera également une dot convenable, nous en avons parlé. Et un jour ou l'autre elle rapportera bien davantage. » Il s'esclaffa, content de sa remarque.

Au fond de lui, il savait qu'il commettait une effroyable erreur. Mais pas moyen de faire marche arrière. Il était trop tard.

Il savait à peine comment il en était arrivé là. Tout avait commencé si innocemment. Une bande de camarades qui faisaient la fête ensemble. Il avait un charme désarmant qui plaisait aux femmes, on se l'arrachait comme cavalier. Elle, c'était la sœur d'un de ses condisciples. Toujours là, pas trop prude et, de fil en aiguille, elle avait fait les premiers pas.

Un soir, il était chez elle. Ses parents étaient en voyage, la bonne en congé. Elle l'avait regardé de ses yeux bleus. « Maintenant, il faut qu'on se marie, on ne peut pas continuer à se cacher comme ça, imagine s'ils nous surprenaient. Mère et père ne me le pardonneraient jamais. »

Il avait été complètement désarçonné.

Le mariage. Il n'y avait jamais songé. Ils étaient si différents. Et si jeunes. Elle venait d'une famille aisée, mais n'avait rien de l'épouse qu'il imaginait. Elle était belle, gâtée, et maintenant elle voulait l'avoir, lui.

Il ne savait pas comment se tirer de cette situation. Sans qu'il puisse crier gare, leurs fiançailles étaient proclamées.

Leurs parents étaient ravis. Son père lui avait serré la main pour le féliciter. Sa mère avait versé une petite larme.

Un couple si charmant.

« À quoi penses-tu ? »

Sa future s'approcha avec un sourire enjôleur. Elle était la plus jolie de la pièce, sans aucun doute. Il lui rendit rapidement son sourire.

« À toi, bien sûr, dit-il, désarmant. À la chance que j'ai eu de t'attraper. »

35

L'agrandissement de l'image du film était étalé sur la table de la salle de réunion. Ils avaient dû patienter vingt-quatre heures pour l'obtenir, mais ça en valait la peine, se dit Thomas.

Non sans difficultés, il avait reporté dessus le quadrillage de la carte marine et les indications de Fredrik Winbergh.

Margit et lui contemplaient à présent le résultat. Pas si mal. Il serait sûrement possible d'identifier les bateaux situés à portée de tir.

« Ça a vraiment fière allure, dit Margit. Tu as suivi des cours de dessin ? »

Thomas eut un petit sourire, sans interrompre son examen de la grande photographie.

« Si ces indications sont correctes, je dénombre vingt-huit embarcations dans la zone suspecte. Y compris le yacht de Bjärring, que nous connaissons déjà.

— Un triangle d'or, tu veux dire ?

— Regarde, dit Thomas. Si on élargit le secteur, par sécurité, ça en fait sept de plus à contrôler. Ce qui reste un nombre raisonnable. »

Margit se pencha pour observer l'image.

Autour de la zone, il n'y avait que la mer. L'île la plus proche était bien plus loin.

« Quelle est la probabilité qu'un meurtre soit commis depuis la banquette d'un bateau ? » dit-elle pensivement, le regard toujours fixé sur la photographie.

Elle saisit une loupe et examina les bateaux un à un.

« Qu'est-ce que tu veux dire ? » voulut savoir Thomas.

Elle lui montra le cockpit d'un bateau, où l'on distinguait plusieurs personnes.

Thomas comprit à quoi elle pensait.

« Assez faible, je dirais. » Il fit lentement le tour de la table pour changer de point de vue. « Si on veut tirer sur quelqu'un en pleine mer sans être vu, on choisit plutôt un bateau avec un habitacle fermé. »

Margit posa la loupe et pointa huit des plus petits bateaux présents sur l'image.

« Si j'ai raison, on peut tout de suite exclure les hors-bord et les bateaux à cockpit ouvert. »

La logique du raisonnement de Margit était à toute épreuve.

Thomas refit le tour de la table pour se replacer de son point de vue.

« Dans ce cas, il ne nous reste plus que vingt-sept bateaux environ.

— Comment s'y prend-on pour les identifier ?

— On continue comme ça. On relève des signes distinctifs. » Thomas approcha la loupe d'un des minuscules points. « Ici, par exemple, on peut voir la marque du bateau sur la coque. Il faut noter tout ce qu'on trouve, pour mettre de notre côté le maximum de chances. » Il prit un stylo et attribua une lettre à chaque bateau. « Voilà, dit-il. On les prend un par un.

— Il va falloir des jours, des semaines, pour tous les retrouver.

— Oui, on va avoir besoin d'aide. Sauf si tu as une meilleure idée ? »

Tout indiquait que l'assassin était à bord d'un de ces bateaux. La police scientifique n'avait pas repéré la moindre trace de poudre sur le Swan, ce qui confortait cette hypothèse. Et vu l'angle du tir, il fallait chercher du côté des spectateurs. Un de ceux qu'ils avaient sous les yeux.

Mais lequel ?

Margit prit un carnet et un crayon et recopia la liste alphabétique de Thomas.

« Au fait, j'ai pu joindre Winbergh, dit-elle.

— Il savait quelque chose sur la vente du bateau ?

— Il dit que l'ancien voilier de Juliander n'a pas pu se vendre à plus de deux ou trois millions. Et il n'en possédait que la moitié. Il le partageait avec un autre membre du KSSS.

— Une somme insuffisante pour en acheter un neuf ?

— C'est ça.

— Et d'où venait l'argent, dans ce cas ? Winbergh le savait-il ?

— Non.

— Il faut regarder ça de plus près. »

Dans la matinée, il y eut un coup de téléphone de Monica Linde.

Quand Nora comprit que Henrik avait une fois de plus évoqué avec elle la vente de la villa Brand, elle éclata.

« Tu as encore parlé à ta mère de la maison de Signe ? s'écria-t-elle. Il faut qu'elle nous fiche la paix, tu entends ? Ça ne la regarde pas. »

Ils étaient à l'étage, devant la salle de bains.

Henrik parut d'abord étonné.

« Calme-toi, ce n'est pas bien grave, non ?

— Est-ce que pour une fois ta mère pourrait éviter de se mêler de notre vie ? Elle me rend dingue.

— Laisse tomber, Nora, pas d'hystérie !

— Je ne suis pas hystérique ! C'est juste que je n'en peux plus que Monica ait toujours un avis sur ce qu'on fait ou ce qu'on ne fait pas. »

Henrik se fâcha à son tour.

« Comme si tes parents ne s'en mêlaient pas. Ils sont toujours fourrés ici. On habite à deux cents mètres de chez eux.

— C'est différent. Ils ne s'y prennent pas pareil.

— Donc il y a une façon permise, et l'autre non.

— Ce n'est pas ce que j'ai voulu dire.

— Si, tu veux dire que mes parents ont tort et les tiens raison. Merci bien. »

Le ton était assassin.

Henrik la regarda comme si elle avait sept ans, et Nora n'eut plus la force de le contredire. Même si elle savait qu'elle avait raison. L'envie d'en découdre disparut, remplacée par un profond découragement.

Pourquoi Henrik était-il à ce point aveugle aux défauts de sa mère ? Ne pouvait-il pas pour une fois se ranger de son côté ?

36

Le président de la commission électorale, Anders Bergenkrantz, venait d'ouvrir la séance.

Conformément à la tradition, c'était au précédent président du conseil d'administration de diriger le processus de désignation du nouveau. La réunion avait été convoquée à la hâte au siège du club nautique, à Saltsjöbaden, sans surprendre personne.

Elle serait brève, il n'y avait qu'un point à l'ordre du jour.

« Nous devons proposer un nouveau président à la prochaine assemblée générale. » Bergenkrantz se caressa le menton, l'air soucieux.

L'unique femme présente dans la pièce le regarda presque avec compassion. Une personne fine et intelligente, qui avait bien saisi leur dilemme : il restait trop peu de temps avant l'assemblée générale annuelle pour effectuer un processus normal de désignation d'un candidat. Et le candidat naturel, le premier vice-président, n'était plus disponible.

Avec son franc-parler habituel, qui au fond était apprécié dans ce cercle conservateur, elle alla droit au but :

« Il n'y a qu'un seul candidat envisageable, vous le savez bien, assena-t-elle en balayant des yeux l'assistance. Le président actuel va quitter ses fonctions et Oscar est mort. Reste le second vice-président. Il faut poser la question à Ingmar. »

Quelques membres de la commission se renfrognèrent.

Ingmar n'allait pas de soi pour succéder à Hans Rosensjöö. C'était un secrétaire très apprécié, un ancien du club nautique, mais il n'avait en rien l'étoffe d'un chef. Il avait beau être sympathique et sociable, avoir un gros carnet d'adresses, il lui manquait une vision. Et il était connu pour fuir les conflits. Ingmar n'avait jamais tapé du poing sur la table. En particulier dans son mariage.

Mais il n'y avait pas d'alternative.

La consultation prudente de quelques membres expérimentés de la commission avait abouti à autant de refus tout aussi prudents. Une telle présidence prenait beaucoup de temps et d'énergie. Il fallait plus d'un petit mois pour s'y préparer.

Choisir un candidat externe, qui ne siégeait pas déjà au bureau, était impensable. Cela irait absolument à l'encontre des traditions. Personne n'aurait même l'idée de le proposer.

« Personnellement, je doute qu'Ingmar soit la bonne personne mais, d'un autre côté, qui d'autre ? dit Anders Bergenkrantz. Ingmar est malgré tout membre actif du bureau depuis des années. Il connaît parfaitement nos traditions. Il est des nôtres. »

Mon prédécesseur n'a jamais eu à faire face à ce genre de problème, pensa-t-il avec mauvaise humeur.

L'unique femme de la commission reprit la parole.

« J'ai une proposition. Demandons à Hans Rosensjöö de continuer un an comme membre supplétif du conseil d'administration, pour épauler Ingmar. Ainsi, nous assurons une forme de continuité tout en résolvant une partie du problème. »

Voilà une solution intelligente, pensa Bergenkrantz, admiratif malgré lui, et sans doute adaptée à cette situation inédite dans les annales du club. Et puis nous n'avons pas le choix.

Tout autour de la table, les autres membres de la commission opinèrent du chef. Personne en tout cas ne s'opposa ouvertement à cette solution.

« Bien, résuma Bergenkrantz. Nous sommes donc d'accord : la recommandation de la commission électorale est de choisir Ingmar von Hahne comme prochain président du conseil d'administration du KSSS. »

37

Au fond, il n'avait aucune raison valable d'aller voir son voilier en plein milieu de la semaine. Peut-être un désir de vacances ? Encore une semaine et demie, et miroitait à l'horizon une longue sortie dans l'archipel.

Ou bien c'était juste la douceur du soir qui l'avait poussé à prendre la route de Bullandö, où mouillait son cher bateau. Ce voilier qui lui procurait une joie sans faille, jamais démentie.

Comme d'habitude, Martin Nyrén laissa sa voiture sur le grand parking à côté du quai. Il était assez plein, presque tout le monde était déjà en mer.

Ce grand port de plaisance était apprécié pour sa situation : de là, on gagnait rapidement le large, sans perdre trop de temps à louvoyer entre toutes les îles de l'archipel intérieur. Pour l'heure, c'était assez désert : tréteaux de bois vides, rares bateaux encore à quai.

Il n'allait pas partir longtemps. Juste jeter les amarres et filer quelques heures. Profiter de la douceur d'une longue soirée d'été avant qu'août n'arrive et que la nuit ne reprenne ses droits. Il avait dans son sac une boîte de sushis achetée en venant du bureau, et deux bières – il fallait ça, en mer.

Il pressa le pas vers le dernier ponton. C'était là que son voilier était solidement attaché entre deux pieux, proue tournée vers le quai. Il l'avait baptisé *Aurora*. Peut-être cela manquait-il d'originalité, mais le nom convenait à un navigateur du point du jour comme lui. La déesse de l'aube qui lui évoquait les heures où, dans l'archipel à peine éveillé, la brise du petit matin trace de minuscules rides à la surface de l'eau.

Il envisageait même de mouiller dans une baie et de ne rentrer que le lendemain. S'il se levait tôt, il pouvait être au bureau à neuf heures et demie. En cette saison, ce n'était pas si dur.

De loin, il vit quelque chose de bizarre. Le bateau était orienté de biais, comme couché sur le flanc.

Il hâta le pas.

En approchant, il comprit qu'une des amarres devait avoir lâché. L'étrave raclait le bord en béton du quai. Le *gelcoat* de la coque était sûrement abîmé.

Il jura en silence. Il y en aurait pour des dizaines de milliers de couronnes de réparation, même si l'assurance en couvrait une partie. Et puis il était certain d'avoir correctement amarré le voilier dimanche soir.

Il se figea alors, sans bien parvenir à saisir ce qu'il voyait.

Toute la proue était taguée de noir. Comme si un fou s'était déchaîné avec une bombe de peinture. On avait aussi écrit quelque chose sur le côté. Il distinguait la lettre B, mais le reste était couvert de noir, comme si quelqu'un avait rageusement vidé la bombe.

Il ne put retenir ses larmes en voyant ce désastre.

Ce noir tartiné sur la belle coque blanche. Ces traits furieux en travers du pont en teck.

Il tomba à genoux et toucha la peinture séchée. Étalée comme des excréments.

Au bout de quelques minutes, il se leva et se dirigea vers la capitainerie. Il fallait qu'il signale ça, qu'on recherche qui avait fait le coup.

Si c'était une blague de gosses, il n'y avait pas de quoi rire.

38

Son regard était irrésistiblement attiré par l'écran de l'ordinateur. Elle détestait chaque caractère de ce texte blessant, mais ne pouvait s'empêcher de le relire.

Avoue, sale pute. La partie est finie. Ne crois pas qu'Oscar t'aimait, tu n'étais qu'un jouet, comme les autres femmes. Une de plus sur la liste. Maintenant tu vas payer.

Ces mots la déchiraient, tout son corps tremblait. Lentement, Diana Söder relut le message. Ses larmes se mirent alors à couler et la peur prit le dessus.

D'où venait cet horrible mail ? Comment avait-on trouvé son adresse électronique ? Comment l'expéditeur pouvait-il en savoir autant sur sa liaison avec Oscar ?

Elle s'effondra sur son bureau, la tête posée sur le sous-main. Elle mouilla le plastique, mais peu importait, elle était seule dans la galerie.

Elle n'avait pas de mauvaises intentions en rencontrant Oscar. Il lui avait assuré que son mariage était mort. Sylvia et lui attendaient juste que les enfants aient fini leurs études, après quoi ils étaient d'accord pour divorcer.

Il l'avait dit et redit.

Elle lui avait fait confiance. Avait cru ses promesses. Pourquoi pas ?

Elle n'avait jamais aimé quelqu'un comme Oscar. C'était l'amour de sa vie. Et il était extraordinaire avec son fils. Ils formaient une petite famille, et elle s'était prise à rêver d'un autre enfant. Fait ensemble. Elle n'avait pas encore quarante ans, il n'était pas trop tard.

Elle avait imaginé toutes les années qu'ils passeraient ensemble, avant de vieillir ensemble. Dès qu'il aurait divorcé.

Avec juste une once de patience. Si elle acceptait d'attendre un peu.

Elle l'aurait attendu le temps qu'il fallait. Elle avait vécu avec Oscar l'époque la plus heureuse de sa vie.

Elle se redressa d'un coup et effaça cet horrible mail. Par précaution, elle alla aussi le supprimer au fond de la corbeille de l'ordinateur. Puis elle s'efforça de ne plus songer à ces accusations.

Elle ferma les yeux et tenta de se concentrer sur autre chose, quelque chose de gai.

Mais l'image d'Oscar apparut aussitôt sous ses paupières. Au bord des larmes, elle but un verre d'eau pour se calmer. Elle jeta un dernier regard sur l'écran qu'elle avait à présent éteint.

Tout ceci n'était qu'une mauvaise plaisanterie.

Oui. Forcément.

« Depuis combien de temps on est là ? » dit Margit en se frottant les yeux.

Il était presque vingt heures. Ils étaient dans la salle de réunion, où l'agrandissement de la photo de la zone de départ avait été scotché à la table pour être plus accessible. Depuis le déjeuner, ils ne s'étaient accordé qu'une brève pause pour aller chercher un sandwich.

Margit regarda avec dégoût les restes jetés dans la corbeille à papier.

« Ce n'était pas franchement la journée Weight Watchers », murmura-t-elle.

Thomas leva les yeux de sa loupe.

« On pourrait peut-être arrêter les frais, dit-il en se grattant la nuque. Je n'ai plus les yeux en face des trous. »

Il parcourut la liste où ils avaient relevé toutes les caractéristiques des bateaux. À chaque fois, ils avaient étudié l'image sous toutes les coutures, mais bien trop d'embarcations restaient à identifier.

Ils transmettaient au fur et à mesure leurs descriptions à Kalle. Il était chargé de les comparer avec les types de bateaux connus puis de contacter les compagnies d'assurances pour se renseigner sur d'éventuels propriétaires. Afin de l'aider, des supplétifs se relayaient pour passer des coups de téléphone et chercher des informations sur Internet.

Une sorte de porte-à-porte téléphonique, en somme. Mais d'une lenteur désespérante.

Toute information était bonne à prendre, pensait Thomas. Pourtant ce n'était pas facile. Une seconde, il se demanda si c'était là une méthode raisonnable – mais avaient-ils le choix ?

Il fallait qu'ils déterminent depuis quel bateau le coup de feu avait été tiré.

Vendredi, deuxième semaine

39

C'était vendredi après-midi, l'équipe allait bientôt partir en week-end.

Ils avaient bien besoin de récupérer. Les traits étaient tirés, autour de la table, les nerfs à fleur de peau. Le travail acharné des derniers jours pour identifier les bateaux présents au moment du départ de la régate avait mis leurs forces à rude épreuve.

Douze jours s'étaient écoulés depuis le meurtre de Juliander.

Carina avait une fois de plus apporté des viennoiseries. Histoire de réconforter ses collègues. Elle était la seule dans la pièce à sembler contente de son sort. Presque gaie, malgré l'ambiance plombée. Elle chantonnait dans son coin, sans se laisser abattre par les mines sinistres des autres.

Le Vieux s'installa en bout de table. Lui aussi rongeait son frein. Son visage était fermé, ses lèvres serrées.

« Bon, on y va. Commençons par les finances de Juliander. » Il se tourna vers sa fille. « Tu as trouvé quelque chose pour expliquer comment il a pu acheter son voilier ?

— Pas de plus-values en Bourse, dit Carina. Par

contre, j'ai trouvé quelque chose de très intéressant, qui mériterait qu'on aille y regarder de plus près. »

Elle se tut, apparemment pour ménager son petit effet, et se mit à feuilleter ses notes.

« Accouche, dit Erik. De quoi tu parles ? »

Carina lui sourit en levant un sourcil taquin. Elle s'accorda encore quelques secondes pour faire monter le suspense et s'assurer d'avoir captivé l'attention de l'équipe au bout du rouleau.

« J'ai examiné le portefeuille de Juliander. L'institut médico-légal nous l'a fait parvenir dans le courant de la semaine. Et j'y ai trouvé une carte bancaire.

— Et alors ? dit le Vieux. Tout le monde en a une.

— Pas ce genre de carte. C'est une carte Platinum d'une banque du Liechtenstein, Vaduz Verwaltungsbank.

— Le Liechtenstein, c'est où, déjà ? demanda Kalle.

— À une heure et demie de route de Zurich, dit Margit. C'est un paradis fiscal. L'OCDE l'a inscrit sur sa liste noire.

— Pourquoi ? dit Kalle.

— Blanchiment d'argent. Ils ne collaborent pas avec les polices et les administrations fiscales des autres pays.

— Et que vient faire ici cette carte de crédit ? Et d'abord qu'est-ce que ça veut dire, Platinum ? »

Carina sourit d'un air supérieur, en lorgnant vers Thomas.

« C'est une carte de grand luxe, sans plafond de crédit. Avec ça, tu peux acheter ce que tu veux.

— J'aimerais bien en avoir une comme ça, dit Kalle, l'air ravi.

— Moi aussi, renchérit Carina avec une pointe d'envie.

— Allez, continue. Alors, cette carte ? » la pressa Thomas.

Carina brandit une photocopie agrandie d'une carte de crédit grise.

« Une carte est normalement délivrée par une banque. Elle est liée à un compte, qui est débité directement, ou à la fin de chaque mois, sur facture. Jusque-là, tout va bien.

— Bon, bon, dit Erik, on sait comment ça fonctionne.

— Attendez, dit Carina. Laissez-moi finir. Dans le cas d'une carte de crédit suédoise, la banque est tenue de signaler chaque année au fisc dettes et créances. Et cela réapparaît sur notre feuille d'impôts.

— Mais tu disais que la carte de Juliander ne provenait pas d'une banque suédoise, remarqua Thomas.

— Exactement », dit Carina, rayonnante.

Des heures de recherches laborieuses avaient porté leurs fruits. Elle se sentait une policière accomplie.

Ces dernières semaines, la froideur de Thomas l'avait fait douter. Mais elle avait ravalé sa colère et décidé de lui montrer de quoi elle était capable. Par le sérieux de son travail policier, elle allait l'impressionner et faire renaître chez lui les regards admiratifs de l'été précédent.

Elle était si amoureuse qu'elle en avait mal dans tout le corps et qu'elle le désirait jour et nuit. Une année entière, elle avait accepté qu'ils cachent leur liaison au travail. Mais elle ne se laisserait pas larguer en cachette.

Elle n'était pas près de le laisser filer.

« C'est comme ça, dit-elle à la cantonade. Si on utilise une carte étrangère, c'est qu'on a un compte à l'étranger. En l'occurrence, dans un pays hors Union européenne, qui ne rend pas compte à l'administration suédoise des ressources de ses ressortissants.

— On parle donc d'argent sale ? » dit Margit en se penchant, intéressée. Elle appuya son menton sur ses mains et réfléchit. « De l'argent placé à l'étranger et non déclaré en Suède ? »

Carina hocha énergiquement la tête.

« S'il était malin, ce qui était le cas, il ne faisait que des retraits en liquide avec cette carte, continua Carina. Ainsi, impossible de tracer les achats effectués.

— Donc nous savons à présent que cet avocat planquait ses sous, dit Thomas. Peut-on supposer qu'il a acheté son bateau de luxe avec cette carte ?

— Pas impossible », confirma Carina.

En récompense, elle reçut un sourire chaleureux.

« Très intéressant, dit Margit.

— Oui, beau boulot, Carina », ajouta Thomas.

Carina sourit de plus belle.

« Bon, et après ? dit le Vieux. Comment fait-on pour savoir de quelles sommes il s'agit ?

— Et d'où elles viennent ? renchérit Margit.

— Je sais, intervint Thomas. Je sais exactement à qui nous adresser. »

40

Ils étaient devant le petit kiosque de la promenade de la plage, à Sandhamn. Nora venait juste d'acheter deux gros cornets de glace à Adam et Simon. Trois boules chacun. Simon avait choisi chocolat, fraise et vanille. Plus audacieux, Adam avait pris myrtille, melon et Daim.

La fille du kiosque avait couronné chaque cornet d'une framboise en gelée rose bonbon. C'était si appétissant que Nora ressortit son portefeuille et se prit aussi un petit cornet, tant pis pour son diabète…

Il était déjà dix-sept heures, ils dîneraient donc tard. Encore. Comme c'était souvent le cas l'été à Sandhamn.

Les mains pleines, ils allèrent s'asseoir sur un des bancs du quai. Les bateaux se serraient le long du ponton, admirés par les touristes. Henrik se plongea dans le journal du soir qu'il venait d'acheter.

À peine assis, Simon fit tomber sa framboise en gelée dans le sable. Il était au bord des larmes, mais Nora le consola : on la lui remplacerait certainement. Elle retourna au kiosque, où on lui en posa en effet une nouvelle au sommet du cornet.

Rayonnant de joie, Simon lui sauta au cou.

« Tu es la meilleure maman du monde ! »

Dans un élan de générosité, il lui tendit son cornet pour lui faire goûter. Nora secoua la tête en souriant.

« J'ai le mien, mon chéri. Merci. »

Alors son téléphone sonna.

Sa glace dans une main, elle tenta d'extraire son portable de la poche de son short rouge. Elle y parvint enfin et vit que c'était Thomas.

« Salut ! dit-elle avec entrain. Comment ça va en ville ? L'enquête avance ?

— Lentement, répondit Thomas. Trop lentement. »

Nora lécha sa glace, qui fondait à une vitesse inquiétante. Une grosse goutte de chocolat atterrit malgré tout sur son short. C'était couru.

« Tu viens pour le week-end ? demanda-t-elle.

— Oui. Et je me demandais si tu pourrais m'aider pour un truc.

— Bien sûr, de quoi s'agit-il ?

— J'ai besoin de quelques informations sur le secret bancaire. Plus précisément au Liechtenstein.

— Le Liechtenstein ? s'esclaffa Nora. Tu t'intéresses au blanchiment d'argent ?

— Indirectement. » La voix de Thomas était sérieuse. « Tu pourrais un peu creuser ça pour moi ? J'aurais besoin d'en savoir plus sur les banques dans ce pays. On pourrait se voir un moment dimanche ?

— Dimanche ? » Nora réfléchit une seconde. « Un instant, dit-elle en se tournant vers Henrik, absorbé par les pages sportives de son journal. Qu'est-ce qu'on fait après-demain ? chuchota-t-elle en en profitant pour lécher sa glace.

— Rien de spécial, répondit-il sans lever les yeux des pages roses.

— Thomas me demande de l'aider quelques heures. Ça ira ? Tu ne sors pas en mer ? »

Henrik secoua la tête et la regarda en plissant les paupières dans le chaud soleil de l'après-midi.

« Non. »

Sans rien ajouter, il disparut à nouveau dans le monde du sport.

Elle remit son portable à l'oreille.

« Parfait pour dimanche.

— D'accord. Tu veux venir à Harö, ou je viens à Sandhamn ?

— C'est plus simple si tu viens, toi. Ça m'évite de traverser la baie avec mon ordinateur. À quelle heure ?

— Vers trois heures, ça te va ?

— Parfait. À dimanche. »

Nora raccrocha et remit pensivement son téléphone dans sa poche.

Le Liechtenstein. Synonyme d'opérations illégales. Quel rapport avec le meurtre d'Oscar Juliander ?

Elle regarda sa glace, transformée en mare visqueuse au fond du cornet – enfin, ce qui n'avait pas coulé sur son short. Elle eut une pensée pleine de gratitude pour sa machine à laver, la meilleure amie des parents de jeunes enfants. Quand elle était petite, sa propre mère faisait encore la lessive au ponton. Jusqu'à ce qu'une laverie collective soit installée sur le port dans les années soixante.

Elle inspecta à nouveau ses vêtements et soupira. Elle n'avait plus qu'à rentrer se changer.

41

À la seconde même où il arriva au barbecue, Martin Nyrén comprit qu'il avait eu tort de venir.

Au fond, il le savait depuis le début, mais n'avait pu s'en empêcher. C'était une des rares occasions de voir Indi durant ce long mois de juillet.

Et puis on se serait posé des questions s'il avait décliné l'invitation.

Quelle torture, ces semaines de vacances. En ville, il était bien plus facile de se voir sans éveiller les soupçons. Il suffisait d'arguer d'une réunion tard le soir, d'un travail à finir, et le tour était joué. Mais à présent, pas moyen. Il n'y avait plus qu'à prendre son mal en patience et attendre que l'été finisse.

Il s'arrêta pour contempler la scène.

Un grand barnum avait été monté devant la maison. Par son ouverture, on apercevait une longue table couverte d'une nappe à carreaux. Deux énormes baffles étaient aussi installés, sans doute pour danser, plus tard dans la soirée.

Deux cuistots en toque et tablier blanc s'affairaient autour de deux grands barbecues dans un coin du jardin. Ce serait un méchoui : ce qui ressemblait à un agneau tournait sur une broche au-dessus des braises.

Martin aimait la viande d'agneau, surtout grillée. Mais bien manger était une maigre consolation. De plus en plus mal à l'aise, il résista avec peine à l'envie de s'éclipser.

Ces derniers jours avaient été pénibles. Le meurtre d'Oscar n'était toujours pas résolu, et l'idée qu'on avait vandalisé son voilier lui pesait. Et puis il avait toujours cette désagréable impression d'être observé.

La pelouse était pleine de gens qui riaient, un verre à la main. Au bar, une charmante jeune femme servait à boire à volonté. Martin s'approcha. Elle puisa dans un grand saladier un liquide rose où nageaient des morceaux d'orange et des glaçons.

« De la sangria, dit-elle, tout sourire, en lui tendant un verre généreusement rempli. L'Espagne, c'est le thème de la soirée. Tenez. »

Il la remercia et but une grande gorgée. C'était très bon. Pas le genre de lavasse qu'on servait en Espagne dans les voyages charters. Goûteux, fort. Ce n'était pas pour rien la boisson nationale. Il rebut une gorgée et tenta de se mettre dans l'ambiance festive.

Son verre à la main, il continua d'observer les convives.

À sa gauche, la villa des hôtes, bâtisse moderne blanche et aérée, disposée de telle sorte qu'on puisse profiter de la vue. Sur la façade sud, une large véranda en teck avec salle à manger et chaises longues.

Il imaginait très bien le couple des propriétaires passant là des journées d'été à paresser derrière la balustrade blanche à croisillons. De part et d'autre du terrain, de grands sapins abritaient des regards, tandis que du côté de la route, une haie de lilas remplissait le même office.

On apercevait un scooter des mers près du ponton. Martin Nyrén ne voyait pas d'un bon œil ces bolides. Il regrettait le temps où ils étaient interdits : ils faisaient du vacarme et ne servaient à rien. C'étaient juste des jouets coûteux pour des gens qui ne savaient pas quoi faire de leur argent.

Mais il devinait qui l'utilisait dans la famille. C'était ça, avoir de grands enfants. Difficile de résister à leurs caprices.

Une petite barque goudronnée était elle aussi amarrée. Quel contraste avec le scooter ! Martin s'imaginait ramant un jour sans vent, laissant la barque aller au fil de l'eau.

À l'autre extrémité du barnum, il aperçut un groupe de membres du KSSS. Hans Rosensjöö en était, avec plusieurs autres du conseil d'administration et leurs épouses.

Il alla les saluer. Autant faire bonne figure. Il ne pouvait pas filer à l'anglaise. Il fallait qu'il reste au moins jusqu'au dîner.

En se composant une contenance festive, il se dirigea vers ses connaissances.

Peut-être parviendrait-il au cours de la soirée à voler malgré tout quelques minutes tranquilles en compagnie d'Indi. Juste un moment ensemble, qu'il pourrait garder en mémoire les prochaines semaines, où il serait impossible de se voir seuls.

Après le dessert, quand tout le monde discuterait, un café à la main.

Aussitôt, il se sentit de meilleure humeur.

« Bonjour, bonjour, dit-il avec un grand sourire. Quelle belle fête ! Comment allez-vous ? »

Des sourires aimables lui répondirent.

Un vague parfum atteignit ses narines, une bouffée épicée qui disparut aussi vite qu'elle était venue. Ça lui rappelait quelque chose. Mais oui !

Son appartement, le soir où il avait eu l'impression que quelqu'un y était entré.

Il huma l'air, mais plus rien.

42

Thomas venait d'entrer dans la cuisine de Nora. Un calme inhabituel régnait dans la maison. Adam était parti pour la semaine au camp de voile du KSSS sur l'île de Lökholmen et Henrik était allé pêcher le hareng avec Simon.

« Je suppose que tu prends du thé ? dit Nora en sortant deux grandes tasses décorées sans attendre sa réponse. Quelle sorte ? Nature ou à la vanille ? »

Elle sortit du lait du réfrigérateur et ouvrit le garde-manger pour y prendre le miel.

« Un Earl Grey, ce sera parfait », dit Thomas en prenant deux cuillères dans le tiroir à couverts. Il connaissait la cuisine de Nora presque comme la sienne. Voilà ce que c'était que de se fréquenter depuis des années.

« Tu veux quelque chose avec ? » dit Nora en se dirigeant vers la panière, dans un coin du plan de travail en bois clair.

Thomas secoua la tête.

« Ça va, merci. Pour la brioche, j'ai ce qu'il faut », dit-il en se tapotant le ventre.

Nora, qui trouvait qu'il n'avait pas changé depuis l'époque où il jouait au handball, quinze ans plus tôt, leva les yeux au ciel.

Ils s'assirent et elle servit le thé fumant.

« Alors, comment ça s'est passé ? » dit Thomas.

Nora ouvrit son ordinateur portable, déjà connecté sur la table de la cuisine.

« Regarde, dit-elle en désignant le document où elle avait résumé ses conclusions. Lis toi-même. »

Thomas se pencha pour mieux voir.

Nora avait rédigé une note détaillée sur le secret bancaire. Thomas constata vite que la notion était aussi vieille que les banques. Une banque ne communiquait aucune information sur ses clients, sous quelque forme que ce fût. Dans beaucoup de pays, c'était même inscrit dans la loi.

L'explosion de la criminalité économique et la lutte contre le terrorisme international avaient ces dernières années mis les paradis fiscaux sous le feu des projecteurs. Les États-Unis et l'Union européenne exerçaient de fortes pressions sur ces pays pour qu'ils coopèrent aux enquêtes de police.

« Où as-tu trouvé tout ça ?

— Dans des bases de données juridiques. Il y en a quelques-unes spécialisées dans les législations internationales et la jurisprudence dans ce domaine.

— Fichtre.

— Je suppose que tout ça signifie que Juliander disposait de ressources à l'étranger ? »

Thomas hocha légèrement la tête pour confirmer son intuition.

« Garde-le pour toi. Nous ne voulons absolument pas que cela se sache.

— Merci pour ta confiance, dit Nora. Je comprends. Mais si tu me demandes de faire des recherches sur les différentes formes de secret bancaire, il serait assez normal que je sache pourquoi. »

Elle but une gorgée de thé et le regarda avec insistance.

Thomas ne pouvait que l'admettre.

Nora ouvrit un autre document et reprit.

« Le Liechtenstein semble en effet un vrai paradis fiscal. Les autorités des autres pays n'y ont absolument aucun droit de regard.

— Ça ne pose pas des problèmes diplomatiques ?

— Si, en effet. Par exemple, l'Union européenne a fait pression sur la Suisse et, ces dernières années, les Suisses se montrent beaucoup plus coopératifs, surtout s'agissant du blanchiment d'argent de la drogue. »

Thomas parcourut l'écran.

« Comment faire pour obtenir des informations sur un éventuel compte de Juliander ?

— C'est le plus dur. Quand le secret bancaire a été allégé, c'était surtout pour les affaires de terrorisme ou de drogue. » Elle s'interrompit. « Mais il faut que tu m'expliques de quoi il s'agit, sinon je ne pourrai pas t'aider. »

Thomas était mal à l'aise à l'idée de divulguer des informations confidentielles. D'un autre côté, Nora pouvait contribuer à l'enquête grâce à des compétences assez peu répandues au sein de la police – et dont celle de Nacka ne disposait pas du tout.

« Tu n'as pas confiance en moi ? » dit Nora. Une petite ride d'irritation apparut sur son front. « Si je ne comprends pas l'énoncé, je ne peux pas fournir de réponse sensée. »

Elle attrapa la théière et se resservit une demi-tasse.

Elle en proposa à Thomas qui accepta d'un hochement de tête.

« Tu as raison, dit-il. Je vais t'expliquer. »

Il lui résuma la situation et comment ils avaient trouvé la carte de crédit étrangère de Juliander.

Nora écouta attentivement. Quand il en arriva à son hypothèse de ressources cachées au Liechtenstein, elle fronça les sourcils.

« Alors là, tu as un problème.

— Pourquoi ? »

Nora fit dérouler son écran. « Regarde toi-même. Il faut de fortes présomptions de culpabilité pour que leurs autorités coopèrent.

— Mais on en a ! protesta Thomas.

— Une carte bancaire étrangère liée à un compte secret n'est pas un crime à leurs yeux. Pour eux, l'évasion fiscale n'est pas un délit bien grave. C'est considéré comme une simple infraction, pas suffisant pour lever le secret bancaire.

— Ce qui veut dire ? »

Thomas commençait à s'inquiéter, et Nora confirma ses craintes :

« Qu'il va être très difficile d'obtenir des informations sur Juliander.

— Comment faire, alors ? »

Nora but une gorgée de thé.

« Je pense que tu devrais contacter un procureur travaillant avec la brigade financière. Quelqu'un qui ait de l'expérience et des contacts au Liechtenstein. »

Thomas fit la grimace tandis que Nora cherchait à nouveau dans les documents à l'écran sans trouver d'autre conclusion.

« Il y a encore une chose que tu dois savoir, ajouta-t-elle. Obtenir des documents du Liechtenstein prend très longtemps.

— Qu'est-ce que tu veux dire ?

— Des années. Le ministère suédois de la Justice doit d'abord formuler une requête officielle auprès de son homologue.

— Puis ?

— Puis le ministère de la Justice du Liechtenstein contacte l'autorité compétente. Ensuite il faut une décision du Landgericht, l'équivalent de notre tribunal d'instance, pour effectuer une saisie des documents demandés. Décision qui peut être contestée en appel devant trois instances. »

Thomas siffla, abasourdi.

« Puis il faut une autre décision particulière pour autoriser le tribunal à détenir ces documents. Elle aussi peut malheureusement être contestée à trois reprises en appel.

— C'est fou. »

Nora lui sourit de biais.

« Il y a mieux. Même si on arrache l'autorisation de conserver les documents, il faut encore une décision spéciale pour qu'ils soient remis aux autorités suédoises. »

Thomas soupira.

« Laisse-moi deviner. Là aussi, on peut faire appel trois fois ? »

Nora hocha la tête.

« Exactement. En tout, on peut donc faire appel neuf fois avant que la moindre information ne sorte.

— Et combien de temps cela peut-il prendre ?

— Je dirais trois, quatre ans. »

Thomas commençait à douter du système juridique.

« Autre chose ? dit-il avec lassitude.

— Tu veux vraiment savoir ? »

Il hocha la tête.

« D'ordinaire, cette divulgation est également soumise à conditions. Les documents fournis ne peuvent pas être utilisés dans le cadre d'un contrôle fiscal. Il faut donc lier ta requête à l'enquête criminelle, sinon tu ne pourras de toute façon rien obtenir. »

Thomas avait du mal à digérer toutes ces informations.

« Je vois », finit-il par dire. Il se leva, frustré, et essaya de rassembler ses esprits. « Cette voie ne semble pas praticable, si je te suis, donc… »

Nora l'interrompit.

« Qu'est-ce que c'était comme carte de crédit, déjà ?

— Une MasterCard, ou peut-être une Visa.

— Tu devrais contacter la filiale suédoise. Bien sûr, la carte a été délivrée à l'étranger, mais le bureau suédois peut certainement t'aider. Au moins à savoir comment elle a été utilisée. »

Évidemment. *Follow the money.*

« Une autre question qu'on peut se poser, réfléchit tout haut Nora, c'est d'où vient l'argent placé sur ce compte secret.

— Continue », dit Thomas. C'était exactement la question à laquelle le groupe des enquêteurs était confronté.

« À quoi servirait une carte de crédit étrangère sans capitaux ou revenus réguliers sur le compte en question ?

— Je suis d'accord.

— Cet argent ne pouvait provenir de ses clients. Un administrateur de faillite doit rendre des comptes au tribunal. Ça se serait vu en deux secondes qu'il utilisait une banque au Liechtenstein.

— Et faire sortir de l'argent légalement n'aurait pas été une bonne idée, dit Thomas, en essayant de suivre son raisonnement.

— Non, car il aurait alors dû payer des impôts dessus.

— Mais il y a bien des gens qui quittent la Suède avec des valises de billets ? »

Nora secoua la tête, dubitative.

« Trop risqué. S'il se faisait prendre, il était radié sur-le-champ de l'ordre des avocats.

— La question à dix mille couronnes, c'est donc d'où venait l'argent qui alimentait cette carte de crédit. »

Thomas se rassit. Son thé avait refroidi, mais il termina sa tasse.

« La carte n'était pas plafonnée », dit-il, l'air de rien.

Nora siffla, ébahie.

« Dans ce cas, ce ne devait pas être juste de l'argent de poche, ce que Juliander avait sur ce compte. »

En rentrant sur Harö, Thomas réfléchit au mystère Juliander. L'image de la réussite professionnelle et de la famille parfaite se craquelait chaque jour davantage.

Pourquoi avait-il pris de tels risques ?

Avoir des comptes secrets à l'étranger était malgré tout un délit. Et grave. Surtout pour un avocat en vue. S'il s'était fait prendre, c'en aurait été fini de sa carrière.

Le succès de Juliander lui était-il monté à la tête au point qu'il se sente au-dessus des lois ? Ou désirait-il ce nouveau voilier au point de contourner le système légal qu'il avait servi toute sa vie ?

Juliander avait peut-être roulé quelqu'un, qui l'avait tué pour se venger. Mais qui ?

Et d'où venait l'argent ?

43

« Qu'est-ce que ça a donné avec la proc', pour la carte de crédit ? » demanda Thomas à Margit en entamant son steak haché, un des deux plats du jour.

Ils étaient attablés dans un restaurant de Nacka Strand, à quelques minutes à pied du commissariat. Ils s'étaient mis en terrasse, pour éviter les odeurs de graillon et avoir un peu d'air.

« Cette chère Charlotte Öhman a fait le nécessaire, répondit Margit en levant les yeux de sa morue panée. J'ai eu le directeur administratif de la filiale suédoise avant de partir. Je lui ai transmis nos questions par mail.

— Il avait l'air coopératif ?

— Bof. Leur informaticien était en vacances, il fallait qu'il revienne de la campagne. En même temps, ce n'est sûrement pas la première fois qu'ils doivent fournir des données pour une enquête criminelle. » Elle avala une bouchée de poisson et continua. « Le directeur m'a prévenue que ça n'irait peut-être pas très vite, malheureusement.

— Bon, dit Thomas, mais on peut toujours espérer. Ce sera intéressant de voir de quoi il retourne. »

Il tartina de beurre un bout de pain et le mangea avant d'embrocher le dernier morceau de steak au bout de sa fourchette.

« Tu veux un café ? » Il se leva sans attendre de réponse – Margit ne refusait jamais.

Il gagna à grandes enjambées la pénombre du restaurant et revint avec deux grandes tasses d'un breuvage noir.

« Tiens. » Il en but une gorgée : enfin du vrai café.

« En tout cas, ça avance du côté des bateaux », dit Margit.

Kalle et ses collaborateurs étaient parvenus, à force de coups de téléphone, à identifier les propriétaires de quinze des bateaux venus en spectateurs pour la régate. Trois autres avaient pu être identifiés grâce au regard expert d'Axel Bjärring, consulté par Kalle.

En examinant une dernière fois la photo, Thomas s'était rendu compte qu'il reconnaissait un des bateaux restants. Il appartenait à un voisin de Harö, âgé de soixante-quinze ans, qui connaissait ses parents. Mais connaissait-il aussi Juliander ?

Ils avaient donc identifié dix-neuf des vingt-sept embarcations visibles sur l'image et il faudrait à présent convoquer tous leurs propriétaires pour les auditionner.

L'enquête avançait, même si c'était très lent.

44

Thomas avait quitté le commissariat tôt dans l'après-midi pour se rendre sur Harö. Il n'arrivait plus à aligner deux idées et avait fini par déclarer forfait, laissant tous les dossiers en plan sur son bureau.

Il fallait qu'il se change les idées.

À peine monté à bord du ferry, il respira déjà mieux. À son arrivée, il se prépara un casse-croûte et une Thermos de café, déposa le tout dans une glacière étanche et descendit au ponton. Là, il mit son kayak à l'eau.

Il rangea ses provisions à l'avant, enfila son gilet de sauvetage et se glissa doucement dans l'étroite coque. Il inspira profondément et saisit la pagaie.

De l'air !

Il avait l'intention de dépasser Sandhamn, puis de faire un arc de cercle jusqu'à Stora Hästskär, une île un peu au sud, longtemps utilisée par l'armée comme station radar. Il était alors interdit d'y accoster. Les militaires avaient quitté Hästskär depuis des années, mais l'habitude était restée, et il n'y avait jamais personne là-bas.

Cela convenait parfaitement à Thomas.

Il pagaya avec assurance vers le sud-est. Sa pagaie faisait presque deux mètres cinquante, il prit rapidement de la vitesse. Il n'y avait aucun vent, l'eau était lisse, c'était comme fendre de la soie.

Quel calme ! C'était une sensation forte de se retrouver en pleine mer à bord d'une embarcation aussi légère. Au ras de l'eau, le point de vue était radicalement différent de celui qu'on avait depuis un bateau normal.

En approchant du chenal de Sandhamn, ses yeux se tournèrent machinalement vers le ponton de la famille Linde. Il était à peine dix-neuf heures, Nora et sa famille devaient sans doute être en train de dîner.

Il sourit en pensant à Simon. Il aimait discuter avec lui. Il raisonnait en long et en large sur toutes sortes de sujets, une petite tête bien faite.

Dans l'intérêt des enfants, Thomas espérait que Henrik et Nora parviennent à se mettre d'accord au sujet de la villa Brand. Ça ne valait pas la peine de se disputer pour une vieille maison. Mais avec Henrik, on ne savait jamais.

Thomas ne le connaissait pas assez bien pour comprendre sa façon de penser. Il savait juste que sa logique était loin de ressembler à la sienne. Le mari de Nora évaluait son succès dans le regard d'autrui. Il attachait de l'importance à ses fréquentations. Que Nora soit tombée amoureuse d'un homme si différent d'elle de ce point de vue continuait d'étonner Thomas. Nora était mue par l'intime conviction de ce qui était bien ou mal. Il ne lui serait jamais venu à l'idée de juger les autres en fonction de leurs revenus ou de leurs fréquentations.

Il était clair qu'un fossé se creusait entre Nora et Henrik, qui reprenait de plus en plus à son compte les valeurs de ses parents. Son éducation et ses relations familiales étaient en train de le rattraper, tandis que Nora était chaque jour plus silencieuse et malheureuse.

Mais Thomas savait aussi combien son amie d'enfance était obstinée : elle se battrait jusqu'au bout pour sauver son couple. Au moins pour les enfants. Nora était la personne la plus loyale qu'il connaisse, elle ne promettait jamais rien à la légère. Voilà pourquoi elle était déchirée par la divergence entre les dernières volontés de Signe et les exigences de Henrik.

Thomas leva le bras pour pagayer quand soudain il perçut un mouvement du coin de l'œil. Il tourna la tête et aperçut un banc de poissons juste devant son kayak. Il sourit, ravi. C'était si joli, ces poissons argentés qui frôlaient son étrave.

Une fois arrivé à Hästskär, il remonta le kayak dans la petite crique encadrée de roseaux. Puis il s'étendit sur sa serviette et ferma les yeux. Sans crier gare, il s'endormit au soleil du soir.

Il se réveilla presque une heure plus tard. Son bras droit, sous sa tête, était tout engourdi. Il le massa pour faire circuler le sang. Encore un peu étourdi, il but quelques gorgées d'eau à sa gourde.

Il avait rêvé du départ du Tour de Gotland.

Thomas se passa la main dans les cheveux en essayant de se souvenir. Il était en mer à bord d'un petit bateau, parmi les spectateurs. Tout le monde était concentré sur le départ.

Dans son rêve il était campé sur le pont avant, un fusil à la main. Devant lui, l'*Emerald Gin*, prêt à partir. Il n'était qu'à une cinquantaine de mètres du magnifique Swan, dont la coque étincelait au soleil. Avec sang-froid, il visait Oscar Juliander, qui tenait la barre. Il distinguait son grand sourire. Juste derrière lui, on apercevait Fredrik Winbergh.

Mais au moment où il allait tirer, ça se mettait à tanguer. Une grosse vague passée sous la coque le déséquilibrait. Le coup partait, mais passait à plusieurs mètres de sa cible.

S'accrochant au bastingage, il voyait Juliander s'éloigner et disparaître à l'horizon.

Un rêve d'un horrible réalisme. Il avait parfaitement vu le pont se mettre à bouger, lui faisant rater son tir. Juste au moment où il avait la possibilité d'abattre sa victime.

Soudain, il comprit.

Celui qui avait tiré devait se trouver à bord d'un gros bateau, très stable.

Ils s'étaient laissé aveugler par le calme plat qui régnait ce jour-là. Ils en avaient conclu que le coup avait pu être tiré de n'importe quelle embarcation.

Il se souvint des propos échangés avec le légiste Sachsen au sujet des vagues. Mais ils n'avaient pas songé qu'avec tous ces bateaux, la mer devait être agitée. Même sans vent, une pareille concentration créait de la houle, surtout sensible à bord des petits bateaux : impossible donc de tirer avec précision depuis l'un d'eux.

Mais à bord d'un gros yacht, aucune importance. Le tireur pouvait viser tranquillement et toucher sa cible, malgré la houle.

Thomas sentit une certaine excitation l'envahir.

Combien de gros yachts y avait-il dans ce que Margit avait appelé le « triangle d'or » ? Sans doute pas tant que ça. En tout cas sûrement pas vingt-sept.

Si son raisonnement tenait la route, il fallait barrer de la liste la plupart des bateaux des spectateurs. Et celui utilisé par le meurtrier serait d'autant plus facile à identifier.

Il fallait au plus vite qu'il réexamine la photo agrandie. Demain, il prendrait le premier bateau pour rentrer de Harö.

Mercredi, troisième semaine

45

Tout le monde était rassemblé dans la grande salle de réunion du commissariat. Le mobilier était sobre : une longue table et huit chaises, un chevalet de conférence et un tableau blanc.

Seule la vue compensait cette austérité. De jour, on voyait passer les grands bateaux de croisière chargés de touristes désireux de visiter la Venise du Nord.

L'agrandissement photographique était punaisé à un mur. Thomas s'en approcha et désigna la zone des spectateurs.

« Il n'y avait que trois gros bateaux dans ce secteur. Celui d'Axel Bjärring, avec à son bord toute la clique du KSSS. On les a déjà interrogés, tout le monde se porte garant de tout le monde. » Puis son doigt se déplaça un peu vers la droite. « Ici, vous voyez deux autres yachts de bonne taille, à portée de tir : un Princess 47 et un Riva Malibu douze mètres quatre-vingts. »

Il résuma son raisonnement.

« Pas bête, murmura Margit.

— Les deux propriétaires ont été identifiés, et Kalle les a brièvement entendus.

— Kalle, ordonna le Vieux, raconte ce que t'a servi Holger Alsing. »

La veille, Kalle avait rencontré Alsing, le propriétaire du Princess. C'était un homme jovial parti assister au départ du Tour de Gotland avec sa femme et leurs trois ados, sans oublier un chat siamois aux yeux bleus, pour passer une journée agréable sur l'eau. Assez vite, pourtant, les enfants s'étaient plaints : ils avaient le mal de mer, ils s'ennuyaient.

« Vous savez comment peuvent être les ados », avait dit Holger Alsing à Kalle avec un clin d'œil.

Kalle n'en avait aucune idée, mais n'avait pas relevé.

Les jérémiades des enfants avaient précipité le retour à Sandhamn. Là, ils s'étaient installés à l'hôtel. Ce n'est que le soir, en voyant les informations, que la famille Alsing avait réalisé ce qui s'était passé.

À l'appui de ses dires, Alsing renvoyait à sa femme et à ses trois enfants : ils étaient pour ainsi dire tous dans le même bateau.

« Pas grand-chose d'autre à en tirer », résuma Kalle.

L'audition du propriétaire de l'autre embarcation ressemblait beaucoup à la déposition d'Alsing.

Plusieurs personnes étaient à bord, tout le monde se voyait. À la différence d'Alsing, ce capitaine-là avait très vite compris qu'il s'était passé quelque chose à bord de l'*Emerald Gin*, sans en saisir la gravité. Il pensait simplement que quelqu'un était malade.

Kalle se tut. Le silence s'installa tandis que chacun songeait à son compte rendu en observant la photo.

Ce fut Carina qui le vit en premier.

« Le hublot ! Il y a un hublot à l'avant d'un des bateaux. Regardez ! » Elle se leva à moitié et pointa le doigt, tout excitée.

Thomas s'approcha de la photo. On voyait clairement les bateaux tournés vers le Swan de Juliander à l'instant du départ. Mais seul le Princess 47 avait un hublot au niveau du pont supérieur avant. La coque des autres était lisse à cet endroit.

Thomas se pencha autant qu'il put sur la photo. Pouvait-on utiliser ce hublot pour tirer ?

Pourquoi pas.

Si on se mettait à genoux sur la couchette, hublot ouvert pour viser. Si le bateau ne tanguait pas trop grâce à sa taille. Si on était bien à l'abri des regards.

« Bien vu, Carina », dit-il avec plus de chaleur dans la voix qu'il n'en avait mis depuis longtemps.

Elle s'illumina à ses mots et il eut aussitôt mauvaise conscience de lui faire cette joie.

« Ça m'est venu comme ça. »

Le Vieux regarda fièrement sa fille.

« Il faut retourner parler à ce Holger Alsing, constata Margit. Dès que possible. Il fait quoi, dans la vie ? ajouta-t-elle à l'intention de Kalle.

— Ingénieur, il a une boîte de conseil. Il emmène souvent ses clients en mer.

— Avait-il des liens avec Juliander ?

— Non. Il ne l'a jamais rencontré.

— Qu'il dit, commenta Thomas.

— Qu'il dit, confirma Kalle.

— Est-ce qu'il a un port d'arme ? Un fusil Marlin, par exemple ?

— On vérifie tout de suite. »

Thomas hocha pensivement la tête en examinant une fois de plus l'image de la zone de départ.

Auraient-ils identifié le meurtrier ? Les autres pistes – les histoires de femmes, la mafia russe, la drogue, les magouilles à la carte de crédit – étaient-elles fausses ? Des événements de la vie de Juliander sans rapport avec sa mort ?

Était-ce aussi simple que cela ? La solution du mystère se trouvait-elle depuis le début sous leurs yeux, à bord du Princess 47 ?

Alsing affirmait avoir passé la journée avec sa femme et ses enfants. Fallait-il le croire sur parole ? C'était peut-être un mensonge. Il fallait au plus vite vérifier et interroger les autres membres de la famille. Et quel mobile aurait-il pu avoir ?

« Nous avons un problème, dit Kalle à voix basse.

— Quoi, encore ? » Le Vieux fronça les sourcils en finissant son café.

Kalle avait l'air désolé.

« C'est qu'il n'est pas en Suède.

— Alsing ? dit Thomas.

— Mais pourquoi ? voulut savoir Margit.

— Il est parti à l'étranger ce matin, dit Kalle. Toute la famille s'est envolée pour Majorque. Ils reviennent dans deux semaines. »

Kalle baissa la tête, comme s'il était personnellement responsable.

Thomas et Margit se regardèrent.

« On le contacte par téléphone ? » proposa Thomas.

Le Vieux semblait dubitatif.

« Trop risqué. Pour le moment, nous n'avons que des soupçons. Pas de quoi délivrer un mandat d'arrêt international. »

Thomas ne pouvait qu'acquiescer. Il fallait des preuves bien plus solides pour obtenir une extradition. Il imaginait déjà le laïus du procureur Öhman.

« Il rentre quand, tu disais ? demanda Margit d'un ton neutre.

— Dans deux semaines, fit Kalle.

— On le cueillera à ce moment-là pour l'interroger. Dès qu'il aura posé le pied en Suède.

— En attendant, cherchez tout ce que vous pouvez sur le bonhomme, dit le Vieux. Son boulot, ses finances, s'il a un port d'arme, etc.

— On va bien finir par trouver un lien avec Juliander, dit Margit. Il faudra être au taquet quand Holger Alsing rentrera. »

La musique était assourdissante et il n'avait jamais été aussi ivre. Mais il aimait cette insouciance procurée par l'alcool.

Tout baigne, songea-t-il, comme replongé dans l'ambiance des soirées étudiantes.

Ils étaient à l'Alexandra, la boîte de nuit de la jeunesse dorée de Stockholm. Tout ce qui comptait s'y retrouvait, y compris le roi.

L'enterrement de vie de garçon avait commencé aux Bains, où un massage lui avait été prodigué par une jeune femme très peu vêtue. Puis ils avaient continué au Café Riche avec un dîner fin arrosé de force schnaps et d'un solide bourgogne. Au pousse-café, ils avaient eu droit à un discours sentimental de son meilleur ami, Ruter, qui s'appelait en fait Rudolf et devait être son témoin.

Impossible d'arrêter son évocation de souvenirs amusants qui faisait rire aux larmes toute la compagnie. Il avait eu du mal à atteindre l'Alexandra, mais son camarade le Comte l'avait solidement remorqué par le bras. La jolie propriétaire les avait en personne installés à une table d'angle où verres et bouteilles les attendaient déjà.

Tout autour, on se déchaînait sur la piste au son du

groupe de pop Sweet. Il était entouré de belles femmes blondes aux longs cheveux et aux jupes courtes et de jeunes gens à rouflaquettes et à vestes de velours. On lui mit un gin tonic dans la main, alors qu'il avait déjà bien assez bu.

Dans une semaine, ce serait le grand jour. À quinze heures, église Oskarskyrka, au cœur d'Östermalm.

Depuis longtemps, il ne s'occupait plus des préparatifs. Cette cascade infinie de décisions à prendre, de la pièce montée au plan de table, lui donnait le vertige. Comment pouvait-on passer tant de temps à préparer quelques heures de fête ?

Après les fiançailles, tout était allé très vite. La frénésie de la fiancée l'effrayait. Comme si depuis longtemps cette cérémonie était devenue beaucoup plus importante que leur relation. Ces derniers mois, il ne l'avait presque pas vue, trop occupée qu'elle était à planifier la réception dans les moindres détails.

Il but une grande gorgée d'alcool. Se leva et tituba jusqu'au Comte, qui tenait sur ses genoux une ravissante brune.

« Santé, bordel ! » lâcha-t-il en éclusant la fin de son verre.

Puis il en commanda un autre.

46

L'enterrement devait avoir lieu à quatorze heures à Saltsjöbaden mais, une demi-heure avant, il y avait déjà foule devant l'église de la Révélation.

Du haut de sa colline, avec son clocher, le bâtiment Jugendstil en brique rouge dominait la baie d'Erstaviken.

L'impressionnante nef pouvait accueillir plus de quatre cents personnes : il fallait au moins ça pour Oscar Juliander, songea Thomas, qui se tenait un peu à l'écart avec Margit. Le parking était bondé et les voitures commençaient à se garer le long de la route étroite qui menait à l'église.

Thomas reconnaissait la plupart des gens. Beaucoup de chefs d'entreprise et d'avocats connus. Près du porche, il aperçut Ivar Hallén, du cabinet Kalling, qu'il avait rencontré. Il était entouré d'un groupe d'hommes et de femmes aux mines graves. Tous vêtus d'élégants costumes et de tailleurs noirs. Thomas devina qu'il s'agissait des collègues du défunt.

Parmi eux, il entrevit aussi Eva Timell. Elle portait des lunettes noires, mais on voyait qu'elle avait pleuré. Son nez était enflé, son visage rougi.

Thomas et Margit attendirent que tout le monde soit entré. Puis ils se glissèrent discrètement à l'intérieur, juste avant qu'on ne referme les grandes portes. Il y avait tant de monde que les places suffisaient à peine : ils parvinrent de justesse à se serrer au dernier rang quand les portes se rouvrirent pour laisser entrer la famille proche.

Le prêtre s'avança en premier, accompagné de Sylvia Juliander en grand deuil, avec chapeau et voile noir. Puis les trois enfants, la fille un peu devant ses deux frères. Elle serrait fort un mouchoir en lin. Les fils, le visage fermé, portaient costume sombre et cravate blanche, chacun avait une rose rouge à la main.

Ils s'assirent au premier rang et le silence se fit. Tandis que l'organiste préludait, Thomas se souvint de son dernier enterrement. Il y avait alors un petit cercueil blanc devant l'autel. Pernilla et lui étaient au premier rang, tentant de comprendre l'incompréhensible.

Qu'Emily n'était plus. Qu'Emily était morte.

Ils étaient seuls. Ils n'avaient même pas laissé venir leurs parents. Ils n'en avaient pas la force.

Thomas fit de son mieux pour ignorer le sentiment d'échec qui le rongeait chaque fois qu'il se rappelait cet enterrement et la séparation qui avait suivi.

S'il mourait demain, il n'y aurait pas de quoi remplir toute une église, songea-t-il dans un accès d'autocommisération, rien qu'une ex-femme et une jeune petite amie dont il s'était déjà lassé. Et Nora.

Se faisant violence, Thomas chassa ces pensées sombres, ferma les yeux et se concentra sur l'enquête.

Jusqu'à présent, ils n'avaient que des embryons de piste, rien de concret. Et ils trouvaient toujours les médias en travers de leur route. La police avait toutes les peines du monde à se garder de leurs spéculations que rien ne semblait pouvoir arrêter. Les scribouillards des journaux du soir nageaient en plein fantasme. Si le Vieux n'avait pas eu la bonne idée de faire appel à un porte-parole, il leur aurait été impossible de travailler sereinement.

Thomas rouvrit les yeux et regarda en direction de l'autel.

La famille avait choisi un cercueil en noyer. Tout autour s'empilait un nombre invraisemblable de bouquets et de couronnes. Au centre, une magnifique composition florale dans des nuances de blanc et de vert.

Le prêtre prononça un éloge funèbre très émouvant. Il évoqua l'appétit pour la vie du défunt, son sens de l'humour dans toutes les situations et rappela combien il était apprécié de son entourage.

Thomas s'étonna d'être ému. L'enquête avait révélé un personnage qui mentait et trompait sa femme sans sourciller. Un être profondément égoïste qui faisait passer son intérêt personnel avant toute chose.

Or, voilà qu'apparaissait un autre homme. On tenait à lui. Il avait compté pour l'assistance en deuil. Beaucoup pleuraient en silence. Sa veuve et ses enfants, au premier rang, étaient inconsolables. Quelque part, la malheureuse Diana Söder lui disait aussi adieu. Bien sûr, elle n'avait pas osé se pointer à l'église. Surtout après avoir été clouée au pilori par les journaux. Thomas eut un élan de sympathie pour elle en se rappelant son visage blême et ses yeux pleins de larmes.

Qu'est-ce qui avait ainsi poussé Oscar Juliander à rechercher aussi ouvertement tous les attributs du succès ? se demanda-t-il tandis que le prêtre pérorait. Paix à son âme. Était-ce la compétition en soi qui l'attirait, ou les trophées qu'il entassait ? Jouissait-il de son beau titre d'avocat, de son gros salaire, de ses bateaux et de ses voitures, ou n'était-ce que des choses mortes qui perdaient tout leur charme dès lors qu'il les possédait ?

Peut-être les témoignages contradictoires sur sa toxicomanie ou ses sautes d'humeur signalaient-ils que la réalité était sur le point de rattraper Oscar Juliander.

Que le château de cartes allait s'effondrer.

Quand vint l'heure du dernier adieu, Thomas et Margit s'éclipsèrent discrètement et attendirent sur le parvis. Ils n'avaient pas grand-chose de précis à faire à cette cérémonie, mais il leur avait semblé convenable d'être présents, d'autant plus qu'ils étaient encore loin de pouvoir désigner avec certitude un coupable, Alsing ou un autre.

Bientôt, le porche se rouvrit et l'assistance se répandit sur le parvis. L'émotion était palpable, plusieurs femmes étaient toujours en pleurs.

La famille recevait après la cérémonie dans la villa Grünewald, non loin du domicile des Juliander. Thomas supposa que la plupart y allaient. Il salua de la tête plusieurs personnes avec qui il avait parlé à Sandhamn et qui le reconnaissaient.

En se reculant pour laisser passer quelqu'un de pressé, il bouscula involontairement un homme en costume sombre. Il se retourna pour s'excuser et vit que c'était Ingmar von Hahne.

« Il n'y a pas de mal », dit ce dernier en retrouvant son équilibre *in extremis*.

Il tendit la main pour saluer Thomas et Margit. Isabelle von Hahne, à ses côtés, l'imita.

« Et comment avance votre enquête ? » demanda poliment Ingmar von Hahne.

Thomas et Margit échangèrent un regard. Dans ce genre de circonstances, on pouvait toujours se fendre d'une réponse passe-partout.

« Elle progresse, répondit Margit. Mais lentement.

— C'est que nous espérons vous voir arrêter ce criminel au plus vite. Des gens comme ça ne devraient pas rester en liberté. »

Margit changea de sujet.

« J'ai cru comprendre que vous alliez être élu à la présidence du KSSS lors de l'assemblée générale en septembre, dit-elle. En tout cas, j'ai lu dans le journal que vous aviez été officiellement proposé pour le poste. »

Avant qu'Ingmar von Hahne ait le temps de répondre, sa femme le précéda :

« N'est-ce pas fantastique ? Ingmar a consacré tellement de temps au club, il le mérite vraiment. » Pleine de conviction, elle ajouta : « Il sera parfait, nous en sommes tous convaincus. C'est une mission importante et prestigieuse. Ingmar est l'homme de la situation. » Elle sourit, sans se soucier de l'embarras de son mari. « Saviez-vous d'ailleurs que le père d'Ingmar siégeait au conseil d'administration ? En son temps, il était vice-président. Peut-être que notre fils Markus lui aussi un jour… » Elle poussa un léger soupir. « Mon beau-père serait si fier s'il était encore parmi nous. Mais il nous a hélas quittés voilà bien longtemps.

— Isabelle, je t'en prie, dit Ingmar von Hahne avec l'air de s'excuser. J'y vois plutôt une solution provisoire. Quelqu'un doit bien reprendre la barre après Hans, et comme ce pauvre Oscar n'est plus parmi nous… »

Sa voix mourut et un petit geste désemparé traduisit sa gêne. Il laissa son regard se perdre vers un point indéfini parmi les arbres.

Margit changea de pied d'appui tout en cherchant comment rompre le silence pesant.

Ingmar von Hahne regarda sa montre.

« Je crains de devoir vous prier de nous excuser, fit-il. Nous allons nous rendre à la réception. Bonne chance à vous. »

Il hocha aimablement la tête et tourna les talons vers les voitures garées en contrebas.

« Il a vraiment l'air d'être quelqu'un de bien, dit Margit. Contrairement à sa snob d'épouse. » Elle frissonna. « Pouah ! je me demande ce qu'il lui trouve. »

Thomas fit la moue.

« La rombière de la haute dans toute sa splendeur, si tu veux mon avis. On en voit beaucoup de ce genre à Sandhamn. Mais il ne vaut guère mieux, c'est juste la version masculine. »

Il haussa les épaules et partit dans la même direction que les époux von Hahne.

« Allez, viens, dit-il. On rentre. On ne rate rien. »

47

Elle était ivre de colère. Nora sentait tout son corps trembler.

Comment avait-il pu ?

Épuisée, elle se laissa tomber dans un coin de la baraque de pêche de Signe, où elle s'était réfugiée. Le visage enfoui dans ses mains, elle s'adossa au mur où pendaient les filets, dans une odeur familière et rassurante de varech.

Elle inspira profondément et expira lentement.

Après ce long et pénible hiver, elle aurait tant aimé se réconcilier avec Henrik. Mais ses mots la hantaient et ils étaient sans équivoque.

L'année passée avait été éprouvante, elle était la première à l'admettre. Elle avait eu du mal à se défaire de ses idées noires. Chaque nuit, elle rêvait des heures passées enfermée dans le phare de Grönskär. Il lui arrivait de se réveiller avec des sueurs froides, une odeur de brûlé dans les narines. Comme si ce souvenir s'était incrusté en elle et ne voulait plus la lâcher.

Henrik avait tenté de la convaincre de consulter un psychologue. Elle avait fini par céder et appeler un thérapeute recommandé par un collègue de Henrik. Elle ne s'attendait pas à des miracles et, sans l'insistance de son mari, elle n'aurait pas donné suite.

Le psychologue avait son cabinet en centre-ville, sur Sveavägen. Il arborait des lunettes à monture de corne et était presque entièrement chauve. Chaque fois, il portait le même pantalon gris et une chemise au col déboutonné.

Il la faisait asseoir dans un fauteuil brun clair, en face de lui. Sa technique, très simple, consistait à lui retourner tout ce qu'elle disait sous forme de question.

Il commençait toujours par lui demander comment elle se sentait. Quand elle avait fini, il reprenait sa dernière phrase, en y ajoutant un point d'interrogation. Elle répondait et il répétait l'opération. L'heure terminée, il lui demandait cinq cents couronnes.

Elle y était allée cinq fois avant d'abandonner. Cela ne lui convenait pas, même si après ces séances ses cauchemars s'étaient estompés.

Mais à son retour au bureau après son arrêt maladie, quelle déception ! Elle ne s'y plaisait pas, c'était évident. Les raisons qui l'avaient poussée à vouloir changer de poste étaient toujours là.

Sa colère contre Henrik enfla. C'était lui qui l'avait poussée à refuser ce travail à Malmö. En même temps, elle cherchait désespérément à retrouver leur vie d'avant.

La semaine dernière, en s'endormant contre lui, heureuse et en harmonie, elle était persuadée que ce serait possible. Mais tout avait repris de plus belle. Henrik avait eu le dernier mot, sa mère s'en était mêlée et elle n'avait pu que se plier en prenant sur elle.

Et voilà qu'il avait convenu avec l'agent immobilier d'une visite de la maison de Signe avec cette famille suisse ! Alors qu'elle lui avait dit qu'elle préférait la louer dans un premier temps. Elle s'était vraiment donné du mal pour lui expliquer son hésitation. Combien elle était partagée entre des sentiments contradictoires à l'idée de vendre.

N'avait-il donc rien écouté ?

La famille venait visiter samedi, lui avait-il annoncé sans sourciller. À quatorze heures, après la fin du camp de voile d'Adam.

Elle était restée dans la cuisine, comme pétrifiée. Incapable de dire un mot.

« Qu'est-ce qu'il y a, maman ? » s'était inquiété Simon en la voyant sortir, blême.

Mais elle ne pouvait pas rester une minute de plus dans la même pièce que Henrik. Elle ne savait pas comment elle était arrivée à la baraque de pêche. Cela s'était fait naturellement. Il fallait qu'elle se réfugie en paix quelque part.

Comment pouvait-il attacher une telle importance à l'argent ? Comment en était-il arrivé là ?

48

Ils étaient assis devant le rapport sur la situation financière de Juliander. La plupart de leurs collègues étaient rentrés chez eux. Thomas devait rejoindre Carina chez elle avec des pizzas, plus tard dans la soirée.

« Cet homme-là vivait au-dessus de ses moyens, constata Margit. Impossible qu'il ait pu acheter ce voilier tout seul.

— Sans parler des maîtresses », dit Thomas en songeant à la bague offerte à Diana Söder pour son anniversaire. Elle n'avait pas l'air donnée. Les auditions de ses autres amantes allaient dans le même sens : Juliander était un homme généreux, qui les emmenait en voyage dans des hôtels de luxe.

« Étrange qu'il n'y ait pas trace d'un seul paiement concernant le bateau. S'il ne se promenait pas avec une valise de billets, il doit forcément y avoir une explication, dit Margit en repoussant la pile de documents. Pourquoi ne règle-t-il jamais rien avec sa carte du Liechtenstein ? »

Thomas finit son thé refroidi et réfléchit. Il se replongea dans le listing fourni par la société de crédit. Toutes les transactions suédoises y étaient recensées.

« En tout cas, il se fournissait en liquide », remarqua-t-il.

Il avait sous les yeux la liste de ses retraits, classés par dates. Dix mille couronnes à chaque fois.

Le défunt gonflait régulièrement en douce ses revenus disponibles. Une façon simple mais ingénieuse d'utiliser un compte secret. En préférant les distributeurs automatiques aux guichets de banque, il évitait d'attirer l'attention.

« Malin, l'avocat, il faut le reconnaître, dit Margit. La carte bancaire n'était même pas à son nom. »

Elle lut à voix haute sur la carte :

« Springfund S.A. Société inconnue au bataillon. Domiciliée au Liechtenstein. Impossible de faire le lien avec l'utilisateur effectif de la carte.

— Impossible donc de remonter de ces retraits en liquide jusqu'à lui. »

À moins de retrouver la carte sur son cadavre dans le cadre d'une enquête criminelle, songea Thomas.

« Mais la question demeure : comment a-t-il payé son bateau ?

— Je sais, dit Thomas.

— Quoi ?

— Le chantier naval n'est pas en Suède.

— Tu peux m'expliquer ? demanda Margit en le regardant d'un air interloqué.

— Le chantier qui fabrique les voiliers Swan est basé en Finlande. Voilà pourquoi on ne voit pas s'il a payé le bateau avec sa carte. Cette liste ne concerne que les transactions en Suède.

— Alors il faut s'adresser à la filiale finlandaise ?

— Sans doute. La filiale suédoise n'a sûrement accès qu'aux données nationales. On trouvera certainement l'équivalent pour le marché finlandais. »

Margit poussa un gros soupir.

« Il va falloir contacter la police finlandaise. Et pour ça avoir un mandat de la proc'. »

Nouvelle perte de temps, pensa Thomas.

« Oui, mais c'est la seule explication plausible : Juliander a pu acheter son voilier avec une carte de crédit étrangère à peine visible en Suède et encore moins ailleurs.

— C'est assez élégant, dit Margit. Même si c'est strictement illégal.

— Mais nous ne savons toujours pas d'où venait l'argent.

— Non.

— Des affaires avec ce Alsing, peut-être ? Quelque chose de pas très net ?

— Il faut continuer à creuser ça. »

49

Martin Nyrén sifflotait gaiement en songeant au SMS qu'il venait de recevoir.

Serai en ville dimanche soir. Tu me manques. Indi.

Enfin !

C'était presque de la torture d'assister à l'enterrement sans pouvoir montrer ses sentiments. Dire qu'il était assis un banc derrière et qu'ils auraient presque pu se toucher !

Il avait parfois regardé Indi à la dérobée, mais il ne fallait pas oublier de rester discret.

Tandis que l'assemblée chantait le dernier psaume, il s'était abandonné au souvenir de leur dernière rencontre. Une des rares fois où ils avaient pu passer toute la nuit ensemble. La famille d'Indi était partie en voyage, plus besoin d'excuses pour pouvoir, pour une fois, se réveiller ensemble.

Il avait à peine dormi, afin de ne pas en perdre un instant. Son sommeil avait été entrecoupé, il ne cessait de tendre la main pour s'assurer qu'il n'était pas seul dans le lit. La respiration légère à ses côtés l'emplissait d'un bonheur intense. Ah, s'ils pouvaient toujours être ainsi ensemble ! Il aurait tout sacrifié pour cela.

Une soirée et une nuit merveilleuses. Contrairement à la mascarade tragique de la veille à l'église de la Révélation.

Martin Nyrén détestait les enterrements, par principe. S'agissant de personnes âgées, c'était dans l'ordre des choses, on pouvait l'accepter. Il y avait une logique à mourir après une longue vie bien remplie.

Mais voir le désespoir des enfants de Juliander lui avait vraiment fendu le cœur. Les sanglots de sa fille couvraient presque l'orgue. Ses fils se maîtrisaient mieux mais, au moment de s'avancer vers le cercueil, ils avaient craqué à leur tour.

La seule à ne pas verser une larme était Sylvia, qui était restée comme pétrifiée durant toute la cérémonie, mais les chocs s'étaient succédé pour elle ces dernières semaines. On avait dû lui administrer un tranquillisant. Elle s'était montrée irréprochable à la réception qui avait suivi. Avait fait la conversation à tous les invités, en parfaite maîtresse de maison.

Sylvia tout craché.

Martin Nyrén chassa l'enterrement de son esprit et gagna la cuisine. Il attrapa un livre de recettes et se mit à le feuilleter. Il se demanda ce qu'il allait préparer de bon pour dimanche soir, quand il allait enfin revoir Indi. Le magret de canard à l'orange sauce au vin était tentant, ou pourquoi pas des Saint-Jacques à la bisque de homard ? Un bon vin là-dessus. Ou peut-être un champagne ? Oui, très bien. Un dîner au champagne.

Rien n'était trop bon pour son amour.

50

« Tu vas un peu te reposer ce week-end ? » demanda Margit en posant sa tasse de café.

À seize heures trente, ce vendredi, au commissariat, ils faisaient une pause après une journée consacrée à des auditions complémentaires.

« Je vais sans doute faire un saut à Harö. Demain, je voudrais reprendre le dossier au calme.

— Alors je viendrai bosser moi aussi. »

Margit semblait fatiguée et Thomas secoua la tête.

« Non, ça ira. Allez, passe un peu de temps en famille. Je me débrouillerai. »

Thomas avait un certain nombre de sujets de préoccupation.

La veille, il avait passé la soirée chez Carina. Ils avaient partagé la pizza apportée par Thomas et bu chacun une bière. Elle était d'humeur câline, mais il n'avait pas répondu à ses avances, ce qui avait glacé l'ambiance. La tristesse avait cédé la place à la colère. Ils avaient eu une discussion interminable. Ou plutôt elle s'était lancée dans un long monologue sur ce qu'elle pensait de son comportement.

« Maintenant, il faut te décider, Thomas, avait-elle

dit, les yeux brillants. Tu sais à quel point je t'aime. Je t'aime depuis plus d'un an. Mais je ne comprends pas ce que tu veux faire de cette relation. »

Elle était adossée au plan de travail de sa minuscule cuisine. Sa souffrance faisait de la peine à Thomas. Si jeune et vulnérable, et c'était lui qui l'avait blessée.

« Parfois tu es tellement adorable, continua-t-elle, et on passe des moments super. Puis j'arrive au boulot et tu me regardes à peine. Et je n'arrive pas à comprendre pourquoi. » Elle le regardait fixement. « Mais j'en ai assez. Si on doit continuer, nous deux, je ne veux plus que ce soit en cachette. » La voix brisée, les yeux noyés de larmes, les bras serrés sur la poitrine, elle avait respiré profondément avant de reprendre. « Tu as honte de moi, Thomas ? Tu ne comprends pas ce que je ressens quand tu refuses de t'afficher avec moi ? » D'un geste désespéré, elle avait essuyé quelques larmes. « Va-t'en, maintenant, et réfléchis à ce que tu veux, parce que moi, je n'ai plus l'intention d'attendre encore longtemps que tu te décides. »

Thomas voyait aux tremblements de sa lèvre inférieure qu'elle se faisait violence pour ne pas éclater en sanglots.

Il s'était levé de table, avait pris sa veste et était sorti sans rien dire.

Il avait honte, car tout ce qu'elle avait dit était vrai. Il avait passé beaucoup de temps avec Carina, sans y être forcé par personne. Mais il avait tout fait pour que cette liaison reste secrète.

Il lui fallait se l'avouer, il était toujours gêné de présenter Carina, une gamine de vingt-cinq ans, comme sa petite amie.

Il se reprit aussitôt. Gamine. Pourquoi ce terme méprisant ?

Il poussa un soupir involontaire.

« Et toi, comment ça va ? demanda Margit, interrompant son autoflagellation.

— J'ai deux ou trois choses à régler », grogna-t-il.

Margit reprit, après une bonne minute de silence.

« Bon alors dès qu'on a fini ici, je vais à la campagne. Ma sœur et son mari viennent dîner demain. Je vais essayer de convaincre les filles de rester pour voir leur oncle et leur tante.

— Elles ont d'autres projets ?

— On peut toujours courir, maintenant, pour les voir le week-end. Elles sortent tous les soirs, surtout pendant les vacances. »

Elle sourit, un peu lasse.

« Les ados sont comme ça, dit Thomas.

— Oui, mais j'en ai vraiment assez de devoir sans cesse batailler sur tout avec elles, leur façon de s'habiller, l'endroit où elles vont, sans parler de l'heure à laquelle elles rentrent.

— Tu ne pourrais pas refiler le bébé à Bertil ? » blagua Thomas en essayant de lui remonter le moral.

Son sympathique mais flegmatique professeur de mari n'était pas vraiment du genre à terroriser son entourage. Thomas ne l'avait rencontré qu'une ou deux fois, mais il s'était souvent demandé comment Bertil parvenait à tenir ses collégiens. S'il y avait un âge où les élèves pouvaient être insupportables, c'était bien au collège.

La mine sceptique, Margit lui fit comprendre d'un regard qu'il était complètement à côté de la plaque et n'avait pas la moindre idée de la manière de s'y prendre avec des adolescents.

« Vois-tu, Thomas, fit-elle d'un ton presque professoral, il existe un lien particulier entre une mère et sa fille, ou plutôt ses filles, surtout à l'adolescence. Crois-moi, continua-t-elle avec un petit soupir, laissons Bertil en dehors de tout ça. » Elle posa sa tasse. « Chaque chose en son temps. Elles vont bien finir par franchir la barre des dix-huit ans, comme tout le monde. En tout cas on peut l'espérer. »

51

Eva Timell était couchée mais bien éveillée. Elle avait beau fermer les yeux, elle peinait à trouver le sommeil.

Son chagrin était indescriptible. Sa colère aussi.

Elle avait failli aller voir Sylvia après l'enterrement, elles n'étaient qu'à quelques mètres l'une de l'autre. La journée, il était à moi, et la nuit ? À qui était-il ? Tu n'en as pas la moindre idée. Pas à toi, en tout cas. Maintenant tu sais.

Voilà ce qu'elle aurait voulu lui dire. Mais Sylvia était entourée de gens qui lui présentaient leurs condoléances. Elle n'avait pas eu le courage. À quoi bon provoquer un scandale ? Cela ne ferait pas revenir Oscar.

Elle avait donc renoncé. Suivi et fait comme tout le monde à la réception après la cérémonie. Fait poliment la conversation, lèvres serrées, essayant d'en dire le moins possible. Dès qu'elle avait pu, elle s'était éclipsée pour rentrer droit chez elle. S'était blottie sur le canapé, un verre de vin à la main, son chat, Blofeld, sur les genoux.

Elle était restée là plusieurs heures, plongée dans ses souvenirs avec Oscar. Elle avait fini par prendre un long bain chaud avant d'aller se coucher. Elle s'était effondrée d'épuisement et avait dormi plus de neuf heures.

À présent, au contraire, le sommeil la fuyait. Comme quasiment toutes les nuits depuis la triste nouvelle. Presque chaque soir, il lui fallait une bonne demi-bouteille de vin pour parvenir à s'endormir. Puis elle se réveillait beaucoup trop tôt, au bord des larmes, avec un mal de tête. Incapable de se rendormir si bien qu'elle serait fatiguée toute la journée.

Elle essaya de se forcer à se détendre. Elle contracta les muscles des bras et des jambes en retenant son souffle dix secondes, puis expira lentement en relâchant ses membres. Elle répéta trois fois l'exercice. Respira profondément pour calmer son corps et le faire glisser par la ruse vers le sommeil tant désiré.

Parfois cela fonctionnait, mais pas aujourd'hui. Elle n'avait pas le moins du monde sommeil. Elle était juste en colère et malheureuse, si terriblement déçue par sa vie. Tout ce qu'elle avait fait pour lui durant toutes ces années ! Toutes ces années à attendre, à espérer ! Et voilà le résultat : elle se retrouvait sans famille, avec un chat blanc pour toute compagnie.

Qu'est-ce qui me reste, après tout ce temps ? se dit-elle tandis qu'un goût de bile lui envahissait la bouche. Qui va s'occuper de moi, à présent, Oscar ? Qui fera attention à moi ?

52

Comment avait-elle pu accepter ça ? Pourquoi tenait-elle à ce point à préserver la paix de leur ménage ?

Nora rentra en elle-même, sans finalement trouver de réponse. Mais comment expliquer autrement qu'elle s'apprête à faire visiter la villa Brand à M. et Mme Vacherin ? Ils s'appelaient en réalité Ivar et Ella Borman, mais elle les avait affublés d'un nom de fromage suisse. Elle les avait pris en grippe avant même de les rencontrer, tout comme elle détestait l'agent immobilier, cet arriviste de Severin.

Mme Vacherin inspectait à présent les pièces du rez-de-chaussée. Elle avait déjà vu la cuisine et rendu son verdict. « C'est charmant, si rustique ! Mais il vaudrait mieux abattre cette cloison pour voir aussi la mer depuis cette pièce. »

Allez, ne vous gênez pas, songea Nora adossée au mur de la salle à manger, bras croisés. Achetez une maison ancienne unique, un trésor culturel, et réaménagez-la avec une cuisine à l'américaine. Pourquoi conserver une salle à manger classique quand on peut faire comme tout le monde, chercher son style dans le catalogue Ikea sans être capable de penser par soi-même ?

Elle jeta un coup d'œil à cette femme qui évaluait à présent les beaux meubles anciens de Signe. Un ricanement lui échappa.

« Pardon, dit Ella Borman, vous avez dit quelque chose ?

— Non, non, se hâta de répondre Nora. Juste quelque chose de coincé dans la gorge. »

Elle se détourna aussitôt et fit semblant de déplacer un objet sur le rebord d'une fenêtre.

« Le mobilier est compris ? » continua Ella Borman en palpant les vieux rideaux en dentelle. Puis elle s'assit dans un des sièges de la salle à manger et regarda la pièce comme si elle en était déjà propriétaire.

« Nous n'en avons pas parlé, dit Nora.

— C'est que la plupart des meubles sont bons à jeter, même si on pourrait garder quelques bricoles. Par exemple ce buffet, dans le coin. Repeint, ça ferait couleur locale. »

Sourire crispé de Nora.

Comment osait-elle dire que les meubles de Signe étaient bons à jeter ? Elle les avait aimés et pour la plupart conservés dans leur état d'origine, pas seulement pour elle, mais parce qu'ils avaient été achetés par son père et son grand-père pour cette maison. Ils avaient toujours été là, aussi loin que Nora se souvienne.

Et voilà qu'ils allaient finir aux encombrants ?

Henrik redescendit en compagnie de l'agent immobilier et de l'expatrié suédois plein aux as et légèrement bedonnant. Severin rayonnait. Il n'arrêtait pas de parler de tous les avantages de la maison et Nora devina qu'il voyait déjà miroiter son juteux pourcentage.

« Quelle serait la date d'entrée ? dit-il.

— Le fait est que nous n'avons pas encore décidé si nous voulions vendre ou non », rétorqua Nora d'un ton glacial.

Henrik lui jeta un regard surpris.

« On peut certainement en discuter, dit-il en souriant aimablement aux acheteurs. On trouvera sans doute un accord.

— Regardez-moi cette vue, lança Severin, tentant maladroitement de changer de sujet. On peut presque apercevoir Runmarö par beau temps. Et les pittoresques ferries de la compagnie Waxholm rythment merveilleusement la journée. » Il montra le détroit. « Parfois, vous verrez le vieux *Norrskär*. C'est un des rares vapeurs anciens encore en circulation dans l'archipel. Il faut le prendre si on veut goûter l'authentique steak saisi sur la plaque brûlante de la chaudière. » Et il se tapota le ventre pour souligner son propos. « Descendons voir le ponton, si vous voulez ? Il n'y a pas beaucoup de propriétés à Sandhamn qui peuvent se vanter d'en avoir un si grand. N'importe quel yacht peut y accoster.

— Parfait, dit Borman. Il nous faut un endroit pour notre Fairline de treize mètres.

— Et aussi pour nos nombreux invités, pépia sa femme. Nous avons beaucoup de connaissances dans l'archipel, nous comptons avoir tout le temps de la visite. »

Elle rajusta les grosses lunettes de soleil qui retenaient ses cheveux.

C'était comme si quelque chose mourait en Nora. Pourquoi Henrik ne comprenait-il pas à quel point ces gens étaient sans âme ?

Signe se retournerait dans sa tombe si elle savait que sa chère maison allait être envahie par cet horrible couple. Mais Henrik continuait à sourire comme si de rien n'était.

À quoi bon s'obstiner ? Même ses parents refusaient de prendre position.

« C'est à toi de voir, Nora, lui avait dit sa mère quand elle lui avait confié son embarras. Tu dois faire ce qui te semble le mieux. »

Son père, comme d'habitude, était d'accord avec sa femme. Nora devait décider toute seule. Ils la soutiendraient dans tous les cas, mais ne pouvaient pas la conseiller. C'était son choix.

Même Thomas avait évité de prendre son parti, préférant lui rappeler le travail que représenterait l'entretien de la villa Brand si elle la gardait.

Nora sentait ses forces s'échapper d'elle comme l'air d'un ballon percé. Ses jambes commençaient à trembler, elle voulait juste partir de là. Rentrer se coucher, une couverture remontée jusqu'aux yeux et faire comme si cette visite n'avait jamais eu lieu.

« Voici les clés de la baraque de pêche, dit-elle d'une voix blanche. Tant qu'à faire, allez y jetez un coup d'œil. »

53

« Comme je suis contente que vous ayez pu venir ! Entrez, entrez, dit Isabelle von Hahne avec un grand sourire. Ingmar est en train de préparer les cocktails, il arrive tout de suite pour vous souhaiter la bienvenue. »

Elle débarrassa les époux Rosensjöö de leurs légers manteaux d'été qu'elle pendit à des cintres. Hans Rosensjöö tendit un bouquet qu'elle reçut et huma.

« Quelles belles roses ! J'adore les roses. Elles sont ravissantes. Merci beaucoup. »

Elle les précéda dans le séjour. Sur la table ronde, des bols d'amuse-gueules et huit verres à cocktail. Dans chacun, un cure-dents en argent avec trois olives vertes soigneusement embrochées dessus. À côté, une grande carafe en cristal, remplie à ras bord de martini dry glacé.

Ingmar von Hahne était penché sur le plateau, mais se redressa à leur arrivée. Il sourit à ses invités, alla embrasser Britta sur les deux joues et serra la main de son mari.

« Arvid et Kristina viennent également, dit Isabelle en versant le liquide transparent. Et aussi Anders et Ann-Sofie. » Elle tendit un verre à Britta Rosensjöö.

« Ingmar, dit-elle avec impatience à son mari, tu ne pourrais pas sortir voir si c'est eux qu'on a entendus ? Il me semble bien que si. »

C'était plus un ordre qu'autre chose.

« Mais certainement, très chère », répondit son mari en quittant la pièce sans bruit.

Le silence se fit un instant dans la pièce.

Hans Rosensjöö, qui avait fait de son mieux pour ne pas avoir à aller à ce dîner chez les von Hahne si peu de temps après l'enterrement d'Oscar, regarda le fond de son verre. À point nommé, songea-t-il. Un dîner élégant pour préparer le terrain à Ingmar avant l'assemblée générale. Isabelle tout craché.

Il s'était fait à l'idée qu'Ingmar lui succéderait. Mais il avait plus de mal avec Isabelle, même s'il était incontestable qu'elle serait un atout pour son mari dans son nouveau rôle. Il préférait éviter la compagnie de cette femme. L'énergie que beaucoup admiraient chez elle le hérissait. Ses ambitions étaient bien trop visibles à son goût.

Comme d'habitude, elle parlait fort en gesticulant pour souligner ses propos. Vraiment, cette bonne femme aimait les réceptions. Elle se dépensait sans compter dès qu'il s'agissait d'organiser dîners de bienfaisance et autres événements mondains.

Mais c'était justement là le problème, continua à réfléchir Hans Rosensjöö. Elle était, il chercha le mot, obsessionnelle. Cette façon de considérer sa vie à l'aune de ses succès en société lui était parfaitement étrangère. À Britta aussi, d'ailleurs.

Pas un seul instant il n'avait accepté le poste de président du KSSS pour marquer des points en société. Quand il en avait été question, c'était plus par devoir qu'il avait répondu présent, bien conscient des responsabilités inhérentes au poste.

Qu'Isabelle soit ravie de faire de la représentation aux côtés d'Ingmar, cela ne faisait aucun doute. Chose qu'à vrai dire Britta n'avait jamais beaucoup aimée.

Mais bon, ce n'étaient pas ses oignons. C'était Ingmar qui avait choisi de vivre avec Isabelle. C'était donc à lui de supporter ses exigences et de se pousser du col.

Il jeta un coup d'œil satisfait vers sa propre femme. Bien sûr, Britta s'était arrondie avec les années, et s'intéressait surtout à ses petits-enfants désormais, mais jamais elle n'aurait imaginé, même en rêve, le traiter comme Isabelle Ingmar. L'envoyer comme ça tenir la porte aux invités. Quelles manières ! Il ne l'aurait jamais toléré de Britta.

Il porta son verre à ses lèvres et but une gorgée. Excellent, ce truc, bien sec, comme il fallait. Même s'il ne portait pas la culotte chez lui, ce brave Ingmar savait au moins se servir d'un shaker.

Ingmar von Hahne revint avec les autres invités.

Il y avait le président du comité du club et son épouse, Arvid et Kristina Welin. Et derrière eux, l'homme fort de la préparation des élections, Anders Bergenkrantz, et sa femme, Ann-Sofie.

La compagnie était au complet.

L'âme d'Oscar Juliander flotta au-dessus de ce dîner.

Tous les convives étaient présents à l'enterrement, et ces dames se chargèrent de quelques commentaires pleins de tact sur le bon goût de la cérémonie. Les fleurs magnifiques et l'émouvant discours du prêtre.

Hans Rosensjöö brisa la glace et posa la question que tout le monde avait sur les lèvres.

« Quelqu'un sait-il où en est l'enquête de police ? C'est quand même extraordinaire qu'ils n'aient toujours pas trouvé l'assassin. Ça fait maintenant plusieurs semaines. Je ne comprends pas ce qu'ils fabriquent. »

Il embrassa du regard la salle à manger bleu pâle. La table était dressée avec de la porcelaine de famille et des chandeliers en argent. Au centre, un vase avec un magnifique bouquet. Ingmar était placé à côté de Britta, lui entre Kristina et la maîtresse de maison – il devrait donc prononcer au dessert un bref discours de remerciement, il en avait l'habitude.

Arvid Welin se racla la gorge.

C'était un homme éloquent, à la pensée d'une vivacité surprenante. Dans sa jeunesse, il avait commis quelques éditoriaux radicaux dans le journal de la fac mais, avec l'âge, avait rejoint des positions plus conservatrices. Ce n'était qu'après un certain nombre de verres qu'il retrouvait les accents audacieux des années soixante.

« Ils n'ont pas l'air d'entraver grand-chose dans cette enquête, dit-il. Mais à quoi peut-on s'attendre, de nos jours ? Des économies à tous les étages, pas une voiture de police en vue.

— Je me demande s'ils vont un jour arrêter celui qui a tué ce pauvre Oscar, dit Kristina Welin.

— Vraiment, c'est un scandale qu'ils ne soient pas plus avancés, renchérit Anders Bergenkrantz.

— Ne dites pas cela, protesta Britta Rosensjöö avec un air de reproche, en lui posant la main sur le bras. Bien sûr qu'ils vont arrêter l'assassin, il ne manquerait plus que ça. Moi, je pense que c'était la pègre. Oscar était avocat, non ? Les clients mécontents veulent parfois se venger. »

Elle se tut et frissonna.

« Mais enfin, ma chérie, Oscar était administrateur de faillite, dit son mari avec une légère condescendance. Il ne s'occupait pas d'affaires criminelles.

— Mais qui, alors ? insista sa femme. Oscar n'avait pourtant pas d'autres ennemis. Et sa merveilleuse Sylvia ? Pauvre petite, mon cœur se brise quand je pense à elle. Tout cela est si tragique.

— Et si c'était une erreur ? » dit Ann-Sofie Bergenkrantz d'un air important. Son léger double menton tremblota tandis qu'elle aplanissait un pli invisible sur sa robe trop stricte. « J'ai lu dans le journal qu'un homme a été abattu alors qu'il chassait l'élan, continua-t-elle. Peut-être que quelqu'un visait un canard et a tiré à côté.

— Sérieusement, persifla Isabelle von Hahne, un chasseur, égaré en pleine régate ? »

Elle tendit le bras vers la carafe d'eau et se servit, ainsi que son voisin, en étouffant un ricanement.

Certaine que tout le monde avait perçu qu'on se moquait d'elle, Ann-Sofie Bergenkrantz piqua du nez dans son assiette. Isabelle était toujours aussi catégorique, autoritaire et blessante. Gênée, elle se sentit rougir, mais se ressaisit. Cette fois, Isabelle n'aurait pas le dernier mot.

« Il avait peut-être trempé dans des affaires louches ? Je me suis toujours demandé par quels moyens il assurait son train de vie. Oscar n'avait pourtant pas hérité d'une fortune, n'est-ce pas ? »

Ann-Sofie regarda les autres d'un air un peu coupable. Parler d'argent n'était pas très chic, elle en était consciente, mais enfin, la situation financière d'Oscar avait quelque chose d'étrange.

Elle avait l'habitude de parcourir en cachette les listes des Suédois les plus riches que publiaient les journaux du soir. Elle y retrouvait régulièrement beaucoup de leurs amis, mais Oscar n'y figurait jamais.

Bien sûr, Ann-Sofie n'aurait jamais avoué qu'elle s'intéressait ainsi aux capitaux et aux revenus de ses connaissances, mais elle ne pouvait s'empêcher de se poser des questions. Par exemple, ce voilier Swan avait dû coûter une fortune…

Elle vit qu'Isabelle faisait à présent la moue. La riche Isabelle, née avec une cuillère en argent dans la bouche, était bien trop distinguée pour parler d'argent.

Pourquoi Isabelle prenait-elle toujours cet air supérieur ? se demanda-t-elle. Pourquoi fallait-il toujours qu'elle mouche ceux qui ne faisaient pas le poids à ses yeux ? Tout le monde reconnaissait pourtant son élégance, son entregent. Et sa ligne, à la différence d'Ann-Sofie, en lutte permanente contre ses kilos en trop.

Ann-Sofie se sentit aussitôt grosse et empotée.

Ingmar von Hahne, beaucoup plus aimable que sa femme, vola à son secours.

« C'était peut-être quelqu'un que sa réussite indisposait, dit-il avec philosophie en l'encourageant d'un sourire. La vie avait beaucoup donné à Oscar, n'est-ce pas ? »

Ann-Sofie lui sourit avec gratitude. Elle ne comprenait pas comment un homme aussi sympathique supportait une femme pareille. Elle ne l'avait jamais entendu dire un mot désagréable à Isabelle ; au contraire, il arrondissait toujours les angles, se bornant le plus souvent à un commentaire un peu ironique.

Ingmar était un gentleman accompli, décidément. Forcément, un aristocrate.

« L'*hybris* d'Oscar l'a mené à sa perte, continua Ingmar. Les dieux grecs punissaient ceux qui se croyaient invincibles. Oscar avait tout, c'était peut-être trop pour un seul homme ?

— Comment peux-tu dire une chose pareille, le coupa sa femme en le fusillant du regard. C'est forcément un criminel qui a abattu Oscar. Un sale type, un assassin issu de la pègre. Sûrement un immigré. » Elle se tourna vers Hans Rosensjöö. « Encore un peu de filet d'agneau ? » dit-elle, passant du coq à l'âne.

Ingmar von Hahne haussa les épaules et but une gorgée de vin. Il luisait, rouge sombre, dans le verre en cristal.

Presque comme du sang. Comme le sang d'Oscar.

54

Diana Söder balaya l'appartement du regard et frissonna. Il lui semblait sale, comme si quelqu'un s'était introduit par effraction dans son recoin le plus intime pour y piétiner le tapis avec de grosses chaussures boueuses.

Le texte affiché à l'écran tremblait devant ses yeux. Elle resserra sa robe de chambre contre sa poitrine. Elle avait froid, sans raison. Elle se sentait si vulnérable, si exposée, alors qu'elle était chez elle, sa serrure sept points et sa chaîne de sécurité en place.

Elle alla à la cuisine remplir à nouveau son verre de vin. Elle déboucha la bouteille d'une main un peu tremblante en renversant quelques gouttes.

Les larmes lui montaient aux yeux, mais elle s'efforça de se contenir et de ne pas céder à la panique.

Dans sa boîte de réception, quatre mails étaient arrivés ces derniers jours. Leur contenu était semblable au premier.

De longues phrases haineuses qui décrivaient en détail comment elle avait pris un fusil et était sortie en mer pour abattre Oscar, avec préméditation. Si elle ne reconnaissait pas son crime, elle le regretterait.

Que faire ? Contacter la police ? Leur transmettre ces mails qui l'accusaient ? Et s'ils lui enlevaient alors Fabian ? Ils ne l'auraient pas. Jamais de la vie.

Elle leva son verre d'un geste brusque et en but la moitié. Puis retourna dans sa chambre. Ce fichu ordinateur resterait allumé, elle n'avait pas le courage d'aller l'éteindre. L'écran répandait dans la pièce une lumière bleutée, froide et fantomatique.

Qui pouvait être aussi cruel ? Aussi malveillant ?

Et si on voulait faire du mal, était-ce à elle ou à son petit garçon ?

Elle se blottit sous la couverture sans quitter sa robe de chambre. Elle avait à présent si froid qu'elle tremblait et claquait des dents comme un petit enfant.

« Oscar, pleura-t-elle dans l'oreiller, Oscar, tu ne peux pas être mort, ne me laisse pas comme ça, reviens. »

Dimanche, troisième semaine

55

Des coups insistants à sa porte réveillèrent Thomas en sursaut. Il était arrivé à Harö tard le samedi soir, après avoir passé la journée dans un commissariat désert à relire une fois de plus toutes les pièces du dossier. Il n'avait abandonné qu'à dix-huit heures.

Une fois sur l'île, il s'était endormi presque aussitôt, après une bière et deux tartines. Le verre de whisky qu'il s'était versé était encore intact sur sa table de nuit. Comme si on avait appuyé sur un bouton, il avait sombré d'un coup.

Mal réveillé, il regarda l'heure. Presque neuf heures, il avait passé quasiment onze heures dans le monde des rêves.

On frappa à nouveau en criant son nom. Une voix d'enfant. Il enfila un caleçon et descendit de la mezzanine. Il trouva devant sa porte Nora avec Simon et Adam. Thomas les regarda, étonné.

« Bonjour, Thomas », dit Simon en l'entourant de ses bras. Il arrivait à peine à la taille de son parrain.

Adam se contenta d'un petit hochement de tête.

« Et qu'est-ce qui vous amène ? » s'étonna Thomas en ouvrant grand sa porte pour les faire entrer.

Un coup d'œil au visage blême de Nora lui fit comprendre qu'il ne s'agissait pas d'une simple visite de courtoisie.

Elle lui sourit tristement en brandissant un sac de la boulangerie de Sandhamn qui sentait bon le pain frais.

« Maman a dit qu'on allait te faire une surprise, dit Simon en passant sous son bras. Tu as du jus de fruits ? Plutôt du jus de pommes, j'aime pas l'autre, le rouge, qu'on nous donne au centre aéré. »

Sans hésiter, il alla ouvrir le réfrigérateur de Thomas pour en inspecter le contenu.

Thomas s'écarta pour laisser passer Nora et Adam.

« Malheureusement, je n'ai pas de jus de fruits. Mais un verre de lait, ça t'ira ? Si tu veux être grand et fort comme moi, il faut en boire beaucoup. » Il fit un clin d'œil aux garçons en montrant ses biceps. « Laissez-moi le temps d'enfiler quelque chose et je m'occupe de vous. » Il se tourna vers Nora. « Tu es venue avec la *Toupie* ? »

Elle hocha la tête.

« J'ai amarré le hors-bord à côté de ton Buster. Je m'occupe du café pendant que tu t'habilles. Je pensais te trouver levé. Ce n'est pas ton genre de faire la grasse matinée. »

Nora gagna le coin cuisine pour mettre en marche la cafetière, tandis que Thomas disparaissait dans la salle de bains.

Il se demandait ce qui s'était passé. Nora avait les yeux rouges, on voyait qu'elle avait pleuré. Sûrement encore cette histoire de maison. Peut-être aurait-il mieux valu qu'elle n'en hérite pas. Mais le mal était fait.

Thomas imaginait très bien comment Henrik et son horrible mère lui mettaient la pression pour qu'elle fasse comme ils voulaient. Thomas trouvait que Harald, le père de Henrik, n'était au fond pas un mauvais bougre. Au mariage de Nora, ils avaient partagé une bouteille de whisky, et l'alcool avait un peu dégelé le sévère diplomate. Au petit matin, Harald avait montré des traits humains. Ils avaient eu une conversation vraiment agréable sur les chances qu'avait l'équipe suédoise de hockey sur glace de remporter une nouvelle fois le championnat du monde.

Mais la mère de Henrik était une affreuse bonne femme. Et Henrik était complètement aveugle.

Nora et Henrik avaient beau être mariés depuis treize ans, Thomas soupçonnait Henrik de ne s'être jamais opposé à sa mère. Comme s'il ne voyait pas à quel point Monica pouvait être suffisante et condescendante avec son entourage. Et en particulier sa bru. Il fallait dire aussi qu'il était un fils unique énormément couvé par ses parents.

Thomas aimait beaucoup sa mère, mais si elle avait traité Pernilla comme Monica traitait Nora, il l'aurait envoyée paître. Aucun doute là-dessus.

Quand il ressortit de la salle de bains, le café était prêt et Nora avait mis la table, avec les brioches sur un plat. Les garçons étaient déjà installés et piaffaient d'impatience. À peine Thomas leur fit-il signe de commencer qu'ils se jetèrent dessus.

Nora servit deux tasses de café.

« Les garçons, dit Thomas. Vous pouvez prendre vos brioches et aller vous mettre au soleil sur l'escalier si vous voulez. Ça vous évitera de rester enfermés ici à écouter nos discussions ennuyeuses. Ça vous dit ? »

Ils sortirent et le laissèrent seul avec Nora. Thomas la regarda d'un air compatissant.

« Allez, raconte, qu'est-ce qui s'est passé ? »

Les yeux de Nora débordèrent au moment même où il posa la question. Ses épaules s'affaissèrent, il ne l'avait pas vue aussi désespérée depuis longtemps.

Qu'est-ce que j'ai en ce moment ? se dit-il. Où que j'aille, il y a des femmes qui pleurent.

Il fit le tour de la table pour la prendre dans ses bras. Elle se détendit et laissa couler ses larmes. Au bout d'un moment, lorsque ses sanglots eurent cédé la place à des pleurs silencieux, il attrapa le rouleau d'essuie-tout et en arracha un long morceau.

Nora s'y moucha bruyamment.

« Raconte, maintenant, dit-il. C'est Henrik, bien sûr ? Vous vous êtes disputés ? »

Nora hocha la tête et se moucha encore.

« Une scène terrible, hier soir. La pire qu'on ait connue. Henrik veut absolument vendre la maison de Signe. Il a dit des horreurs sur moi. Que je n'étais qu'une égoïste, que je ne pensais qu'à moi. » Elle fit une pause pour reprendre son souffle. « Il a dit que ma lubie sentimentale les empêchait lui et les enfants d'avoir une maison correcte en ville. Et en plus... » Elle s'interrompit avec un air ébouriffé de chiot battu : « ... en plus, il a dit que je lui avais fait honte.

— Mais pourquoi ?

— Ce couple qui habite en Suisse est venu hier voir la maison. Ils se sont comportés comme s'ils l'avaient déjà achetée, sans le moindre tact. »

Nora lui raconta la visite et la scène qui avait suivi. Henrik, le visage déformé par la colère, frappant du poing sur la table de la cuisine. Les mots blessants qu'il avait crachés. Un flot de méchancetés.

« Comment peut-on seulement dire des choses pareilles ? hoqueta-t-elle. Il ne m'avait jamais rien dit d'aussi méchant. Je n'arrive pas à comprendre qu'il veuille vendre à tout prix. On avait pourtant parlé de la louer. »

Ses larmes se remirent à couler et son nez devint encore plus rouge.

« Là », fit Thomas en lui tapotant l'épaule, mais sa tentative de la consoler n'eut pas le moindre effet, apparemment.

Nora essaya de sourire, sans succès.

« Pardon de t'avoir réveillé, mais il fallait vraiment que je te parle. Henrik est rentré en ville. Il a filé avec le premier bateau du matin.

— Les garçons le savent ?

— Non. Je leur ai dit qu'il avait une urgence à l'hôpital. Il fallait bien que je trouve quelque chose. »

Sur le coup, Thomas fut tenté de téléphoner sur-le-champ à Henrik pour l'engueuler. Nora avait eu une année très difficile. Le couple avait connu une mauvaise passe, mais on aurait pu espérer que les événements de Grönskär avaient tout arrangé. Comment Henrik avait-il le culot de lui mettre ainsi la pression ? Mais il garda tout cela pour lui. Pour le moment, il fallait calmer Nora. Se mettre en colère ne servait à rien, surtout avec les enfants dehors.

Il alla encore chercher de l'essuie-tout, et Nora lui adressa un regard reconnaissant à travers ses larmes.

« Je vais te finir ton rouleau, si je continue comme ça.

— Ne t'inquiète pas. Ce n'est peut-être pas plus mal que Henrik soit parti. Quand il se sera calmé, il comprendra sûrement qu'il a eu une réaction exagérée.

— Tu crois ?

— C'est clair, il ne te forcera pas à vendre si tu ne veux absolument pas le faire. Tu le sais bien. Il t'aime. Sur le moment, ses mots ont pu dépasser sa pensée.

— J'espère bien », dit Nora, tremblante.

Elle écarta ses cheveux blond cuivré de son visage et essuya à nouveau ses larmes. Ses yeux gris-bleu étaient toujours gonflés, mais on y lisait à présent une lueur d'espoir. D'un geste déterminé, elle remonta les manches de son pull bleu clair et se moucha encore un grand coup dans l'essuie-tout.

« Nous connaissons Henrik tous les deux, l'encouragea Thomas. Il peut parfois s'échauffer un peu, mais jamais il ne ferait du mal consciemment. »

Au fond de lui, Thomas n'en était pas si sûr. Il y avait chez Henrik un côté égoïste où on reconnaissait la marque de Monica Linde. Mais ce n'était pas le moment de retourner le couteau dans la plaie.

« Avant tout, il faut te changer les idées, prendre un peu de recul. Ça va s'arranger, tu verras. Henrik va revenir à la raison. » Il la serra fort contre lui.

Nora le regarda avec reconnaissance et essaya de se ressaisir.

« Donc je ne suis pas un monstre égoïste ? Ce n'est pas que de ma faute ? » On lisait une supplique sur son visage. « Tu sais, ce n'est pas que pour moi que je freine des quatre fers. Un jour, les garçons auront peut-être envie d'avoir chacun une maison à Sandhamn. Il s'agit aussi de leur avenir. » Elle se tut quelques secondes et but une gorgée de café avant de poursuivre. « Rien que penser à ces deux Suisses prétentieux me retourne l'estomac. Les voir tous les jours par la fenêtre de ma cuisine…

— C'est à ce point ?

— Tu imagines bien. Jamais de la vie je n'accepterai ça. Quel que soit leur prix. »

Nora était une battante, cela ne faisait aucun doute. Elle surmonterait aussi cette épreuve, Thomas en était certain.

« Tu es gentil, tu sais ? continua-t-elle. J'étais tellement anéantie en me levant. Il fallait que je parle à quelqu'un. » Elle baissa les yeux vers la table, où ses doigts traçaient machinalement de petits huit. Puis elle regarda sa montre et se leva. « Il faut que j'aille voir où sont passés les garçons. Ça fait un moment qu'on est ici. »

Sa voix était toujours triste, mais elle avait repris un peu d'assurance.

« Je vais bien trouver une solution. Tout finit toujours par s'arranger, non ? »

56

Comme d'habitude, le portail était ouvert. Henrik engagea sa voiture sur les graviers de l'allée familière et, au bout d'une centaine de mètres, la forêt de sapins s'ouvrit sur une vaste pelouse parsemée d'une dizaine de pommiers.

La maison de vacances de ses parents était située sur un petit promontoire, tout près du rivage. Henrik avait passé là tous ses étés depuis qu'il était petit. À l'origine, c'était son grand-père qui avait acheté la propriété dans les années quarante, pour y accueillir ses enfants, ses petits-enfants et beaucoup d'invités. À l'époque, il n'était pas si commun d'avoir une maison de vacances sur l'île d'Ingarö, ce n'était devenu à la mode que longtemps après.

Le bâtiment avait brûlé dans les années soixante-dix quand des cambrioleurs y avaient passé la nuit en allumant imprudemment des bougies. Henrik n'était alors qu'un petit garçon, mais il se rappelait la désolation qui avait accablé la famille. Son grand-père avait porté le deuil de sa maison, comme celui d'un être cher.

Mais on l'avait reconstruite, et sans doute améliorée. La vieille bâtisse des années trente n'était pas particulièrement pratique. On avait donc agencé les pièces de façon plus moderne en ajoutant une salle de bains digne de ce nom. La cuisine avait en outre été agrandie pour accueillir un lave-vaisselle, au grand ravissement de sa grand-mère.

Quelques années plus tard, ses grands-parents étaient morts, léguant la maison au père de Henrik. Toutes les années où il était en poste à l'étranger, Monica et Henrik passaient toujours les vacances d'été à Ingarö. C'était là que Henrik s'était fait des camarades suédois, comme Johan Wrede, avec qui il faisait de la voile.

C'était à Ingarö qu'il avait eu son premier bateau, un petit Optimist, bientôt remplacé par un Laser, puis par un voilier à quille, un Flying Dutchman à coque bleu foncé.

À la fin de son adolescence, il avait participé à une régate avec son père et un camarade à bord d'un six mètres. Depuis, il était mordu. Il avait convaincu son père de lui donner l'argent nécessaire à l'achat de son propre six mètres. Il avait engagé Johan et quelques autres amis pour former l'équipage, puis les courses s'étaient enchaînées, jusqu'à ce qu'il obtienne une septième place au championnat du monde.

La voile était toujours ce qu'il préférait dans la vie. L'étrave qui fendait l'eau, l'afflux d'adrénaline, rien ne dépassait cette sensation. Voilà pourquoi il continuait, malgré un métier prenant et une femme et des enfants qui réclamaient son attention.

En songeant à Nora, il s'assombrit. Il poussa un profond soupir en rétrogradant en première avant de se garer à côté de l'Audi de ses parents.

Hier soir, elle avait été insupportable. Elle avait d'abord boudé pendant des heures puis, une fois les garçons couchés, ç'avait été sa fête. Elle lui avait reproché tout et n'importe quoi, d'être obsédé par l'argent, de ne pas penser aux autres.

Henrik s'était efforcé de garder son calme. Il détestait quand Nora montait sur ses grands chevaux. Ça finissait toujours par des larmes et des mots aigres. Mais à la longue, il n'avait plus pu se taire et s'était lâché.

Elle faisait passer sa fidélité envers Signe avant le bien-être de sa propre famille, ce qui était insensé. Vendre la villa Brand permettrait d'offrir aux garçons le type de maison qui leur manquait aujourd'hui, pour partir dans la vie sur de bonnes bases.

Nora ne comprenait pas l'importance d'élever les enfants comme il fallait, pour qu'ils grandissent dans un environnement de standing, où ils pourraient nouer des contacts convenables. C'était au cours de ces années de formation que se construisait une future vie adulte, qu'on nouait des amitiés pour toute la vie.

Si quelqu'un savait à quel point c'était primordial, c'était bien lui. Il avait de ses propres yeux vu son père évoluer dans les cercles diplomatiques, où les relations personnelles étaient la clé du succès. Il fallait être à tu et à toi avec les bonnes personnes, sinon on se faisait vite doubler dans la carrière. C'était comme ça dans la vraie vie.

Si un des amis de son père, professeur à l'hôpital de Danderyd, n'était pas intervenu en sa faveur, il aurait certainement dû attendre plusieurs années avant d'obtenir un poste fixe. Ses garçons ne devaient pas manquer certaines opportunités juste parce qu'ils étaient obligés de continuer à habiter ce petit pavillon pathétique.

Mais Nora avait fait la sourde oreille.

« Ce n'est pas possible d'être égoïste à ce point ! avait-il lâché. Tu ne pourrais pas pour une fois penser à autre chose qu'à ta petite personne ? Pour une mère, c'est réussi ! »

Ils avaient continué à s'envoyer des noms d'oiseaux de part et d'autre de la table de la cuisine.

Elle avait le visage inondé de larmes, mais il avait continué.

« Et ton attitude devant l'agent immobilier... Tu m'as fait honte. Des grimaces, des soupirs. Se tenir comme il faut, c'est trop demander ? »

Quand ils avaient fini par aller se coucher, il était épuisé. Il s'était endormi aussitôt mais avait passé une mauvaise nuit. À son réveil, au bout de six heures seulement, il avait décidé de quitter l'île. Il ne supportait plus ces scènes. S'ils restaient séparés quelques jours, elle finirait peut-être par revenir à de meilleures dispositions.

Avec un nouveau soupir, il descendit de voiture et alla ouvrir son coffre. Il avait pris une petite valise avec ce qu'il fallait pour la nuit.

Avant qu'il n'arrive à la porte, sa mère était sortie sur le perron.

« Henrik, mon chéri, dit-elle en l'embrassant sur les deux joues.

— Bonjour, maman. »

Il entra, sa valise à la main.

« J'ai fait du café. Assieds-toi, je t'en apporte une tasse. Tu as mangé ? Tu veux une tartine ? »

Elle tournicotait autour de lui comme un colibri. Sa bouche n'arrêtait pas de parler et ses mains de gesticuler.

« Comment tu te sens, mon bonhomme ? Tu as bien fait de venir ici, que je m'occupe un peu de toi comme il faut. Des fois, je ne comprends vraiment pas Nora, elle est tellement... » Elle chercha le mot. « ... tellement irrationnelle. Oui, c'est ça. Et égoïste. Elle ne pense qu'à elle. »

Henrik avait téléphoné à sa mère dans la matinée pour prévenir qu'il passerait. Il avait brièvement raconté ce qui s'était passé entre Nora et lui, et elle l'avait écouté d'une oreille complaisante. Comme toujours, elle s'était rangée sans réserve de son côté. Il était bien entendu le bienvenu à Ingarö pour se reposer quelques jours.

Henrik entra dans le séjour et se laissa tomber sur le canapé d'angle à rayures. C'était une pièce agréable, il l'avait toujours pensé. Orientée au sud-ouest, lumineuse et ensoleillée. En plus du généreux canapé, on y trouvait deux confortables fauteuils avec appuie-pieds.

Tandis que sa mère s'affairait à la cuisine, il attrapa machinalement la télécommande sur la table basse et alluma la télévision. Monica entra avec un plateau.

« Tu veux bien éteindre ça, Henrik, soupira-t-elle. Ton père la laisse toujours allumée, ces derniers temps, ça n'arrête jamais.

— Au fait, où est papa ? dit Henrik sans quitter l'écran des yeux.

— Il est allé voir les voisins. Il revient bientôt. En attendant, on peut parler un peu, toi et moi. » Elle posa sur la table deux tasses de café sur leurs soucoupes et lui tendit une assiette avec deux tartines de pâté de foie et fromage. « Tiens, je vais juste chercher le cake et je reviens. »

Elle retourna à la cuisine. Henrik mordit dans une des tartines et zappa. Quand elle revint, il éteignit le téléviseur, pour ne pas la contrarier.

« Allez, raconte-moi, maintenant, mon garçon », dit Monica Linde. Elle le regarda tendrement en lui tendant le cake. « Qu'est-ce qui se passe ? »

« Je t'aime », chuchota-t-il, étonné.

Dire que c'était si facile.

Il ne savait même pas que c'était encore possible, après toutes ces années, tous ces mensonges. Mais soudain, pourtant, ces mots étaient évidents, comme animés d'une vie propre.

La gratitude l'envahit.

Voilà donc ce que c'était d'aimer et d'être aimé. Comment avait-il pu l'oublier ?

Il regarda le visage en face de lui. Du dos de la main, il suivit doucement la courbe de la joue et continua vers le cou et la poitrine.

Dire qu'une peau pouvait être aussi douce et sentir aussi bon.

« Merci d'exister, chuchota-t-il. Je t'aime tant. Qu'est-ce que je ferais sans toi ?

— Moi aussi, je t'aime. »

La voix familière était comme une caresse. Ils s'embrassèrent, et leur désir s'enflamma en une seconde. Se répandit dans tout son corps comme un vertige.

« Je ne te laisserai jamais, dit-il d'une voix rauque. Jamais de la vie. »

57

« Bonjour, je parle bien à Thomas Andreasson ? »

La voix claire à peine audible tremblait dans le téléphone : il fallut un moment à Thomas pour comprendre de qui il s'agissait.

Diana Söder, la maîtresse de Juliander. L'employée d'Ingmar von Hahne dans sa galerie de Strandvägen.

Thomas était à son bureau. Il était environ huit heures et demie. Par la fenêtre, des nuages gris : cette fois, l'anticyclone de ces derniers jours était bel et bien sur le départ.

« Que puis-je faire pour vous ? Vous semblez troublée.

— Je crois qu'il faut que je vous dise quelque chose… »

Silence.

« Je vous écoute. »

Thomas attendit patiemment qu'elle continue. Il en profita pour boire une gorgée d'eau.

« J'ai reçu des messages affreux. Des mails avec d'horribles accusations. »

Thomas l'entendit renifler.

« Que disent-ils ? demanda-t-il avec précaution.

— Ils disent que… » Elle se tut à nouveau, pour prendre son élan : « … Que c'est moi qui ai tué Oscar.

— Mais encore ? dit Thomas de sa voix la plus douce, pour ne pas l'effrayer.

— Que je suis une pute. »

Elle se remit à pleurer. Elle ne pouvait presque plus parler.

« C'est tellement horrible… Tout ce que j'aurais soi-disant fait à Oscar. Je ne sais pas quoi faire.

— Nous aurons besoin de voir ces mails. Vous pensez pouvoir me les faire suivre ?

— Ceux que j'ai encore, oui. Les premiers ont fini directement à la corbeille. Mais il en est arrivé d'autres. Avec les mêmes horreurs. »

Elle se remit à sangloter.

« Faites-nous suivre ceux qui vous restent, s'il vous plaît, nous allons tout de suite regarder ça. Et prévenez-nous sans attendre si vous en recevez de nouveaux. Vous y arriverez ?

— Oui, chuchota-t-elle. Merci beaucoup. »

Margit ouvrit le premier mail.

Je sais que tu as assassiné Oscar. Tu l'as tué parce qu'il ne quittait pas sa femme. Tu es une pute, une sale pute. Mais tu vas payer. Tu ne t'en tireras pas comme ça. Tu vas voir. Rends-toi à la police et avoue.

Le suivant n'était pas bien différent.

Salope, avoue ton crime. Tu vas payer pour sa mort. Foutue traînée, menteuse, briseuse de ménage.

Le troisième contenait d'autres accusations du même genre, sans apporter rien de nouveau.

« Quelqu'un pense que Diana Söder est la meurtrière de Juliander, dit Margit après avoir parcouru tous les mails.

— Oui, mais qui ?

— Sa femme ?

— Sylvia Juliander ? » Thomas réfléchit. Que la veuve en deuil ait envoyé ces mails semblait tiré par les cheveux. Mais qui sait de quoi une femme trompée est capable ?

« Il va falloir le lui demander.

— Tu penses qu'il peut y avoir du vrai là-dedans ?

— Difficile à dire. Si Diana Söder était coupable, nous aurait-elle transmis ces propos accusateurs ?

— Non, probablement pas. Et elle a un alibi en béton. Elle a passé toute la journée chez son frère. »

Margit relut les mots qui s'affichaient à l'écran.

« Il y a quelque chose de vieux jeu dans les termes utilisés. *Briseuse de ménage.* Plus personne ne dirait ça aujourd'hui. Qu'est-ce que ça peut bien signifier ?

« Je ne sais pas. Quelqu'un animé par un désir de vengeance biblique ?

— Dans ce cas, Diana Söder est elle-même en danger », remarqua Margit.

Thomas hocha la tête.

« Il faut lui recommander la prudence. On a trop peu d'éléments pour motiver une mise sous protection. Et puis on n'en a pas les moyens. » Il regarda l'ordinateur, où le dernier mail emplissait tout l'écran. « On doit trouver qui se cache derrière tout ça, au plus vite.

— Transmets-les à Carina. C'est son rayon. »

Thomas acquiesça d'un grognement.

« Qui va parler à Sylvia Juliander, toi ou moi ?

— Je m'en charge », dit Margit.

58

Martin Nyrén était assis dans le cockpit de son Omega 36. Seul à bord, il avait fait route jusqu'à Stora Nassa, un petit archipel au large, au nord-est de Sandhamn. Il avait de son mieux nettoyé la peinture noire. Il s'occuperait des dégâts de la coque cet hiver, quand le voilier serait remonté en cale sèche.

Il pensait y rester jusqu'au lendemain. Puis il fallait qu'il rentre pour une réunion urgente de la commission financière. Le propriétaire d'un yacht avait raté une marche arrière et embouti un ponton dans le port de Lökholmen. Les dommages étaient assez importants. À présent, il fallait examiner les questions d'assurances et planifier les réparations.

Comme toujours, on cherchait à comprimer les coûts. Le club nautique KSSS ne roulait pas sur l'or. L'association tournait, sans plus. La cotisation, déjà assez élevée, ne pouvait être augmentée.

Mais quoi ? Il fallait bien réparer ce ponton.

Il ajusta la grand-voile pour ne pas perdre de vitesse. Il était temps de trouver un endroit pour passer la nuit. Naviguer dans l'archipel de Stora Nassa était assez délicat : avec les nombreux écueils, on avait tôt fait de s'échouer. Il surveillait régulièrement son sonar.

Au bout d'un moment, il trouva une crique abritée où il serait tranquille. Une fois à l'ancre, il se rassit dans le cockpit et ouvrit une bière. Il dégusta le silence apaisant, seulement troublé parfois par un cri de goéland au loin. Devant lui, les rochers gris s'étendaient à perte de vue, polis à la perfection par le vent. Le soleil s'était transformé en une boule orangée suspendue à l'horizon. Il se reflétait dans l'eau noire telle une masse enflammée. Une beauté indescriptible, un calme incompréhensible.

Ne manquait qu'Indi.

Quelle nuit ! pensa Martin en songeant à la veille. Tendre, pleine d'amour. Ils avaient été parfaitement heureux ensemble.

Après, il avait usé de tous ses arguments pour convaincre Indi de l'accompagner dans l'archipel. Il avait failli supplier. Il ne savait pas lui-même pourquoi c'était si important cette fois-ci, mais il désirait tant qu'ils passent quelques jours tranquilles ensemble. Se réveiller à bord, savourer le petit déjeuner, prendre la journée comme elle venait.

Mais il avait dû entendre les arguments habituels. On pourrait les voir. Trop de risques. Plusieurs jours d'absence, cela se préparait. Il fallait penser aux enfants.

Il avait fini par renoncer. Sans un mot, il était parti. Comme d'habitude.

Qu'est-ce qu'il détestait ces cachotteries, cette clandestinité ! À leur âge, c'était dégradant. C'était digne d'adolescents, pas d'adultes.

Pourtant, il n'avait pas ressenti un tel espoir depuis longtemps. Pour la première fois, ils avaient envisagé un avenir commun. Très prudemment, bien sûr, ils n'avaient qu'effleuré le sujet. Comme s'ils parlaient d'un rêve lointain.

Mais cela lui donnait des ailes.

Il supporterait encore longtemps de se cacher, si seulement ils avaient la perspective de vivre ensemble un jour.

Il s'offrirait au moins le luxe d'un SMS pour lui souhaiter une bonne nuit. Avec un sourire, il saisit son téléphone.

59

On ne devrait pas lire les messages des autres. Chacun a le droit au respect de sa sphère privée, même au sein du mariage.

Normalement, personne n'aurait dû toucher au téléphone laissé sur la table de l'entrée. Le SMS qui venait d'arriver aurait attendu d'être lu par qui de droit.

Mais le bip sonore dans le hall silencieux avait attiré l'attention et, à la fin, la tentation fut trop forte.

Une touche pressée, et le message s'afficha.

Son sang ne fit qu'un tour. La colère l'empêcha presque de respirer et, après, il fut trop tard. Le message était lu, rien ne pourrait jamais effacer cette impression.

Tu t'es fait larguer. Larguer et humilier. Il y a quelqu'un d'autre bien meilleur que toi. On va te quitter. Tout le monde va se moquer de toi. Ta vie va être démolie.

Aucun doute sur ce que cela signifiait. Quelques mots seulement, mais assez pour justifier une décision.

Merci pour cette merveilleuse nuit. J'aimerais tant que nous puissions passer toutes les nuits ensemble. Martin.

C'était inacceptable. Et il fallait que cela cesse.

60

Il bruinait légèrement, une pluie fine de fin d'été qui n'était pas désagréable. Mais on sentait juillet basculer vers août, les soirées étaient déjà plus courtes. Et quand la nuit tombait, il faisait plus frais.

La maison de Birkalidsgatan était déserte.

La façade claire des années trente était noircie par la pollution. Un ravalement aurait été le bienvenu, mais le bâtiment était un des rares de la rue à usage strictement commercial, aucun propriétaire n'était donc enclin à se lancer dans une coûteuse rénovation pour augmenter la valeur de son logement.

À cette heure, ceux qui n'étaient pas en vacances étaient rentrés chez eux. Aucune fenêtre n'était allumée.

C'était l'endroit idéal.

La clé du porche entra facilement dans la serrure. Un tour rapide, et la porte s'ouvrit. Le local était situé un demi-étage plus haut, avec fenêtre sur rue offrant une vue parfaite sur le numéro 22 B. Tirer de cette distance ne poserait aucun problème.

Les clés du local étaient d'aussi bonne qualité que celle du porche, et même le gros verrou de sécurité en fonte s'ouvrit sans bruit. L'entrepôt sombre et silencieux consistait en une seule grande pièce. Tout au bout, à droite, on apercevait des toilettes et un coin cuisine avec une table ronde et quatre chaises. Cela sentait le renfermé, avec une touche de térébenthine. Partout, des tableaux appuyés contre le mur.

Allumer était trop risqué, mais la lueur des réverbères suffisait, en plus d'une petite lampe de poche orientée vers le sol pour ne pas être vue de la rue. Il y avait en outre un éclairage puissant au-dessus du porche du 22 B, qui évitait à la personne qui entrait de chercher à tâtons la serrure ou le digicode.

Assez de lumière pour viser, en d'autres termes. Assez pour tuer.

Les différentes parties du fusil étaient bien rangées dans le sac de toile marine grise. Il ne pesait presque rien, deux kilos tout au plus. Monter et démonter l'arme ne prenait que quelques minutes. La petite boîte de munitions 22 WMR était au fond du sac. Les douilles de cuivre luisaient à la lueur de la lampe de poche.

Il y avait quelque chose de presque sensuel dans ce métal brillant et cette forme ovale si parfaite. Qu'un si petit objet puisse causer de tels dégâts dans des tissus humains était vraiment étonnant.

Le chargeur du fusil contenait onze cartouches. Chacune s'y glissa en douceur et l'arme fut prête à l'emploi.

Il n'y avait plus qu'à attendre.

Cette fois-ci, rien ne pressait. La fois précédente, tout avait été une affaire de secondes. En mer, le temps était compté et le risque de se faire prendre bien supérieur.

Ici, ce n'était qu'une question de patience. Il rentrerait bientôt chez lui. Si ce n'était pas aujourd'hui, ce serait demain.

Martin Nyrén ne perdait rien pour attendre.

61

La réunion de la commission financière avait été particulièrement stérile. Martin Nyrén soupira en songeant à ses collègues incapables de prendre une décision. La discussion avait tourné en rond. Tout ce qui en était ressorti, c'était la nécessité de se réunir à nouveau d'ici une semaine pour arrêter une position définitive concernant les réparations du port de Lökholmen.

On l'avait déposé à Slussen, d'où il avait pris le métro pour rentrer à Sankt Eriksplan. Personne d'autre ne descendit, il se retrouva seul sur le quai – il était presque vingt-trois heures.

Il avait l'habitude de marcher dans l'escalator, pour faire de l'exercice, mais ce soir-là il se laissa porter, immobile.

Sa relation avec Indi le rongeait, le manque était parfois insupportable. En mer, il avait beaucoup réfléchi à leur situation. Devait-il aller plus loin ? Jusqu'à poser un ultimatum ?

Leur amour était fort, quand ils se voyaient il n'y avait plus aucun problème. Mais il détestait leurs séparations après de trop courtes heures passées ensemble. La solitude qui s'emparait de lui ensuite.

Il voulait vivre une vie normale, où ils se verraient chaque jour, se chamailleraient un peu pour savoir qui ferait la lessive ou sortirait acheter de quoi dîner, une vie où il trouverait la lumière allumée dans la maison en rentrant le soir.

Patience, se dit-il. Il faut être patient.

En sortant du métro, ce fut un soulagement de respirer l'air frais du soir. En ville, l'été, on étouffait parfois, et il avait déjà hâte de retourner en mer. Il frissonna en songeant à son voilier vandalisé. Sûrement des gosses. Qui d'autre ?

Il fallait déclarer la dégradation à la police, l'assurance l'exigeait. Mais devait-il parler du reste ? De son soupçon, impossible à prouver, qu'on s'était introduit chez lui ? Dire qu'il se sentait suivi dans la rue ? Qu'il craignait au fond que son bateau n'ait pas été juste abîmé par des ados en mal de graffitis ?

Il les voyait déjà, au commissariat, ricaner devant ses vagues pressentiments. Et que pourraient-ils y faire ? Impossible de les surveiller en permanence, lui et le bateau.

Il scruta pourtant l'obscurité, puis hâta le pas en resserrant son mince trench-coat clair. La température devait avoir baissé de six ou huit degrés depuis la tombée de la nuit.

Il sortit son téléphone de sa poche et passa le doigt sur sa coque métallique. Allait-il envoyer un autre SMS à Indi ? Juste pour lui dire bonne nuit ?

C'était tentant. Pourquoi pas ?

Cette seule possibilité le mit de meilleure humeur. D'une façon ou d'une autre, tout s'arrangerait pour eux, il le sentait.

La silhouette solitaire en manteau clair se voyait de loin.

La rue était silencieuse et déserte, et plusieurs places de stationnement étaient encore libres malgré l'heure tardive.

Cela simplifiait tout.

Même s'il avait eu de la compagnie, cela n'aurait pas changé grand-chose. Le plus attentif des témoins oculaires n'aurait pu intervenir à temps. Mais cela faisait un souci de moins. Autant éviter les complications inutiles.

À présent, il s'agissait de se concentrer. Tout était prévu : ouvrir la petite aération, faire dépasser de quelques centimètres le canon du fusil, contrôler que l'angle était parfait. Attendre le bon moment pour tirer.

Martin Nyrén apparut dans son viseur.

Il marchait assez doucement. Comme s'il était perdu dans ses pensées, sans prêter attention à son environnement.

Il tenait un téléphone, sans parler dedans. Arrivé devant son porche, il s'arrêta un instant pour regarder sa montre. Puis se pencha pour composer le digicode.

Ce petit mouvement était tout ce qu'il fallait.

Son corps prit une position idéale. Comme s'il s'était de lui-même placé au centre du viseur. Une légère pression sur la détente et le coup partit. On entendit à peine la détonation, le silencieux était aussi efficace que la fois précédente.

Martin Nyrén fut touché en pleine tempe.

Un tir parfait, avec une jolie entrée de balle. Le sang gicla, puis ce fut fini.

Durant quelques secondes, il resta absolument immobile, comme si ses doigts, mus par une volonté propre, continuaient à composer le code pour échapper à l'agresseur inconnu. Puis ses jambes ployèrent sous lui et il tomba contre la porte. Il glissa lentement contre la surface en verre et s'affala à terre. C'était un mouvement coulé, gracieux, comme s'il s'y était entraîné.

On l'aurait presque cru endormi.

Dire qu'il n'était pas plus difficile que ça de tuer quelqu'un.

La première fois, ç'avait été absolument nécessaire, pas d'autre moyen de résoudre le problème. Après avoir pesé le pour et le contre, il était clair qu'Oscar devait mourir.

Puis Martin. Il fallait bien le faire disparaître.

Avant de perdre le contrôle.

Soudain, il était plus facile de respirer. Une sensation de paix l'envahit. Ceci valait mieux que de fouiner dans son appartement, mieux que de le suivre en ville et mieux que le sentiment sourd d'avilissement ressenti en vandalisant son voilier.

L'équilibre était rétabli et Martin Nyrén ne pouvait s'en prendre qu'à lui-même. Sa mort était la juste conséquence d'un comportement qui ne pouvait pas être toléré.

Pas un jour de plus. Ni même une minute.

62

L’appel arriva à vingt-trois heures cinquante-cinq. Presque mercredi.

L’opérateur eut d’abord du mal à comprendre ce qu’essayait de dire cette femme hystérique. Elle s’y reprit à plusieurs fois avant de parvenir à se calmer assez pour s’exprimer.

Il y avait un homme devant le porche. Il avait du sang sur le front. Elle l’avait trouvé en rentrant de l’aéroport d’Arlanda, elle était hôtesse de l’air.

Le central régional donna l’alarme et, par chance, un véhicule de patrouille se trouvait à proximité, dans Fleminggatan, de l’autre côté du pont Sankt Eriksbron. Il arriva en quelques minutes sur les lieux.

On envoya en même temps une ambulance. La femme avait dit que l’homme était mort, mais l’opérateur n’avait pas voulu prendre de risque en envoyant directement un corbillard.

Enfin, une équipe de la police criminelle de Stockholm se mit en route.

Sur place, la patrouille constata que l’hôtesse de l’air avait vu juste.

L'homme devant le porche du 22 B Birkalidsgatan était bel et bien mort. La cause du décès était vraisemblablement à chercher du côté d'un trou qu'il avait à la tempe. Il y avait en outre du sang et de la substance cérébrale sur la vitre dépolie de la porte.

L'hôtesse de l'air était assise à même le trottoir, visiblement choquée. Un peu de sang tachait son uniforme.

Quand un premier policier d'une trentaine d'années tenta de lui parler, elle éclata en sanglots. Prévenant, il l'accompagna dans l'ascenseur jusqu'à son appartement, en espérant qu'elle se calme assez pour pouvoir être entendue.

Conny Malmsten, de la police scientifique, arriva sur les lieux juste avant l'ambulance. La patrouille de police avait eu le temps de boucler le périmètre. On pouvait douter de l'intérêt de ces rubalises, mais c'était la procédure. Avant de relever les empreintes, il fallait éviter au maximum les allées et venues sur la scène de crime.

Conny Malmsten n'eut pas non plus à chercher bien loin la cause du décès.

« Je suppose qu'il a été abattu sur place, dit à son arrivée un collègue en uniforme.

— Ça en a tout l'air. »

Malmsten examina la scène.

Le sang qui avait coulé sur la joue de l'homme avait coagulé, et les substances corporelles répandues alentour indiquaient une scène de crime primaire.

D'un geste rapide, il sortit son appareil photo numérique. Tout en prenant les clichés usuels, il se fit une idée de ce qui s'était passé.

À première vue, pas de poudre sur la peau, ce qui

indiquait un tir de loin. Et réduisait les chances de trouver sur place des traces de l'assassin.

Les photos faites, il rangea son appareil dans sa lourde valise noire. Chaque chose à sa place. Rien ne l'irritait tant qu'un instrument mal rangé. Cela pouvait gâcher sa journée.

Conny Malmsten enjamba le corps et poussa doucement la porte. Elle s'ouvrait vers l'intérieur, il n'eut pas à toucher la victime.

Il examina la cage d'escalier, mais il n'y avait rien de particulier. Il ressortit en veillant une fois de plus à ne pas toucher le cadavre.

Sur la marche, à côté du corps, il ramassa un téléphone portable : bien abîmé, le boîtier s'était ouvert, des pièces étaient tombées. Il glissa le tout dans un sachet en plastique. Si on arrivait à le réparer, ses collègues seraient sans doute très intéressés de connaître les derniers correspondants de la victime.

Mains gantées, il déplaça délicatement le crâne pour mieux voir où la balle était entrée. Puis il sortit un coton-tige pour les prélèvements biologiques.

La nuit serait longue.

63

Il était sept heures et demie. L'atmosphère était tendue dans la salle de réunion.

« Que savons-nous ? » dit le Vieux, qui n'avait pas l'air en pleine forme. Un rouleau de papier toilette devant lui, il n'arrêtait pas de se moucher. « Que savons-nous de ce qui s'est passé ? » répéta-t-il.

Il vida sa tasse de café et regarda les autres.

L'annonce du meurtre de la nuit les avait abasourdis. Sans conteste, l'enquête devait passer à la vitesse supérieure. Apparemment on était loin de la solution.

Les journalistes faisaient déjà le siège du porte-parole de la police. Le meurtre de Nyrén faisait les gros titres.

Un autre dirigeant du KSSS assassiné !

Thomas cligna les yeux en essayant de se concentrer. Il était debout depuis cinq heures. Depuis que Hans Rosensjöö l'avait appelé, secoué, pour l'informer que Martin Nyrén avait été retrouvé mort devant chez lui.

Rosensjöö avait, lui, été contacté par le frère de Nyrén, qui avait aussitôt fait le lien avec Juliander quand la police l'avait averti.

Thomas s'était habillé en vitesse et avait filé au commissariat. Là, il avait passé une heure à rassembler fébrilement toutes les informations disponibles sur l'événement de la nuit. La police scientifique lui avait fourni une description de la scène de crime. Conny Malmsten, premier technicien arrivé sur place, lui avait communiqué ses conclusions immédiates.

« La victime est donc Martin Nyrén, dit Thomas en regardant ses collègues. Cinquante-trois ans, célibataire. Habitait un trois-pièces du quartier de Birkastan, chef de bureau à la Chancellerie. Un juriste qui siégeait depuis plusieurs années à la direction du KSSS, président de la commission financière du club.

— Qu'est-ce que c'est ? » demanda Erik.

Thomas regarda son carnet.

« Une commission qui s'occupe de l'entretien des locaux et de toutes les questions pratiques concernant les installations du club nautique.

— Et que s'est-il passé ? » demanda Margit.

Thomas brandit une des photos de Malmsten reçues par mail. On y voyait clairement la position du corps. Le dos affaissé, les jambes qui dépassaient et la tête en bas de la vitre maculée.

« On dirait presque qu'il dort, dit Kalle.

— Donc il était lui aussi juriste et membre des instances dirigeantes du club, comme Juliander, remarqua le Vieux avant de se moucher. Existe-t-il un autre lien entre eux ?

— Je ne sais pas, dit Thomas. Il faut voir.

— Et l'arme du crime ?

— On lui a tiré dessus. Une balle dans la tête. Mort sur le coup.

— On se retrouve avec une nouvelle exécution sur les bras, constata le Vieux non sans lassitude.

— Ils ont commencé l'autopsie ? demanda Margit.

— Ils s'en occupent ce matin. Je viens de parler avec Sachsen, qui le prend en priorité. Il nous dit de le rappeler vers l'heure du déjeuner, il en saura plus.

— Autre chose ? interrogea le Vieux.

— Conny Malmsten dit que Nyrén a été abattu de loin, répondit Thomas. Pas de trace de poudre et un petit trou d'entrée de la balle.

— Un fusil, donc ? dit Margit.

— Probablement. Il faut attendre l'analyse balistique pour savoir avec certitude si c'est la même arme que pour Juliander.

— Rien d'autre sur les lieux ? Des balles perdues ?

— Non. »

Juliander avait été abattu par une balle à tête molle, restée dans le corps. Une balle à tête dure aurait traversé de part en part le crâne de Nyrén. Le silence emplit la pièce. La ressemblance avec le premier meurtre sautait aux yeux.

« Quelle est la probabilité que deux meurtriers s'attaquent à deux membres de la même association, avec en plus le même mode opératoire ? articula lentement Margit, le menton appuyé dans une main.

— Très faible, *a priori*, dit le Vieux.

— Conclusion ?

— On a un cinglé dans la nature qui a une dent contre ce club nautique, répondit Thomas. Ou en tout cas contre ses dirigeants.

— La piste KSSS devient prioritaire, dit Margit. Nous devons commencer par là.

— Il faut voir si certains membres de la direction ont besoin d'une protection rapprochée. » Le Vieux se tourna vers Margit. « Tu t'en occupes avec Thomas. »

Margit regarda son nez coulant et ses yeux gonflés. « Tu ne devrais pas rentrer chez toi ? » lui demanda-t-elle franchement.

Le Vieux repoussa la suggestion d'un geste.

« Il faut reparler à la veuve Juliander, dit Thomas, elle sait peut-être quelque chose sur le lien entre les deux victimes. Et il faut creuser dans la vie de Nyrén sans plus tarder.

— Ceci jette aussi une lumière nouvelle sur le cas de Holger Alsing, dit Margit. Il faut bien sûr s'assurer qu'il n'a pas quitté Majorque car dans ce cas, on devra sans doute le rayer de la liste des suspects. Du moins s'il s'avère que la balle sort du même fusil.

— Autrement dit, nous voilà revenus à la case départ », soupira le Vieux. Il se moucha encore et se leva péniblement pour se rendre à la conférence de presse convoquée à la hâte.

« Tu devrais vraiment rentrer te coucher », dit Margit.

64

Ingmar von Hahne reposa lentement le combiné sur sa table de nuit.

Sa femme ressortit de la salle de bains et le regarda, interloquée.

« Qui a appelé ? Si tôt ?

— Martin Nyrén a été abattu, dit Ingmar von Hahne, sous le choc, les yeux écarquillés, blême.

— Quoi ? fit Isabelle, se figeant dans l'embrasure de la porte.

— Martin a été assassiné.

— Martin est mort ?

— Oui, dit Ingmar. C'est Hans qui a téléphoné. Quelqu'un lui a tiré dessus hier soir, devant chez lui. Apparemment, il est mort sur le coup. Mon Dieu ! »

Il fixa le téléphone, comme s'il n'arrivait pas à y croire. Il était si pâle qu'il avait l'air sur le point de s'évanouir.

Isabelle, pour une fois, resta sans voix, et le silence envahit la pièce. Ingmar était toujours assis au bord du lit, comme paralysé, le souffle court.

« Il faut appeler la police, finit par dire Isabelle en serrant la ceinture de sa robe de chambre.

— Comment ça ? lâcha Ingmar d'une voix rauque.

— Il te faut une protection. S'il y a un fou qui s'amuse à abattre des membres de la direction, tu pourrais être le suivant sur la liste. »

Ingmar resta muet.

« Tu vas sous peu être élu président, tu as oublié ? »

Il se cacha le visage dans les mains. Puis se recoucha.

Isabelle quitta la pièce et Ingmar resta à fixer le plafond. À quoi bon appeler la police ? À quoi bon faire quoi que ce soit ?

65

« Retour à la case départ », avait dit le Vieux.

En se garant derrière le bâtiment en brique rouge de l'institut médico-légal, Thomas ne put s'empêcher de songer à ces mots.

Comme d'habitude, ils durent attendre un certain temps l'apparition de Sachsen derrière la porte en verre dépoli. Il avait l'air fatigué. Lui aussi avait été tiré du lit à l'aube.

Ils le suivirent à travers de longs couloirs jusqu'à la salle d'autopsie. Il ouvrit la porte et les précéda.

Un corps était étendu sur une table en inox, sous un linceul que Sachsen replia pour qu'ils puissent voir Martin Nyrén. Il avait été recousu, et on avait peine à l'imaginer le thorax grand ouvert.

Il ne faisait pas ses cinquante-trois ans, pensa Thomas.

Ses cheveux grisonnaient, bien sûr, mais il ne les perdait pas, contrairement à beaucoup d'hommes de cet âge. Son visage était paisible. Il n'avait sans doute pas eu le temps de comprendre qu'il allait mourir.

Thomas fit le tour de la table pour regarder de plus près.

Aucun signe distinctif sur le corps. Il était en forme, avec un léger surpoids sans gravité. Une cicatrice depuis longtemps blanchie à droite du nombril indiquait une opération de l'appendicite.

« Alors ? » dit Margit.

Sachsen sortit ses lunettes de la poche de sa veste et parcourut le procès-verbal d'autopsie pour se rafraîchir la mémoire.

« Voyons voir, commença-t-il en agitant ses papiers. Comme je l'ai dit au téléphone, la mort a été instantanée. La balle a traversé le lobe frontal droit pour s'arrêter au milieu de l'hémisphère droit, détruisant au passage assez de substance cérébrale pour provoquer une mort rapide.

— Et l'angle du tir ? » Margit se pencha pour regarder de plus près le trou. Joli, net, à peine un centimètre de diamètre. Comme chirurgical.

« On dirait qu'on lui a tiré dessus de haut, sur le côté. La balle a traversé le cerveau de haut en bas. Cela suggère un tireur situé en surplomb de sa victime.

— De combien ? demanda Thomas.

— Difficile à dire. Un peu plus haut.

— Et à quelle distance, à ton avis ? »

Thomas se souvint que, la dernière fois, le coup avait été tiré de cinquante à cent mètres de la cible.

« Une bonne distance. Il n'y a aucun résidu de poudre. Plusieurs mètres, en tout cas. Entre vingt et quatre-vingts, je ne peux pas être plus précis.

— Et la balle ? »

Sachsen se retourna pour attraper un petit objet au fond d'une cuvette métallique. Il le leur présenta.

« Ça ressemble à s'y méprendre à la première balle, dit Margit.

— Oui, même forme de champignon, même métal.

— Quand part-elle pour l'analyse balistique ?

— Cet après-midi.

— Et il leur faudra combien de temps ?

— Vois avec Linköping. Demande la priorité, ajouta-t-il avant que Margit ait le temps de parler. C'était bien ce que tu comptais faire, non ? »

« Qu'est-ce que tu dirais d'aller tout de suite du côté de Birkalidsgatan ? proposa Thomas de retour dans la voiture. J'irais bien jeter un œil sur le lieu du crime, même si le ménage a été fait. C'est quand même rageant qu'ils ne nous aient pas appelés cette nuit. »

Margit haussa les épaules.

« Le central ne pouvait pas deviner que ce meurtre était lié à l'autre. Tu ne peux pas leur demander d'être télépathes. L'opérateur de garde a contacté la police du district concerné, selon la procédure. »

Thomas ne se laissa pas amadouer par la logique de Margit.

« En tout cas, si j'ai bien compris le Vieux, on s'occupe de l'enquête. Personne ne remet plus en question le lien entre les deux meurtres. » Il démarra. « On y sera vite. Il y a juste le pont de Solna à traverser. »

À peine cinq minutes plus tard, Thomas se gara dans une rue perpendiculaire à Rörstrandsgatan, à quelques centaines de mètres de l'endroit où Martin Nyrén avait perdu la vie.

Il ferma la voiture et remarqua l'atmosphère paisible du quartier. Peu de circulation, beaucoup de petites boutiques et de cafés. Un village au cœur de la grande ville.

Devant le 22 B Birkalidsgatan, on devinait encore les taches de sang sur le pas de la porte. Quelqu'un avait essayé de nettoyer, mais on voyait encore que quelque chose avait coulé le long de la vitre dépolie.

Thomas sortit la photo de Malmsten. Malgré l'obscurité, elle était d'une surprenante netteté. On reconnaissait aisément les traits de Nyrén. Son visage était aussi paisible qu'à la morgue.

« Mets-toi devant la porte, dit Thomas, qu'on essaie de reconstituer ce qui s'est passé. Il rentrait chez lui, nous le savons. Il devait être sur le point d'ouvrir sa porte. Mais il n'a pas dû arriver plus loin que ça. »

Margit se tourna vers le digicode situé à mi-hauteur dans l'encadrement de la porte et se pencha légèrement en avant.

« Comme ça ? S'il s'apprêtait à composer le code et qu'il a été touché à la tempe droite, il devait se tenir à peu près comme ça, non ? »

Thomas la regarda et hocha la tête.

« Le légiste a dit que Nyrén a été abattu de loin, environ vingt mètres, probablement plus, et d'en haut. »

Il traversa la rue à reculons jusqu'à se trouver dos à l'immeuble d'en face. C'était la bonne distance, environ vingt mètres, mais il était toujours à la même hauteur que Margit.

Thomas se retourna. Le bâtiment était passablement défraîchi.

Margit le rejoignit.

« Tu penses la même chose que moi ? » Elle regarda vers le porche, de l'autre côté de la rue. « Et si l'assassin avait été là ? Par exemple là-haut, à cette fenêtre ? » Se protégeant d'une main les yeux du soleil, elle indiqua la première rangée de fenêtres au demi-étage. Puis elle se pencha pour lire le tableau dans l'entrée, avec le nom des locataires. « Apparemment rien que des bureaux. Aucun nom de particulier, juste des sociétés. »

Thomas consulta à son tour le tableau par-dessus son épaule et sursauta.

Une des plaques métalliques joliment alignées indiquait *Galerie Strandvägen*.

Thomas revit les élégants caractères de l'enseigne de la galerie de von Hahne. Ingmar von Hahne, membre de la direction du KSSS et patron de la maîtresse de Juliander.

Impossible qu'il s'agisse d'un hasard.

Quelqu'un s'était installé dans son entrepôt pour abattre Martin Nyrén.

Était-ce lui ? Et si oui, pourquoi ?

« Viens, dit-il à Margit. Allons d'abord jeter un œil chez Nyrén. Après on s'occupera de la perquisition de l'entrepôt. »

Thomas poussa l'imposante porte en chêne et enjamba un journal du matin tombé sur le tapis de l'entrée. Une odeur de propre régnait dans l'appartement. Il salua de la tête un des techniciens occupés à relever des empreintes.

« Comment ça va ? »

L'homme leva la tête.

« Moyen. C'est trop bien rangé à mon goût. Le ménage vient sans doute d'être fait. C'est malheureusement on ne peut plus propre.

— Vous avez trouvé des empreintes digitales ?

— Pas encore. Mais je n'ai pas fini. » Il sourit, sûr de lui.

Le spacieux trois-pièces témoignait d'un propriétaire soucieux de son intérieur. Le mobilier était cossu mais pas tape-à-l'œil, rien ne traînait. Aux murs, des tableaux aux couleurs vives, et des orchidées blanches dans des pots assortis sur le rebord des fenêtres.

On est loin de l'intérieur typique du célibataire endurci, songea Thomas en comparant avec son deux-pièces au mobilier spartiate – il ne faisait qu'y dormir.

Ils inspectèrent les lieux en prenant leur temps, pour essayer de se faire une idée du défunt propriétaire.

Thomas décrocha le téléphone et consulta le répondeur – aucun message.

La chambre, dans des tons sobres, était aussi parfaitement en ordre que le reste de l'appartement. Sur la table de nuit, des livres empilés dont Thomas ne connaissait aucun des auteurs.

Sur un bureau, des câbles débranchés : les services techniques avaient déjà saisi l'ordinateur de Nyrén. Avec un peu de chance, ils étaient à pied d'œuvre, en train d'en décortiquer le contenu.

Ils entrèrent dans la cuisine, elle aussi impeccable. Une grosse cuisinière à gaz trônait dans la pièce. Margit ouvrit le réfrigérateur.

« Dis donc, il ne se laissait pas aller, notre célibataire », observa-t-elle en lui montrant le contenu.

Les étagères étaient bien remplies. Des fromages français, plusieurs tablettes de chocolat et un gros morceau de parmesan à côté d'une boîte d'olives Kalamata. Dans la porte, deux bouteilles de champagne au frais.

« Tu crois qu'il attendait de la visite ? dit Margit. Ou que ce sont ses réserves standard ?

— Oui, j'aimerais bien savoir qui était censé boire tout ça. »

Ils passèrent à la salle de bains, où des mosaïques grises apportaient une touche masculine.

« Thomas, dit Margit. Il était bien célibataire ?

— Oui.

— Mais alors, pourquoi y a-t-il deux brosses à dents dans le verre ? »

66

« Pouvez-vous nous dire où vous étiez mardi soir ? » dit Thomas.

Ingmar von Hahne faisait peur à voir. Les yeux creusés, éprouvé. Quel contraste avec son teint bronzé à Sandhamn, à peine un mois plus tôt.

« Chez moi.

— Quelqu'un peut-il l'attester ?

— Non. » Sa réponse tarda. « J'étais seul. Au moins jusqu'à minuit. Puis ma femme est rentrée et juste après ma fille, Emma. Mon fils, Marcus, est resté à la campagne.

— Connaissiez-vous Martin Nyrén ? » demanda Thomas.

Ingmar von Hahne hocha la tête sans rien dire. Thomas désigna le magnétophone et le pria de répondre à voix haute.

« Oui, je le connaissais.

— Pouvez-vous décrire votre relation ? »

Un moment de silence.

« Nous nous connaissions par le KSSS, finit par dire Ingmar von Hahne. Il était président de la commission financière. J'étais secrétaire du conseil d'administration.

— Comment avez-vous appris sa mort ?

— Hans Rosensjöö m'a téléphoné ce matin, en disant que Martin avait été assassiné. » Ingmar von Hahne les regarda, éperdu. « Qu'est-ce que c'est que ce fou qui se balade dans la nature ?

— Martin Nyrén a été retrouvé devant le porche de son domicile, sur Birkalidsgatan. Nous pensons qu'il a été abattu depuis l'immeuble d'en face, dit Margit, qui avait jusqu'alors laissé Thomas poser les questions. Vous connaissez le quartier ? »

Ingmar von Hahne cligna des yeux. Une veine se gonfla sur son front.

« Vous avez compris ma question ? » finit par dire Margit.

En face, l'homme, tourmenté, hocha la tête en silence. Thomas lui rappela d'un geste la présence du magnétophone.

« Oui, je sais très bien où c'est, j'y ai mon entrepôt.

— Votre entrepôt ? »

Thomas l'attendait au tournant.

« J'ai un entrepôt où je stocke une partie des tableaux pour lesquels je n'ai pas de place à la galerie de Strandvägen.

— Et c'est dans le quartier ?

— En face de l'immeuble où habitait Martin.

— En fait, nous sommes au courant, dit Thomas. Nous sommes déjà entrés dans votre entrepôt. Nous avons eu l'autorisation de perquisitionner cet après-midi. »

Ingmar von Hahne pâlit encore davantage.

« Voulez-vous savoir ce que nous y avons trouvé ? continua Thomas.

— Oui. » Il répondit par un chuchotement.

« Des traces de poudre. Sur le rebord de la fenêtre d'où on a la meilleure vue sur la porte de Martin Nyrén. Mais c'est peut-être un hasard. Qu'en pensez-vous ? continua Thomas.

— Je n'en pense rien », dit Ingmar von Hahne d'une voix étouffée. Il s'enfouit le visage dans les mains et se tut.

« Je vous le demande encore une fois : où vous trouviez-vous mardi soir ?

— Chez moi, comme je vous l'ai déjà dit. »

Margit intervint.

« Comment expliquez-vous la présence de poudre dans votre entrepôt ?

— Quelqu'un a dû s'y introduire.

— La porte n'a pas été forcée.

— C'est pourtant la seule explication. »

De l'autre côté de la table, l'homme semblait sur le point de s'évanouir. Comme s'il était prisonnier d'un mauvais rêve et avait voulu se réveiller.

« Vous ne pouvez quand même pas penser sérieusement que je suis mêlé au meurtre de Martin ?

— Qui a accès aux clés de votre entrepôt ? » continua Margit, imperturbable.

Ingmar von Hahne sembla hésiter.

« Moi-même, bien sûr. Et Diana, qui travaille à la galerie. Et puis nous avons aussi une étudiante en histoire de l'art qui nous donne un coup de main de temps en temps. Je connais ses parents. »

Thomas regarda Ingmar von Hahne quelques secondes avant de poser la question suivante.

« Quand vous dites Diana, c'est Diana Söder ?

— Tout à fait. Comment le savez-vous ? »

Thomas répondit par une autre question :

« Depuis quand étiez-vous au courant de la liaison de Diana Söder avec Oscar Juliander ? »

Ingmar von Hahne sursauta.

« Je l'ai lu dans le journal.

— Ils se sont rencontrés l'an dernier à votre fête de Noël, dit Margit. Leur liaison durait apparemment depuis presque dix-huit mois. Vous n'en saviez rien avant les révélations dans la presse ? »

Ingmar von Hahne s'affaissa sur son siège.

« Oscar avait un faible pour les femmes, ce n'était un secret pour personne. Mais je ne savais pas qu'elle était avec lui, jusqu'à tout récemment. »

Il prit le verre d'eau devant lui et but une gorgée. Sa main tremblait.

Ingmar von Hahne n'avait pas l'air en forme. Et il était habillé comme l'as de pique. Le marchand d'art d'ordinaire si élégant était méconnaissable.

« Pensez-vous que Diana ait pu tuer Oscar par jalousie ?

— Absolument pas. » Il avait répondu tout de suite et sans hésiter. « Je n'imagine pas Diana capable de tuer qui que ce soit. C'est la personne la plus douce qu'on puisse imaginer, elle élève toute seule son petit garçon. Je pense qu'elle ne saurait même pas comment tenir une arme à feu.

— Savez-vous si elle connaissait Martin Nyrén ? demanda Margit.

— Aucune idée. Elle l'a peut-être rencontré lors de l'une de nos réceptions de Noël, tout comme Oscar. »

Thomas changea son fusil d'épaule.

« Savez-vous s'il y avait quelque chose entre Oscar Juliander et Martin Nyrén ?

— Comment ça, quelque chose ?

— Faisaient-ils des affaires ensemble ? Se fréquentaient-ils ? Savez-vous quelque chose qui puisse expliquer qu'ils soient morts tous les deux ?

— À part leur appartenance au KSSS, je ne vois pas. C'est le seul point commun que je leur connaisse.

— Aviez-vous un différend avec Martin Nyrén ? »

Ingmar von Hahne semblait au bord des larmes.

« Moi ? dit-il d'une voix tremblante. J'aimais beaucoup Martin. Et Oscar aussi. »

Thomas eut soudain une idée. Ingmar von Hahne mettait presque un point d'honneur à insister sur son peu d'appétit à devenir président du KSSS. Et si c'était le contraire ? Juste une façade ? L'ambition pouvait être un puissant mobile, en particulier dans les cercles de la haute société que fréquentait von Hahne.

Bien sûr, Ingmar von Hahne semblait dire la vérité. Mais il jouait peut-être la comédie. Thomas savait par expérience avec quelle habileté un mensonge pouvait être camouflé, aussi décida-t-il de provoquer l'homme qu'il avait en face de lui.

« Depuis combien de temps essayez-vous de devenir président du KSSS ? »

Ingmar von Hahne sembla surpris.

« Que voulez-vous dire ?

— Rien d'autre que ce que j'ai dit. Nous cherchons les mobiles de deux meurtres. L'ambition pourrait en être un. Ce ne serait pas inhabituel. » Thomas le regarda droit dans les yeux. « Auriez-vous été prêt à tuer pour avoir le poste ? »

Ingmar von Hahne redressa le dos, comme pour se ressaisir. Puis il regarda Thomas avec ce qui ressemblait à du dégoût.

« Vous êtes malade, ou quoi ? » Sa voix tremblait d'indignation. « Je n'ai jamais recherché ce poste, sachez-le. Que j'aie été proposé comme président n'a rien à voir avec ces meurtres. C'est complètement tordu de même l'imaginer. Complètement tordu. » Ingmar von Hahne serra les lèvres. Ce que son expression avait d'enfantin était balayé. « Le poste de président est la dernière chose que je souhaitais, dit-il, très ému. Toute ma vie, je me suis efforcé de tenir mon rang et de faire mon devoir. Si vous croyez que je suis prêt à abattre Oscar pour un tel poste, vous êtes vraiment à côté de la plaque. » Il regarda autour de lui, comme cherchant un soutien. Puis il se tourna vers Margit, qui avait visiblement endossé le rôle du gentil flic. « Tous ceux qui me connaissent pourront vous dire que je ne ferais pas de mal à une mouche. » Son visage prit une expression suppliante. « Je peux y aller, maintenant ? »

Ils étaient en train de résumer leurs impressions après les entretiens du jour. Il était déjà dix-huit heures trente. Dehors, par la fenêtre, on entendait un merle insouciant chanter sur une branche.

Margit s'était assise en face de Thomas. Ses yeux las se reflétaient dans ceux de son collègue.

Ils avaient pris toutes les mesures de sécurité possibles. Tous les dirigeants du KSSS avaient été équipés d'une alarme et connectés à un numéro d'urgence. Les membres du conseil d'administration avaient reçu de strictes consignes de prudence. Ne pas se risquer en terrain inconnu ni sortir seul après la tombée de la nuit. Être sur ses gardes.

Le Vieux avait dû répondre à une foule d'appels téléphoniques, tous sur le même thème : était-ce là tout ce qu'un État de droit pouvait faire pour protéger ses citoyens ? Les gens craignaient pour leur vie, ne le comprenait-il pas ?

Son méchant rhume avait fini par l'envoyer au tapis. Il serait probablement plusieurs jours aux abonnés absents. La faute aux seuls bacilles ? Impossible de le dire. Même le Vieux avait pourtant fini par admettre qu'il était trop mal en point pour rester au commissariat.

Thomas savait bien qu'il n'y avait pas assez d'effectifs pour protéger jour et nuit une vingtaine de personnes contre un agresseur inconnu. Impossible de mettre en place pareil dispositif. Mais la colère qui leur déferlait dessus n'en était pas moindre pour autant.

Les médias en rajoutaient une couche. La criminelle allait bientôt exiger de reprendre l'enquête.

Quelques-uns des chefs d'entreprise les plus en vue au sein de la direction du KSSS avaient pris les devants : leurs sociétés leur avaient discrètement appointé des gardes du corps.

Thomas avait beau désapprouver en principe ce type d'initiatives privées, force était d'admettre que cela leur permettait de respirer un peu. Un autre meurtre sur un dirigeant du KSSS aurait un effet dévastateur. La situation était déjà assez difficile comme ça.

Diana Söder était arrivée au commissariat une heure environ après Ingmar von Hahne. Elle était tombée des nues en recevant sa convocation. Pire encore quand Thomas lui avait expliqué qu'elle était une des seules personnes ayant accès à l'entrepôt d'où avait tiré le meurtrier de Martin Nyrén.

Thomas joignit les mains derrière la nuque et s'étira.

« Nous avons deux personnes qui clament n'avoir rien à voir avec ces assassinats. Diana Söder affirme n'avoir jamais touché à une arme à feu de sa vie. Ni rencontré Martin Nyrén. Ingmar von Hahne nie tout en bloc.

— Elle a réagi assez violemment quand tu lui as demandé si elle avait tiré sur Juliander. » Margit fronça les sourcils. « Tu crois qu'elle était sincère ?

— Difficile à dire. Mais je ne doute pas un instant du fait qu'elle l'aimait, et elle a incontestablement un alibi en béton pour le meurtre de Juliander. Et ce von Hahne aussi. Et puis Diana Söder est venue d'elle-même nous signaler ces mails anonymes.

— C'est peut-être un rideau de fumée.

— Peut-être, mais je me demande si elle est à ce point retorse. Elle peut bien sûr avoir engagé un tueur à gages. Ça arrive.

— Oui..., dit Margit d'une voix songeuse. Mais pas si souvent que ça. Et on peut encore une fois se demander ce qu'elle a à gagner à la mort de son amant ?

— Il voulait peut-être rompre. Jalousie. S'il s'apprêtait à la quitter.

— Possible. Mais est-ce vraisemblable ? Et pourquoi dans ce cas tuer aussi Nyrén ? » Margit se cala au fond de son siège en croisant les bras. « À quel moment entre-t-il dans le cadre ?

— À ce jour, le seul qui avait intérêt à la mort de Juliander reste ce von Hahne.

— Pour le poste de président ? Tu crois vraiment ? »

Thomas haussa les épaules.

« Le coup de feu a été tiré depuis son entrepôt, ne l'oublie pas.

— C'est peut-être un hasard. C'était effectivement l'endroit le plus pratique. Mais pourquoi se serait-il débarrassé de Nyrén ? En supposant que von Hahne soit son meurtrier.

— Je n'en sais rien. Nyrén l'avait peut-être démasqué et menaçait de tout déballer. »

Le scepticisme de Margit se lisait sur son visage.

« Nous n'avons rien d'autre que de vagues conjectures.

— Je sais. » La lassitude les gagnait. « Au fait, tu as eu Sylvia Juliander ?

— Oui. Elle ne sait absolument pas si son mari avait la moindre relation avec Nyrén hors KSSS. Il n'y avait rien à en tirer.

— Là non plus. » Thomas étouffa un soupir las.

Quand avait-il perdu ses enfants ?

À leur naissance, il avait été envahi par un sentiment inconnu. Ces petits, tout petits doigts qui s'agrippaient aux siens. Ce duvet de cheveux presque invisible. Ces yeux qui se plissaient pour le regarder sans le voir.

Ce sentiment de bonheur l'avait surpris. Durant la première grossesse de sa femme, il était resté assez distant. Comme s'il n'était pas concerné. Encore quelque chose qui avait lieu parce que cela se faisait, sans qu'il l'ait vraiment désiré. Il ne se sentait pas particulièrement demandé, encore moins partie prenante.

C'était quelque chose d'attendu, ni plus ni moins.

Mais à la maternité, devant le petit lit où reposait son fils, il n'arrivait pas à comprendre comment il avait pu vivre sans lui.

Par la suite, il avait passé beaucoup de son temps libre dans la chambre des enfants. Il pouvait jouer des heures avec eux parmi les cubes et les peluches. Leur chatouiller le ventre jusqu'à ce que les petits s'étouffent de rire et raconter des histoires jusqu'à ce que leurs paupières tombent et que leurs bras se relâchent autour de leurs doudous.

Le changement se fit à son insu. Ils se mirent à dire des choses qui semblaient refléter les pensées de sa femme. Leurs opinions, leurs valeurs lui devinrent étrangères.

Sa fille ne recherchait plus sa compagnie. Elle préférait aller faire les magasins avec sa mère. Elle cessa de lui parler et consacra des heures à soigner son apparence.

Son fils, son premier-né, devint un snob assénant cliché sur cliché en s'entourant d'amis dont il comprenait à peine la façon de parler.

Le frère et la sœur partageaient une complicité dont il était exclu.

Avec le temps, il s'était senti peu à peu superflu. Il passait toujours plus de soirées à son travail et évitait de rentrer trop tôt.

Leur mère régnait sans partage à la maison, où son espace vital à lui se réduisait comme peau de chagrin.

Quand avait-il perdu ses enfants ?

67

Nora n'en pouvait plus.

Henrik avait appelé lundi matin pour l'informer brièvement qu'il devait travailler toute la semaine. Il reviendrait à Sandhamn vendredi soir. Alors ils parleraient.

Elle avait passé les derniers jours en mode pilote automatique : faire la cuisine pour les garçons, aller à la plage, acheter des glaces au moindre caprice d'Adam et de Simon. Elle n'avait pas la force de se fâcher aussi avec eux. Ils seraient bien élevés une autre fois.

Ça avait fini par la démanger. Il fallait qu'elle quitte l'île. Elle devenait folle à force de tourner en rond en faisant comme si de rien n'était.

Mercredi soir, elle avait demandé à sa mère s'ils pouvaient prendre les enfants quelques jours, sous prétexte qu'elle devait aller en ville pour le travail. Comme d'habitude, pas de problème.

Sa mère l'avait regardée d'un air inquiet, mais avait eu le tact de ne pas poser de questions. Cela avait dû lui coûter, comprenait Nora, mais elle lui était reconnaissante de ne pas s'en mêler pour le moment. Si Susanne lui avait demandé où elle en était avec Henrik, elle aurait certainement éclaté en sanglots.

Et à quoi bon ?

Dans l'après-midi, Nora prit un bateau pour Stavsnäs, où elle sauta dans le bus 433 pour Slussen. Malgré les virages, elle s'endormit à peine assise à sa place, pour ne se réveiller qu'au terminus. Elle descendit alors et suivit la foule qui se dirigeait vers le métro.

Le délabrement de la station la frappa. Slussen était une des premières construites à Stockholm, et cela se voyait. Les murs carrelés étaient sales et partout flottaient des relents de vieille urine. Malgré elle, Nora fronça le nez et se hâta de rejoindre le quai. À l'arrivée de la rame, ce fut avec soulagement qu'elle monta à bord.

Sur la banquette, elle trouva un exemplaire abandonné du gratuit *Metro*. Elle le feuilleta machinalement. Elle s'arrêta sur un article évoquant les longues files d'attente au tribunal de Stockholm. Un procès pour agression pouvait être reporté durant des années. Les témoins avaient le temps d'oublier ce qu'ils avaient vu et les plaignants d'être réduits au silence par des intimidations. Rien d'étonnant vu le sous-effectif chronique de l'institution. Mais cela suscitait l'indignation et minait la confiance en l'État de droit.

À juste titre, d'ailleurs. Il n'était pas tolérable que des justiciables aient à attendre si longtemps. À quoi bon renforcer les effectifs de la police s'il n'y avait personne pour prendre en compte le résultat de leur travail ? pensa Nora.

Elle ne se souvenait que trop bien de l'époque où elle travaillait au greffe du tribunal de Visby. Le manque de moyens se faisait déjà sentir. Elle ne savait pas où les choses en étaient, mais il n'y avait certainement pas eu d'amélioration.

Nora resta immobile, le journal sur les genoux. Le tribunal de Stockholm. C'était un signe.

Elle avait le vague projet de faire un tour en centre-ville avant d'aller à la piscine. Histoire d'avoir la paix et de penser à autre chose.

Mais à présent, elle avait changé d'idée.

Le métro venait de s'arrêter à la gare centrale. Elle se dépêcha d'attraper son sac à dos pour descendre. Elle prit l'escalier roulant jusqu'au niveau le plus bas, où passait la ligne bleue.

Elle avait de la chance. Une rame arrivait. En quelques minutes, elle fut à Rådhuset.

Devant la station s'élevait le grand bâtiment de pierres qui abritait le tribunal.

Impressionnant édifice où avaient eu lieu d'innombrables procès. C'était là que Clark Olofsson avait été condamné à la prison après la prise d'otages de Norrmalmstorg. Le célèbre « Laserman », un des assassins les plus difficiles à arrêter de l'histoire suédoise, avait reçu ici sa perpétuité. C'était là encore qu'un tribunal partagé avait, à grand renfort de publicité, condamné Christer Pettersson pour le meurtre d'Olof Palme.

Mais le bâtiment hébergeait aussi d'autres administrations, comme par exemple la Cour des comptes, qui s'occupait, entre autres, du contrôle des administrateurs de faillite. On envoyait ici les inventaires d'actifs pour chaque procédure, le bilan comptable ainsi que le descriptif des mesures prises par l'administrateur de faillite. Ces données étaient mises à jour tous les six mois par un rapport bisannuel qui atterrissait là.

Nora se dit qu'il devait y avoir dans ces archives la trace de la plupart des activités de Juliander durant ces dernières années. Pas dans le prestigieux bâtiment principal, bien sûr, mais dans l'annexe construite dans les années quatre-vingt-dix à l'angle de Scheelegatan et de Fleminggatan.

Nora avait toujours la liste des affaires de Juliander confiée par Thomas. Elle ne s'y était pas encore plongée, mais l'avait instinctivement fourrée dans son sac avant de quitter Sandhamn. Elle avait mauvaise conscience de ne pas s'en être occupée et pensait peut-être trouver le temps de le faire pendant la traversée.

Elle pouvait bien consacrer quelques heures à éplucher les rapports laissés par Juliander. Juriste de banque, ce genre de documents lui étaient familiers.

À vrai dire, elle avait très envie de se changer les idées, de penser à autre chose qu'à Henrik et à la vente de la villa Brand. À Sandhamn, elle n'avait cessé de ressasser le problème. C'était la première chose à laquelle elle pensait en se levant, et la dernière en se couchant.

Se plonger dans les affaires de Juliander serait une distraction bienvenue. N'importe quoi pour échapper à ses problèmes conjugaux.

Et Thomas apprécierait sûrement. Elle lui devait bien ça, après avoir pleuré sur son épaule ce week-end. C'était son meilleur ami, elle pouvait lui sacrifier un après-midi.

Elle rajusta son sac à dos et se dirigea vers Fleminggatan.

68

Nora poussa un battant de la lourde porte en bronze et se présenta à la réception.

Le tribunal occupait presque tout le pâté de maisons, mais on y accédait depuis la rue par un passage couvert sans prétention.

On pénétrait alors dans un hall spacieux dominé par un imposant escalier en colimaçon.

Nora expliqua ce qu'elle cherchait au jeune vigile en grand uniforme assis derrière un guichet. Il avait des cheveux mi-longs et un petit duvet en guise de moustache, ce qui lui donnait un air enfantin. On l'imaginait mal défendre l'institution contre une quelconque intrusion.

Elle vit qu'il était très occupé à faire une réussite sur son ordinateur, derrière la vitre à l'épreuve des balles. Un hot-dog à moitié mangé et une tasse de café traînaient à côté du clavier.

« Vous devez vous rendre au département six, dit en souriant le vigile. C'est un étage au-dessus, au cinquième.

— Mais je suis où, là ? demanda Nora, étonnée.

— Au quatrième, répondit gaiement le garçon. Il y a

plusieurs niveaux en sous-sol, ici. C'est pour ça qu'on est au quatrième. Prenez l'ascenseur, ou juste l'escalier. » Il désigna le colimaçon en bois. « J'appelle pour vous annoncer, continua-t-il, ça vous évitera d'attendre à la porte. C'est verrouillé. »

Il sourit à nouveau, ce qui fit tressauter sa petite moustache. Nora étouffa un sourire. Malgré son air ridicule, il était de bonne volonté.

Elle le remercia, emprunta l'escalier, et se retrouva devant une porte vitrée avec une plaque : DÉPARTEMENT 6. Elle vit une silhouette approcher de l'autre côté et, bientôt, une femme d'une soixantaine d'années lui ouvrit.

« Eva-Britt Svensson, dit-elle en tendant la main. Je suis la secrétaire. »

Elle portait une jupe plissée rose et un corsage blanc. Ses cheveux gris coupés court frisottaient autour des oreilles. Ses grosses lunettes rondes lui donnaient un air de chouette. Elle avait vraiment l'allure typique de la secrétaire de tribunal. Nora aurait juré en avoir vu une identique quand elle était en poste au greffe de Visby.

Nora se présenta, et expliqua qu'elle avait besoin de consulter les dossiers de plusieurs faillites. Elle sortit la liste de son sac et la lui tendit.

La secrétaire en prit connaissance en fronçant les sourcils. Elle adressa à Nora un regard sévère.

« Vous voulez vraiment voir tout ça ? En une seule journée ? Je ne crois pas que ce soit possible. »

Nora hocha la tête et s'essaya à sourire pour lui inspirer confiance.

« Vous comprenez bien que vous ne pouvez pas avoir tous les dossiers d'un coup, continua Eva-Britt

Svensson. Certains sont classés depuis un bon moment. Il faut que je descende les chercher aux archives. Ça peut prendre du temps. » Elle poussa un profond soupir.

Nora ignora le signal. Elle montra sa carte professionnelle.

« Il s'agit d'affaires délicates que je dois vérifier. Désolée pour le dérangement, mais c'est très important. »

Elle s'efforça d'avoir l'air crédible, en espérant que personne n'aurait l'idée de contrôler auprès de la banque.

Selon le principe de transparence, tout citoyen a le droit de consulter n'importe quel document public, mais laisser entrevoir de solides raisons de le faire ne pouvait rien gâcher. Elle savait très bien ce que les fonctionnaires pensaient des particuliers voulant exercer ce droit pourtant garanti par la Constitution. Sans parler des journalistes qui demandaient à tout bout de champ à consulter un dossier sensible.

Eva-Britt Svensson regarda la carte de Nora et céda.

« D'accord, d'accord, dit-elle, conciliante. Nous allons faire de notre mieux pour vous aider. »

Nora la remercia d'un sourire.

« Où puis-je m'installer ? » demanda-t-elle en regardant autour d'elle. Près de l'accueil, une table était sans doute destinée aux visiteurs.

« Ce n'est pas vraiment autorisé, mais vu la quantité de documents, je suppose que vous pourriez vous mettre là. » Eva-Britt Svensson lui indiqua une pièce voisine, vide. « Nous aurons un nouveau greffier dans un mois, ce bureau est libre pour l'instant. »

Nora posa son sac à dos et pendit sa veste au dossier du fauteuil.

« Ça me rappelle quand je travaillais au greffe du tribunal de Visby », dit-elle pour arrondir les angles.

Message reçu.

« Alors vous savez comment ça marche. Par où je commence ? » dit Eva-Britt Svensson de plus en plus aimable. Et avant que Nora n'ait le temps de répondre, elle avait décidé elle-même. « Je vais commencer par vous chercher les deux dossiers les plus récents, ils sont encore ici, à l'étage. De toute façon, remonter les autres des archives prendra un bout de temps. Et vous ne pouvez en consulter que deux à la fois, vous le savez sans doute.

— Et combien de temps pour copier des documents ? demanda prudemment Nora, soucieuse de ne pas abuser de la patience de Britt Svensson.

— Cela dépend du nombre de copies. Et c'est à vos frais : nous n'avons pas le budget. »

Elle sourit à Nora et s'éloigna.

Nora s'installa dans le bureau vide et sortit un papier et un crayon. La fenêtre donnait sur le canal de Klaraberg et la végétation luxuriante au bord de l'eau lui fit songer à l'archipel.

Qu'espérait-elle trouver ici ?

Cette visite n'était peut-être qu'une perte de temps. Mais il fallait essayer, ça oui.

69

Nora était dans le bus 433, direction Stavsnäs. Elle avait passé le jeudi et la matinée du vendredi au département six. Elle n'était pas partie avant d'avoir consulté tous les dossiers mentionnés sur la liste de Thomas.

Une lecture pour le moins monotone. Les bilans comptables, les rapports bisannuels étaient tous sur le même modèle.

Au bout d'un moment, elle avait fait une pause pour acheter de quoi manger au supermarché voisin. Un sandwich sous plastique et une eau gazeuse goût framboise pour le déjeuner, du chocolat noir sans sucre pour le goûter.

Les documents arides lui fatiguaient les yeux et la faisaient bâiller, mais impossible de s'arrêter. Comme si elle entrevoyait quelque chose qui lui échappait chaque fois comme un papillon. Elle continuait donc à éplucher les ennuyeux dossiers et à lire rapport après rapport. Pour se réconforter, elle s'accordait un carré de chocolat après chaque dossier.

La pile des documents lus augmentait à mesure que les heures passaient. Rien d'anormal qui retînt son attention. Pourtant, elle était certaine qu'il y avait anguille sous roche. Elle le sentait.

Elle avait dormi dans la maison de ses parents pour éviter Henrik. Avant, elle était allée au cinéma voir une comédie suédoise en mangeant un énorme pot de pop-corn. Elle s'était rendue malade et avait gardé leur goût gras dans la bouche toute la soirée.

Elle avait mal dormi et fait des rêves bizarres au sujet de Henrik. Il était à l'hôpital, entouré de jolies infirmières, tandis qu'elle tentait en vain d'attirer son attention.

Elle s'était réveillée au bord des larmes, le corps lourd, et pas reposée du tout. Elle s'était fait violence pour se lever, se préparer du thé et avaler quelques biscottes trouvées dans une boîte. Ses parents étant toujours à Sandhamn, le réfrigérateur était vide. Aucune importance : elle n'avait pas tellement faim.

Puis elle était retournée au département six. Eva-Britt Svensson était désormais la serviabilité même. Elle avait proposé à Nora de l'aider à venir à bout de ses photocopies. Nora était repartie avec deux gros sacs de papiers.

Ils étaient à présent posés à ses pieds dans le bus surchauffé. Il était à peine à moitié plein, et elle n'avait pas eu de mal à trouver une banquette double pour elle toute seule dans le fond.

Ils sortirent de la voie rapide au niveau du golf de Wermdö. Le doux roulis du bus berça Nora qui, sans crier gare, s'assoupit à nouveau, la joue écrasée contre la vitre.

70

Margit revint en traînant les pieds dans le bureau de Thomas avec deux gobelets de café. D'un geste las, elle lui en tendit un tout en éclusant la moitié du sien. Thomas prit le gobelet, même s'il évitait d'habitude le café de la machine.

C'était vendredi après-midi, ils avaient passé des heures à envisager toutes les possibilités.

Les proches de Martin Nyrén avaient été auditionnés. Ils s'étaient rendus sur son lieu de travail pour interroger ses collègues. Mais ils piétinaient toujours.

La police dans l'impasse, c'était le titre du jour dans la presse à sensation. En double page, on détaillait comment la police avait échoué à identifier le meurtrier. Une brochette de soi-disant experts commentait allègrement l'état de l'enquête et les méthodes policières.

Margit pêcha au fond de sa poche un paquet de gommes à la framboise.

« Tu en veux ? »

Thomas secoua la tête. Il ne se sentait pas très bien.

« Je me demande combien de temps on va devoir encore attendre la liste d'appels du mobile de Nyrén ?

dit Margit. Si ce n'est pas lundi sur mon bureau, j'irai aux télécoms la chercher moi-même.

— Kalle a dit que ça mettrait quelques jours de plus que d'habitude. Pour eux aussi, c'est les vacances.

— C'est quand même pas de chance que son téléphone se soit cassé. On aurait eu directement tous les numéros et les SMS.

— Le labo pense pouvoir le réparer.

— Oui, mais ça prendra au moins une semaine, sinon deux.

— Peut-on se permettre d'attendre ? »

Thomas regarda Margit, soucieux. Il fallait une percée dans l'enquête.

« Et l'ordinateur de Nyrén ? Tu sais s'ils ont réussi à entrer dedans ? dit-elle.

— Ils devaient appeler dès que c'était fait.

— C'est si dur que ça ? » Margit s'enfonça plus profondément dans son fauteuil. Un trombone rose qui traînait sur le bureau fit office de défouloir. Elle le tordit distraitement dans tous les sens jusqu'à ce qu'il se brise. « Apparemment, Carina n'a rien trouvé sur Juliander ni sur Nyrén, continua-t-elle. Ils ne semblent pas avoir fait des affaires ensemble. Nyrén travaillait à la Chancellerie, rien à voir avec les faillites.

— Ils étaient tous les deux juristes. Peut-être camarades d'études, quelque chose comme ça ? Ils avaient presque le même âge.

— Kalle a vérifié ce genre de choses. Jusqu'à présent, rien dans leur passé qui puisse nous aider. »

Margit se tut un instant.

« Tu crois que Nyrén couchait avec la femme de Juliander ? lança-t-elle. Elle avait peut-être besoin qu'on la console un peu des frasques de son mari ?

— Dans ce cas, Juliander n'y serait pas passé en premier, non ?

— Peut-être pas. » Margit soupira. « Elle peut encore être l'auteur des mails reçus par Diana Söder. D'après Carina, ils ont été envoyés de divers cybercafés.

— Mais on n'est pas plus avancés. Personne ne se souvient de rien, et les adresses utilisées sont indétectables.

— Il y a quelque chose qui nous échappe, mais quoi ? murmura Margit. Qu'est-ce qu'on a raté ? »

Son portable bipa : un SMS.

« Ils ont fini de contrôler les armes d'Ingmar von Hahne. La balle qui a tué Juliander ne provenait d'aucun de ses fusils.

— Il n'avait pas de Marlin, ce n'est pas une surprise.

— Il fallait de toute façon qu'ils fassent les tests. »

Thomas jeta un coup d'œil par la fenêtre. Le week-end s'annonçait maussade. Il ne faisait pas bien chaud et le temps était assez couvert.

« Mais on peut avoir une arme sans permis, dit-il. Regarde le fameux Laserman. Il est allé à Liège acheter une arme à un revendeur, en pleine rue. Puis il est rentré en voiture, sans se faire prendre. On peut faire la même chose dans les pays Baltes. Quel est le risque de se faire pincer en passant à Trelleborg ou ailleurs ? Insignifiant. »

Margit ne le contredit pas.

Il n'y avait que quelques saisies d'armes aux frontières chaque année. On concentrait les efforts sur le trafic de stupéfiants et d'alcool. Le trafic d'armes n'était pas la priorité de la douane.

« Un meurtrier avec au moins deux neurones en état de marche évite d'utiliser une arme pour laquelle il a un permis, continua Thomas. C'est bien trop facile à repérer. Ingmar von Hahne n'aurait quand même pas été stupide au point de se servir de son propre fusil de chasse. Par contre, lui, il sait tirer, nous le savons.

— Décidément, tu l'as dans le collimateur.

— Il nous cache un truc, j'en suis sûr. »

Il y avait quelque chose chez Ingmar von Hahne qui ne revenait pas à Thomas, il n'en démordait pas.

« Si ce n'est pas lui, ce serait qui ?

— On n'a rien contre lui, que de vagues indices. Désolée.

— Je sais. »

Les épaules de Thomas s'affaissèrent un peu. Sa tête bourdonnait et il avait des courbatures dans tout le corps.

« Mais qu'est-ce que tu as ? dit Margit. Tu n'as pas l'air en forme.

— Je ne me sens pas très bien. »

Il se secoua, sans succès. Il sentait son nez se boucher.

« Tu as dû attraper le rhume du Vieux. Rentre te coucher. N'attends pas d'être malade. File. »

Thomas regarda l'heure. Bientôt dix-sept heures trente. Force était d'admettre qu'elle avait raison. Il n'était pas dans son assiette.

71

« Du premier coup ! » s'exclama Simon. Il jeta son club de golf dans le sable et, ravi, exécuta une danse triomphale sioux.

Nora ne put s'empêcher de sourire en le voyant faire le V de la victoire, les yeux brillants.

« Tu as vu, maman, tu as vu ? » cria-t-il.

Adam, qui avait dû s'y reprendre à six fois, n'était pas aussi content. Il regardait son petit frère de haut, l'air blasé.

Nora et les garçons étaient au minigolf, entre le restaurant des Navigateurs et la piscine, à l'ombre de quelques pins. Le parcours de douze trous était très apprécié des familles avec enfants.

Y emmener Adam était un pari risqué. Il détestait perdre. Quand le jeu tournait mal pour lui, il pouvait gâcher la partie à tous les autres. S'il était de mauvaise humeur, il était capable de bouder le reste de la journée.

En même temps, les deux garçons avaient toute la matinée réclamé d'y aller. Adam avait promis qu'il saurait se tenir, et elle avait fini par céder.

Il fallait bien qu'elle trouve à les occuper, surtout que Henrik n'était pas revenu pour le week-end, comme il l'avait annoncé. Il avait laissé un bref message sur le répondeur pour dire qu'il partait avec Johan Wrede faire de la voile sur la côte ouest. Ils se verraient plus tard.

Il était toujours fâché : impossible de se méprendre sur le ton dur de sa voix, même enregistrée. Nora avait essayé de le rappeler, mais il avait coupé son téléphone.

Ne pas le voir du week-end la laissait partagée. Soulagée d'un côté d'être dispensée de la confrontation, mais aussi furieuse qu'il la laisse en plan avec les enfants.

Ça devait quand même être confortable, avait-elle pensé, le téléphone à la main, de pouvoir s'éclipser comme ça en comptant sur elle pour s'occuper des enfants. Un coup de fil et bon vent, avec la certitude que son épouse veillerait au bien-être de la famille.

Elle imaginait sa tête, si elle était partie tout le week-end en laissant juste quelques mots sur un répondeur. Surtout en ce moment, où l'atmosphère entre eux était électrique.

Pourquoi était-ce à elle de faire bonne figure pour que les enfants ne s'inquiètent pas ? Pourquoi devait-elle inventer une explication à l'absence de leur père ?

Parfois, Nora aurait aimé pouvoir elle aussi mettre sa famille entre parenthèses d'un claquement de doigts.

Mais elle ne se comporterait jamais ainsi. Elle en était certaine. Si elle laissait deviner aux enfants à quel point elle était mal, ils le paieraient au prix fort. Elle ne ferait que détruire leur confiance en eux et aggraver la situation. Il lui fallait donc prendre sur elle et faire comme si tout allait bien.

Mais elle espérait que Henrik aurait un jour à rendre des comptes à ses enfants, qu'il ne pourrait pas toujours disparaître ainsi quand ça l'arrangeait.

Un « ras-le-bol ! » lâché entre ses dents par Adam arracha Nora à ses pensées. Elle décocha un regard sévère à son fils pour lui rappeler sa promesse de bien se tenir.

Adam regarda ses pieds en serrant les lèvres. Au bout de quelques minutes, le corps maigre du petit garçon se détendit. Les sourcils froncés, il se mit en place pour retenter sa chance.

Heureusement, il ne lui fallut que deux coups cette fois-ci. La crise était évitée pour le moment. Nora souffla.

Tandis que les garçons s'affairaient au trou suivant, une variante difficile avec pente et obstacles, Nora laissa son esprit vagabonder.

Aussitôt les enfants couchés, le vendredi soir, elle s'était installée sur la véranda avec un thé et les piles de documents copiés aux archives du tribunal, qu'elle avait à nouveau feuilletés lentement. Toujours sans rien trouver d'anormal. Tout semblait en ordre.

C'était à elle de jouer. Ce n'était qu'un minigolf, mais viser juste n'était pas facile. Elle se concentra pour envoyer la balle aussi droit que possible vers le trou minuscule.

Sa première tentative échoua lamentablement. À la deuxième, sa balle rebondit hors de la piste, ce qui lui valut une pénalité. Adam se réjouissait de ses déboires tandis que Simon criait pour l'encourager. Il n'était pas difficile de deviner lequel des deux était né avec l'instinct de compétition. Elle finit par utiliser tous ses coups sans réussir. Elle reconnut sa défaite, constatant qu'on ne pouvait pas être doué en tout.

Bien entendu, Adam parvint à mettre sa balle dans le trou en seulement quatre tentatives. C'était aussi bien. Elle préférait de loin le voir de bonne humeur plutôt que de triompher aux dépens de son fils.

Elle se rassit sur un banc en attendant que revienne son tour, et songea à nouveau à ces dossiers de faillite.

Les documents qu'elle avait parcourus étaient dans l'ordre chronologique. Y avait-il une autre façon de les ordonner ? Qui fasse sens ?

Elle décida de classer les faillites par secteur d'activité. Peut-être ainsi verrait-elle apparaître une structure qui lui avait jusqu'alors échappé ?

Ce soir, une fois les garçons au lit, elle ferait une dernière tentative. Si elle ne trouvait rien, elle déclarerait forfait. Mais elle aurait fait de son mieux pour aider Thomas.

72

Nora regarda la table du séjour couverte de documents. La veille, elle les avait triés en plusieurs piles. Quelques-unes, n'ayant pas trouvé de place sur la table, avaient fini sur le canapé. Malgré le classement qu'elle avait imaginé, elle n'y voyait toujours pas plus clair.

Elle soupira et tendit le bras vers sa tasse de thé. Il n'y avait rien à en tirer. Autant abandonner.

Le temps était couvert. Il pleuviotait, on frissonnait. Les garçons étaient restés au chaud dans leur chambre à jouer sur l'ordinateur. Nora avait eu beau faire, pas moyen de les faire sortir s'aérer.

Elle reposa la tasse et fit le tour de la table. Regarda les documents en essayant de voir ce qui lui avait jusqu'ici échappé.

Les enfants descendirent réclamer leur en-cas. Pouvaient-ils prendre des brioches ? Elle alla leur en chercher quelques-unes à la cuisine et tandis qu'elle leur versait un verre de chocolat au lait O'boy, ils la surveillèrent, pour être certains d'en avoir autant l'un que l'autre.

Adam avait vraiment grandi cet été, remarqua-t-elle avec une pointe de mélancolie. Il faisait une tête de plus que Simon, et lui arrivait déjà à la poitrine. Il serait bientôt un ado boutonneux avec bien autre chose en tête que sa maman.

Tandis que les garçons comparaient la quantité de chocolat dans leurs verres respectifs, Nora songea soudain qu'elle n'avait pas encore pensé à classer les dossiers en fonction du montant des faillites. L'idée ne lui était tout simplement pas venue, même la veille, où elle avait vraiment essayé de tourner le problème dans tous les sens.

D'une voix pleine d'autorité, elle enjoignit à ses fils de finir de manger à table. Puis elle se dépêcha de regagner le séjour, obnubilée par sa nouvelle idée.

Reclasser tous les documents lui prit presque une heure.

À la fin, ils étaient par ordre d'importance décroissante. Adam et Simon étaient depuis longtemps retournés à leur jeu vidéo, laissant leurs verres sales et des miettes partout dans la cuisine.

Nora n'avait pas le temps de s'en soucier, trop occupée à contempler les nouvelles piles qu'elle avait sous les yeux. Les différences étaient frappantes.

Le premier groupe était constitué de faillites entraînant des pertes de cent millions et plus. Un joyeux mélange d'entreprises de nouvelles technologies, d'agences de voyages et autres sociétés importantes.

La catégorie suivante couvrait les pertes situées entre soixante et soixante-dix millions. C'était là le gros des faillites qu'avait gérées Juliander. Il y avait de tout, depuis les entreprises de BTP jusqu'aux sociétés de conseil. Beaucoup étaient des sociétés familiales ou réunissant quelques membres fondateurs.

Enfin venaient les faillites n'ayant pas dépassé les vingt ou trente millions de pertes. Des sociétés de branches diverses. Des agences d'intérim qui s'étaient effondrées lors du retournement de la conjoncture, quelques start-up.

Puis restait à part un seul dossier de faillite, celui d'un cabinet dentaire générant tout au plus quatre millions de chiffre d'affaires annuel. Somme étonnamment faible.

Pourquoi Juliander s'était-il chargé d'une faillite aussi insignifiante alors que sa position bien établie lui permettait de choisir ses dossiers et de jouer dans la cour des grands ?

Nora s'assit sur une des dernières chaises libres et examina le dossier.

Il s'agissait du cabinet dentaire Olof Martinsson.

D'après le rapport comptable, le dentiste Olof Martinsson en était l'unique propriétaire. Il employait une dentiste et une assistante. Un rapide calcul mental permit à Nora de s'assurer que le chiffre d'affaires généré permettait de couvrir la location du cabinet, l'équipement et trois salaires.

Pourquoi cette entreprise avait-elle fait faillite ? D'habitude, les dentistes n'allaient pas au tapis si facilement. Ce cabinet avait pignon sur rue, il existait depuis longtemps. On ne pouvait pas perdre aussi soudainement tous ses patients.

Nora continua de lire le rapport et apprit que Martinsson avait lourdement endetté la société. Il avait fini par ne plus pouvoir faire face à ses traites et le cabinet avait fait la culbute.

Mais pourquoi avait-il eu besoin de tant d'argent ? Où étaient passées ces sommes ?

En parcourant la liste des créanciers, Nora constata que le principal était justement la banque pour laquelle

elle travaillait. Le prêt était anormalement important au vu du chiffre d'affaires. Avec ce genre de revenus, la banque n'accordait pas d'habitude de prêts de cette ampleur.

Nora fronça les sourcils.

Quelque chose ne collait pas. Elle téléphonerait le lendemain au service des prêts pour avoir quelques précisions. Peut-être pourrait-on lui expliquer de quoi il retournait.

73

Le puissant éternuement de Thomas résonna dans le couloir. Il s'était forcé à rester chez lui toute la matinée, puis cela avait été plus fort que lui : il fallait qu'il retourne au commissariat.

Pas le temps d'être malade avec un meurtrier dans la nature.

« Qu'est-ce que tu fais ici ? » Ce furent les premiers mots de Margit en le voyant entrer dans son bureau. « Tu fais peine à voir. »

Impossible de dire s'il y avait une pointe de sympathie dans sa voix ou si elle s'en tenait à une constatation purement objective.

Thomas la regarda de ses yeux larmoyants.

« Je n'ai plus de fièvre. Je crois.

— Garde tes distances. Je n'ai pas envie de tomber malade à mon tour. »

Thomas éternua à nouveau.

« On en est où ? » Il s'affala dans le fauteuil en face d'elle.

Margit s'adoucit.

« Tu veux quelque chose ? Un thé ? »

Thomas sourit faiblement.

« Volontiers. »

Quand Margit revint chargée de deux tasses, elle le regarda avec un mélange de sollicitude et de découragement.

« Tu tiens vraiment à rester ?

— Parlons d'autre chose, si tu veux bien. Il y a du nouveau ?

— Linköping vient d'appeler. Ils ont analysé la balle trouvée dans la tête de Nyrén. »

Thomas la regarda, tendu. Margit hocha la tête, montrant qu'elle savait ce qu'il pensait.

« C'est confirmé, il s'agit de la même arme que celle utilisée pour abattre Juliander. Un Marlin. Strié à droite. Vingt rayures. »

La conclusion était évidente, mais Thomas la formula le premier d'une voix rauque.

« Nous avons donc affaire à un double meurtre.

— Ça en a tout l'air. »

Thomas essaya de rassembler ses idées. Ce n'était pas évident, il avait l'impression d'avoir la tête bourrée de coton.

« Le lien entre les deux semble évident, dit Margit. Il y a donc quelque part en ce moment quelqu'un qui a une sérieuse dent contre les dirigeants du KSSS. Si nous nous trompons au sujet d'Ingmar von Hahne, il pourrait bien être la prochaine cible. »

Thomas hocha la tête. Il y avait songé. Force était d'admettre la pénible vérité : Ingmar était actuellement à la fois le principal suspect et le premier sur la liste des victimes potentielles.

« Avaient-ils d'autres éléments, à Linköping ?

— Pas grand-chose. Mais elle a rallongé la sauce, cette Bäcklund. Elle m'a tenu la jambe un bon moment. »

Thomas reconnaissait le portrait.

« Ah oui, au fait, j'ai parlé ce matin avec Eva Timell, au sujet d'éventuels rapports entre Juliander et Nyrén, continua Margit.

— Et ça a donné quelque chose ?

— Pas vraiment. Elle ne se souvenait d'aucune affaire commune. Il n'y a pas de mails échangés entre eux deux, à part des circulaires du KSSS.

— Et l'ordinateur personnel de Nyrén, on en est où ?

— Toujours rien. Les services techniques ne se sont pas manifestés.

— On ne devait pas leur mettre la pression ?

— Si. Je peux les appeler. »

Thomas but son thé avec reconnaissance. Il frissonnait encore de la tête aux pieds et sa migraine explosait.

« Je crois vraiment que tu devrais rentrer. Tu n'es pas bien. »

Le ton de Margit était impératif.

Thomas capitula.

« OK. »

74

« Non, nous n'avons pas encore pris de décision », dit Nora.

C'était la cinquième fois que l'agent immobilier téléphonait depuis la visite de la villa.

« Et quand pensez-vous le faire ? insista Severin. Je ne voudrais pas vous stresser, mais ce serait bien de conclure, si vous voyez ce que je veux dire. »

Nora voyait très bien.

Il voulait qu'ils se dépêchent de vendre la maison, pour empocher sa grosse commission et passer à l'affaire suivante.

Mais ce n'était pas son problème. Elle respira profondément et s'efforça d'être aussi ferme que possible sans se montrer insolente.

« Je ne peux hélas pas vous répondre. Cette maison signifie beaucoup pour moi. Il est important qu'elle tombe entre de bonnes mains. » C'était vague, mais Nora ne trouva rien de mieux pour l'instant.

« Naturellement, dit Svante Severin. Il n'est pas toujours facile de prendre une décision de ce genre. Cela demande certes mûre réflexion. Mais sachez que ces acheteurs sont très, très sérieux. Ils veulent préserver ce véritable trésor culturel. »

L'agent immobilier enfilait les clichés les uns après les autres. Son ton sirupeux poissait le téléphone.

Il pense ce qu'il dit, ou il est juste jeune et naïf ? se demanda Nora en se souvenant de cette horrible femme qui avait inspecté les meubles de Signe comme s'ils avaient été ramassés à la décharge.

Elle se fit violence pour rester polie.

« Je crois qu'il serait mieux que nous vous rappelions quand nous aurons décidé, cela vous évitera de perdre votre temps. »

Soudain, le jeune homme lui fit pitié. S'il parvenait à ficeler l'affaire, quel gros coup pour lui !

« Oh, ne vous inquiétez pas, dit Severin. Ça ne me dérange pas d'appeler. En fait j'avais du nouveau pour vous et votre mari.

— Ah ? » Nora attendit.

« Eh bien il se trouve que les acheteurs sont disposés à revoir leur offre à la hausse.

— À la hausse ?

— Tout à fait. Ils sont prêts à rajouter un million de couronnes. Leur seule exigence est que vous vous décidiez au plus tard samedi. »

Nora avait un peu le tournis.

Se décider au plus tard samedi. Le dernier week-end de ses vacances. Henrik et elle qui ne s'étaient pas encore reparlé. La tension entre eux.

« Un million ? » répéta bêtement Nora.

Severin avait lâché le mot comme au Monopoly.

Ce n'était pas un jeu. C'était une somme considérable.

« Excitant, n'est-ce pas ? continua l'agent immobilier. Je n'avais jamais vu ça. Mais il s'agit d'un bien unique. C'est vraiment une offre impossible à refuser. »

Impossible ? s'entêta Nora. Tu n'as aucune idée de ma capacité à refuser. Mais si je le fais, que se passe-t-il ? Quel prix, pour le naufrage d'un mariage ? Peut-on acheter un peu de bonheur en jouant la bonne carte ?

« En avez-vous parlé à mon mari ?

— Non, j'aurais dû ?

— Non, non, se hâta de répondre Nora. Pas du tout. De toute façon, nous devons en discuter entre nous. Je me demandais juste… » Elle inspira profondément. « Je vous rappelle d'ici quelques jours.

— N'attendez pas trop longtemps. L'offre vaut jusqu'à samedi, je le répète. Un tiens vaut mieux que deux… »

Nora raccrocha sans laisser finir Severin. Elle avait parfaitement compris.

Elle reprit aussitôt le téléphone – il fallait qu'elle appelle le service crédit de sa banque.

Elle composa le numéro. Le service était situé deux étages au-dessous de son bureau, si elle se souvenait bien.

Une voix féminine lui répondit à la troisième sonnerie.

Nora se présenta et exposa son problème. Elle donna l'immatriculation du cabinet dentaire puis patienta au bout du fil. Quelques minutes plus tard, la femme l'informa que sa demande avait été envoyée à l'archive centrale. Mais elle pouvait demander à un collègue,

Niklas Larsson, qui avait suivi cette faillite, de la rappeler. Il était plus au courant.

Nora accepta volontiers et laissa son numéro de portable.

Puis elle resta là à réfléchir, le dossier posé sur les genoux. Indubitablement, il y avait quelque chose qui ne collait pas.

Pourquoi Juliander s'était-il encombré d'une aussi petite faillite ?

75

Quand Thomas se réveilla, le mardi, il était presque midi. Mais il allait beaucoup mieux. Son nez ne coulait plus et sa migraine était passée. Il retrouvait peu à peu son état normal. Un coup d'œil à sa montre le lui confirma : il avait dormi quinze heures.

Il était clairement tombé sur le gros virus de l'été. Comme le Vieux.

Pour la première fois depuis plusieurs jours, il avait de l'appétit et engloutit un sérieux petit déjeuner : deux tasses de café, une grande assiette de muesli au fromage blanc et plusieurs tartines. Puis il prit une longue douche chaude avant de s'habiller.

Quand il fut prêt, il était quatorze heures. Mais il avait repris des forces. Retourner au commissariat le démangeait. Il prit ses clés de voiture et partit pour Nacka.

Le coup de téléphone du service crédit n'arriva que mardi après le déjeuner. Nora n'y pensait plus. Il faisait assez beau, et elle était partie avec les garçons quelques heures à la plage de Fläskberget.

Les enfants n'aimaient rien tant que se jeter à l'eau depuis le ponton en courant à toute vitesse. Ils ne s'en lassaient jamais. Nora se souvenait vaguement avoir fait pareil quand elle était petite, mais avec l'âge elle était devenue beaucoup plus timorée. Autant que possible, elle évitait de mettre la tête sous l'eau.

Elle avait rencontré sur la plage plusieurs mamans des environs. Gardant un œil sur leur progéniture, elles avaient échangé les dernières nouvelles. Nora se sentait détendue avec ces voisines qu'elle fréquentait depuis des années. C'était agréable de bavarder un moment. Le nouveau meurtre d'un dirigeant du KSSS était bien sûr sur toutes les lèvres. Personne ne l'avait dans ses relations et on s'en tenait à de vagues spéculations.

Mais quelle horreur ! Ce meurtre mettait tout le monde mal à l'aise. Il semblait irréel, et pourtant…

Nora et les garçons venaient juste de rentrer quand son portable sonna. Elle vit sur l'écran que c'était quelqu'un de la banque. Le téléphone à la main, elle alla s'installer dans un des fauteuils en rotin de la véranda.

Une voix polie se présenta comme étant Niklas Larsson. On lui avait transmis sa demande et il avait remonté le dossier des archives, pour pouvoir l'aider. Il l'avait sous les yeux.

Pour éviter d'avoir à s'expliquer davantage, Nora alla droit au but.

« J'ai trouvé bizarre les crédits accordés à cette société. Ils sont beaucoup trop importants. »

Elle s'efforçait de donner l'impression d'un contrôle de routine.

« Exact. C'est une bien triste histoire. Connaissez-vous Olof Martinsson ?

— Non, avoua Nora. Pas bien. »

Tout en parlant, elle plaça un tabouret sous ses pieds.

« Il était dentiste, mais aussi biochimiste. Très innovant. Vous avez entendu parler de la méthode Brånemark ? »

Nora réfléchit. N'avait-elle pas entendu une des secrétaires du service juridique parler de sa mère dont les dents se déchaussaient, il y a quelque temps ? Et n'avait-elle pas alors mentionné ce nom-là ?

« Un peu. Mais dites-m'en davantage.

— C'est une méthode pour fixer des implants dentaires dans l'os de la mâchoire, développée par un chercheur suédois dans les années soixante. Martinsson a tenté de perfectionner le procédé, en vain. Il a investi là-dedans tout son argent. Il était convaincu, presque fanatique, pourrait-on dire.

— C'est pour ça qu'on lui a prêté plus qu'on aurait dû ?

— Oui et non. Il faut dire qu'il avait une importante clientèle et pas de problème de liquidités. Cela a sans doute joué lors de la commission d'attribution des crédits.

— Pourtant il n'a pas tenu le coup ?

— Non. Il avait besoin d'emprunter davantage pour terminer ses recherches, mais il a fini par boire la tasse. Il a hypothéqué sa maison et tous ses biens, ce qui n'a pas suffi.

— Et ensuite ?

— Si je me souviens bien, il n'est pas parvenu à trouver d'autres financements. Déçu et amer, il a cessé de s'occuper de son cabinet. Ses patients se sont raréfiés, et il n'a plus pu payer les traites des emprunts déjà contractés. L'un dans l'autre, l'entreprise a fini par faire faillite.

— Et que fait-il à présent ?

— Il est mort d'une crise cardiaque au moment où la faillite a été déclarée. Il n'a pas supporté cette déception. C'est tragique. Il n'est pas facile d'être un inventeur en Suède.

— Et tout le monde y a laissé des plumes, je suppose », dit Nora.

Elle se cala au fond du fauteuil en attendant la réponse. Une sourde migraine ressurgissait à l'arrière de son crâne, mais elle s'efforça de l'ignorer. Elle avait trop pris le soleil. Il fallait qu'elle boive.

Niklas Larsson eut un rire gêné.

« Oui, en tout cas la plupart. Il n'y avait pas beaucoup d'actifs à liquider. Il n'y avait plus qu'à rayer les créances. »

Nora réfléchit un instant puis le remercia pour son aide et raccrocha.

Elle décida de consacrer encore une heure à sa propre enquête, tout au plus, puis elle laisserait tomber. Après tout, elle n'était pas de la police.

Après avoir allumé son ordinateur, elle se connecta à Internet et rechercha « Brånemark ».

En bref, la méthode consistait à fixer dans la mâchoire de petites vis de titane, sur lesquelles étaient fixées les dents artificielles. De cette façon, le patient évitait le dentier amovible. Le brevet était utilisé dans le monde entier.

Elle fit ensuite une recherche sur Olof Martinsson. Elle trouva d'abord une notice nécrologique publiée dans le *Journal des dentistes*, qu'elle lut avec un intérêt croissant.

Olof Martinsson y était décrit comme un loup solitaire, un homme extrêmement qualifié et passionné, arrivé à un doigt d'une découverte capitale. Ses recherches avaient débouché sur un brevet concernant un facteur de croissance qui apportait une amélioration décisive de la méthode Brånemark. En garnissant chaque vis de titane d'une enveloppe de protéines, on accélérait la cicatrisation et on améliorait nettement la probabilité que les vis restent fixées. À la longue, spéculait l'auteur de la notice nécrologique, la recherche de Martinsson aurait pu être utilisée dans d'autres contextes, par exemple pour accélérer la reconstitution des vaisseaux sanguins, ou la guérison des plaies.

Si sa méthode avait été développée jusqu'à son terme.

Mais le défunt n'avait pas eu le temps d'achever les tests cliniques exigés pour la validation scientifique du procédé, préalable à la diffusion mondiale du brevet.

D'après le texte, les problèmes financiers avaient brisé Martinsson. Sans femme ni enfants, il vivait pour sa recherche. Quand on la lui avait arrachée, son corps avait abandonné la partie.

La notice nécrologique était imprégnée de tristesse et d'amertume. Son auteur estimait visiblement que Martinsson n'avait pas obtenu la reconnaissance qu'il méritait.

Nora se pencha sur l'écran, un peu dubitative. Tant d'années de travail pour rien. Martinsson était sur le point de réaliser une percée scientifique quand l'entreprise à laquelle il avait confié son invention avait fait faillite.

Et le brevet, qu'était-il devenu ?

Elle feuilleta la pile de documents. Elle trouva une liste des actifs et des passifs. On mentionnait là un brevet d'une valeur estimée tout au plus à cent mille couronnes. Il devait s'agir de celui dans lequel Martinsson avait investi tous ses biens.

Dans le rapport bisannuel remis par Juliander quelques mois plus tard, une dizaine de lignes concernaient ce brevet. On signalait qu'il avait été vendu pour cent mille couronnes à une entreprise américaine peu après la faillite.

Cent mille couronnes. Exactement l'estimation initiale. Un bien petit résultat pour des années de recherche et des millions de couronnes investies. Et les efforts de toute une vie.

Mais cela restait beaucoup d'argent pour une invention sans valeur, pensa Nora. Elle se demanda qui était l'acheteur. Ce n'était pas mentionné dans le rapport. Cependant on devait pouvoir le trouver dans les autres documents du dossier.

Elle reprit sa lecture avec cette question en tête. Arrivée à l'acte de mise en faillite prononcé par le tribunal, elle remarqua quelque chose qui lui avait jusqu'alors échappé.

Le tribunal avait désigné Juliander comme administrateur à la demande expresse d'un petit créancier, une firme américaine. Nora reconnut vaguement le nom. General Mind Incorporated. N'était-ce pas un conglomérat biomédical coté en Bourse ?

Une firme étrangère avait donc fait nommer Juliander. Un avocat connu qui s'occupait normalement de faillites bien plus importantes.

Pourquoi ?

Et quelle société américaine avait acheté le brevet ? General Mind Incorporated ?

Cela commençait à faire beaucoup de questions sans réponse. Il était grand temps d'appeler Thomas et de lui rendre compte de ses recherches de ces derniers jours. Il pourrait tout simplement demander au cabinet Kalling de sortir tous les documents concernant la faillite de Martinsson.

Ce serait certainement une lecture très intéressante.

76

Ils s'étaient installés dans l'une des salles de réunion pour être tranquilles.

Cette fois, Margit n'avait pas fait les gros yeux à Thomas en le voyant arriver : il allait visiblement mieux, même s'il éternuait encore de temps à autre. Il avait bien meilleure mine et ne semblait plus aussi exténué.

Pendant son absence, Margit avait procédé à des auditions complémentaires dans l'entourage de Nyrén.

Les similitudes avec les déclarations des proches de Juliander étaient frappantes : pas d'ennemis, un collègue et camarade apprécié. Tout le monde était très choqué et bouleversé.

« Aucun mobile évident, en d'autres termes. Pas d'inimitiés ni de querelles.

— Quelque chose qui puisse éclairer la présence de deux brosses à dents dans sa salle de bains ? »

Margit secoua la tête.

« Pas de petite amie connue. C'était apparemment un célibataire endurci. La brosse supplémentaire était peut-être destinée à des visites occasionnelles ? »

Thomas rendit compte du coup de fil de Nora. Elle

l'avait appelé au moment où il allait partir pour le commissariat. Comme il finissait, Carina passa la tête par la porte. Elle tenait quelques documents et semblait tout excitée.

« Lisez ça !

— Qu'est-ce que c'est ? dit Margit en se levant à moitié pour prendre la liasse qu'elle lui tendait.

— Ça vient d'Internet. J'ai surfé pour me renseigner sur ce nom que Thomas vient de me donner, General Mind Incorporated. Regardez ce que j'ai trouvé ! » Elle souriait, enthousiaste. « Voici leur communiqué de presse de l'hiver dernier. Ils annoncent une méthode révolutionnaire pour fixer les implants dentaires dans l'os de la mâchoire, du jamais-vu. »

Thomas se pencha pour lire.

Le texte était en anglais, truffé de superlatifs sans doute destinés à impressionner les marchés financiers et le public.

La société plastronnait au sujet de cette innovation technique fondée sur un brevet issu de l'Union européenne. Elle promettait de coiffer au poteau tous les concurrents. Aucune autre méthode ne permettait une cicatrisation aussi rapide et une implantation aussi efficace.

Thomas fit une rapide estimation. Il devait y avoir des centaines de milliers, pour ne pas dire des millions de personnes âgées aux États-Unis et en Europe qui commençaient à perdre leurs dents et avaient besoin d'implants, et qui étaient prêtes à payer cher pour une telle intervention.

L'entreprise américaine était en bonne position pour gagner le gros lot avec cette technique européenne issue d'un brevet européen.

Suédois ?

« Quelle est la probabilité qu'il y ait un autre brevet que celui de Martinsson dans ce créneau ?

— Et un brevet que cette entreprise ait pu racheter et développer ces douze derniers mois ? compléta Margit.

— Très faible », conclut Thomas.

Mais si ce brevet était à ce point précieux, pourquoi avaient-ils pu l'acheter si bon marché auprès de l'administrateur de faillite ? se demanda-t-il. Si General Mind était effectivement l'acheteur.

« Il va falloir retourner voir Eva Timell, dit Margit en se levant. Viens, on file. »

Il y avait plus de monde en ville que lors de leur dernière visite au cabinet Kalling. Quatre semaines plus tôt, en pleines vacances, la place Norrmalmstorg vivait au ralenti. Des touristes y flânaient, un cornet de glace à la main. Les quelques porteurs d'attaché-case passaient manches retroussées et veste sur l'épaule.

Aujourd'hui, les vacanciers étaient toujours installés à la terrasse du restaurant au milieu de la place, mais il y avait un autre tempo dans l'air. Les vacances touchaient à leur fin et les bureaux commençaient à se remplir en centre-ville.

Rappel douloureux du temps passé à cette enquête toujours infructueuse.

Thomas savait bien que les premières soixante-douze heures après un meurtre étaient considérées comme cruciales : que dire d'un laps de temps de quatre semaines ? Il n'osait y penser. Il n'était pas loin de douter de leurs chances d'arrêter un jour le coupable.

Un homme en costume sombre entra avant eux dans l'immeuble qui abritait le cabinet d'avocats Kalling, et ils le suivirent dans l'ascenseur. Ils attendirent quelques minutes Eva Timell à la réception.

Elle semblait fatiguée et usée, les joues creusées. Visiblement toujours secouée par la mort de son chef.

Ils la suivirent dans une petite salle de réunion, où un joli plateau les attendait, bien qu'ils n'aient pas annoncé leur visite. C'était peut-être le service standard dans les cabinets d'avocats chic, se dit Thomas. L'excellent chocolat noir était cette fois encore offert en abondance. Margit en prit aussitôt un morceau.

Eva Timell s'affaira à servir le café. Elle ne semblait pas prête à commencer d'elle-même la conversation. Le silence était compact.

Aujourd'hui, elle portait un chemisier noir et une étroite jupe de la même couleur ainsi que des talons hauts et une fine ceinture de cuir. Le cœur en or pendu à son cou faisait presque enfantin comparé à sa tenue stricte. Comme pour montrer qu'il y avait de la douceur sous son apparence sévère.

« Nous avions une question à vous poser, dit Thomas après avoir pris la tasse que lui tendait Eva Timell.

— Oui ? »

Elle répondit à voix basse. Ses doigts minces bougeaient nerveusement sur ses genoux.

« Il s'agit d'une faillite que votre patron a gérée voilà environ deux ans, commença Thomas. Un cabinet dentaire. »

Eva Timell le regarda, surprise.

« Comment s'appelait cette société ?

— Cabinet dentaire Olof Martinsson AB. Propriété d'un dentiste également biochimiste. »

L'assistante de Juliander semblait toujours interloquée, comme si ce nom ne lui disait rien.

« Ah oui ? dit-elle, en portant sa main à la bouche.

— Apparemment, ce Martinsson avait développé une nouvelle méthode pour fixer plus vite les implants dans la mâchoire.

— Je suis désolée. Je ne comprends pas en quoi cela concerne Oscar.

— Le brevet de cette méthode faisait partie des actifs de cette faillite. Et en tant qu'administrateur, feu votre patron en a autorisé la vente.

— C'était son rôle, objecta Eva Timell. Il était justement là pour liquider l'activité. Je suis désolée, mais je ne vous suis pas.

— Je vais essayer d'être plus clair. Nous aimerions savoir à qui il a vendu ce brevet. »

Il dévisagea Eva Timell.

Personne n'avait travaillé en contact aussi étroit avec Oscar Juliander. Si quelqu'un pouvait répondre à cette question, c'était bien cette femme tirée à quatre épingles.

« Je ne sais pas, commença Eva Timell, hésitante. Un cabinet dentaire… *A priori* une petite société. D'habitude, Oscar ne s'occupait pas des petites faillites.

— Nous le savons, dit Thomas. C'est justement ce qui nous intrigue. Nous aimerions voir ce que vous avez sur cette société. Vous avez les documents, n'est-ce pas ?

— Je dirais que oui, mais il faut que je vérifie. Nous faisons archiver nos dossiers par une entreprise qui les stocke en Dalécarlie. Savez-vous si la faillite est réglée ? »

Thomas réfléchit. Nora en avait-elle parlé ? Pas qu'il se souvienne.

« Comment ça ?

— Si tel est le cas, les documents ne sont probablement plus ici. Mais si elle est en cours, ils le sont certainement. Je vais voir tout de suite, si vous voulez bien m'attendre. »

Elle s'éclipsa en refermant sans bruit la porte derrière elle. Presque dix minutes plus tard, elle revint chargée de trois gros classeurs. Elle les déposa devant Margit et Thomas sur la table en acajou luisant.

Sur leur tranche, d'une jolie et sage écriture : *Cabinet dentaire Olof Martinsson AB*.

« Il y en avait encore quelques autres, dit-elle, mais je ne pouvais pas tout porter. Voici en tout cas les trois premiers. »

En effet, les classeurs étaient numérotés en chiffres romains : I, II, III.

« Il y a aussi quantité de pièces comptables, mais je crois que le commissaire aux comptes les conserve. Nous n'avons pas l'habitude de les garder. »

Margit ouvrit le premier classeur et le feuilleta. Il contenait divers documents relatifs à la faillite de Martinsson.

« Dans quel classeur pourrait-on trouver un contrat de vente ? » demanda Thomas.

Eva Timell ouvrit le troisième classeur. Il contenait une table des matières. Elle montra la section quatre.

« Ici sont listés les contrats afférents à la liquidation de l'activité. C'est ce que vous cherchez ? »

Thomas hocha la tête.

Il feuilleta lentement les documents. L'avant-dernier était un contrat rédigé en anglais. De quelques pages seulement, mais écrit très dense et en tout petit.

Assignment of patent rights pouvait-on lire sur la première page. La dernière portait la signature d'Oscar Juliander.

Bingo !

Pour autant que Thomas pouvait comprendre, il s'agissait bien de la vente du brevet de l'invention de Martinsson.

« Regarde ça, dit-il à Margit en tournant le classeur vers elle.

— General Mind Incorporated est l'acheteur, constata-t-elle.

— Nora avait donc raison. »

Thomas envoya une pensée pleine de reconnaissance à son amie d'enfance.

Ils avaient sous les yeux un contrat rédigé en bonne et due forme et sans doute inattaquable.

Il parcourut le texte jusqu'à trouver le paragraphe fixant le montant de la transaction. Cent mille couronnes. Ni plus ni moins. La somme était écrite en chiffres et en toutes lettres.

Cent mille couronnes, exactement comme Nora l'avait dit. Les pièces du puzzle s'assemblaient trop bien pour que ce soit le fruit du hasard.

« C'est tout ce qui a été payé ? demanda Thomas.

— Je suppose, dit Eva Timell, si c'est ce que stipule le contrat.

— Juliander a donc bradé le travail de toute une vie, dit Margit.

— Volontairement ? »

Thomas regarda à nouveau le contrat, laissant sa question en suspens.

« Tu crois que ça peut être une coïncidence ?

— Pas s'il a été payé à côté.

— Il faut vérifier. »

Thomas s'aperçut qu'Eva Timell était en train d'écouter leur conversation, qui ne devait pas tomber dans n'importe quelles oreilles. Ils la continueraient dehors.

« J'ai peur qu'il nous faille saisir ces classeurs, dit-il. J'espère que cela ne vous posera pas de problème ?

— C'est vraiment nécessaire ?

— Désolé. Mais ne vous inquiétez pas, je vous promets qu'on vous les restituera. »

Eva Timell ne sembla pas particulièrement rassurée, mais elle ne protesta pas davantage.

« Si vous trouvez quelque autre information au sujet de General Mind Incorporated, il faut nous informer immédiatement, dit Thomas. C'est très important. »

Eva Timell l'assura d'un hochement de tête qu'elle le ferait. Elle eut un sourire crispé.

« Je n'en ai jamais entendu parler jusqu'à présent. Mais bien entendu, je vais ouvrir l'œil. »

Mercredi, cinquième semaine

77

Ils s'étaient rassemblés pour une réunion matinale dans la grande salle de conférences. L'air était étouffant et sentait le renfermé. Le Vieux lui aussi était de retour, mais ne semblait pas très en forme. Il avait les yeux rouges et respirait avec difficulté.

Erik éternua bruyamment. Encore une victime du virus.

Margit résuma les éléments nouveaux des derniers jours, qui corroboraient l'image d'un Nyrén aimable, un peu réservé, estimé de ses collègues et amis. Plusieurs collègues avaient souligné combien il veillait à protéger sa vie privée. Il en parlait rarement, mais se dévouait corps et âme à la voile et au KSSS. Il avait même une photo de son Omega 36 sur son bureau.

« Une chose intéressante, dit Margit. Un de ses collègues a signalé que le voilier de Nyrén avait été vandalisé voilà deux semaines.

— De quelle manière ? demanda le Vieux.

— Tagué. Cela l'avait visiblement beaucoup affecté. C'était peut-être une blague de mômes, mais mon instinct me dit que non.

— Il faut regarder ça de plus près. Il a porté plainte ?

— Oui. Kalle devait s'en occuper.

— Et le labo ? continua le Vieux. Ils ont trouvé quelque chose dans l'appartement de Nyrén ?

— Pas grand-chose, dit Erik. Le ménage était particulièrement bien fait, malheureusement. Les empreintes digitales relevées n'ont rien donné.

— Et son ordinateur ?

— Toujours verrouillé. Qui aurait cru que quelqu'un comme lui aurait pris soin d'installer des sécurités aussi puissantes ? On s'est également occupé de son ordinateur professionnel, mais il ne contenait rien de privé.

— Il travaillait dans une administration publique : il est fort probable qu'il réservait ses mails privés à son ordinateur personnel, glissa Thomas. Il ne voulait pas les voir classés et archivés comme des actes publics.

— Un bureaucrate qui se protégeait contre les fuites, dit Margit. Pas de chance. »

Thomas reprit la parole. Il rapporta la visite au cabinet Kalling et les magouilles autour du brevet Martinsson.

« Nous pensons, résuma-t-il, que Juliander a reçu des pots-de-vin pour vendre le brevet bon marché à General Mind Incorporated. Très vraisemblablement versés sur un compte au Liechtenstein.

— Ce qui expliquerait la carte de crédit et ses retraits de liquide, s'exclama Carina. Un compte secret alimenté en pots-de-vin.

— Mais une grosse société prendrait-elle le risque d'en verser ? » dit Erik avant d'éternuer une fois de plus.

Prudemment, Carina s'éloigna un peu de lui.

« Ce n'est pas si inhabituel, remarqua Thomas. Beaucoup de fabricants d'armes le font régulièrement, mais on appelle ça une “commission”. » Il traça des guillemets dans l’air.

« Regardez ce que fait Bofors en Inde, dit Margit.

— Je ne serais pas étonné que General Mind ait déjà tenté auparavant d’acheter le brevet, dit Thomas en songeant au portrait que Nora lui avait brossé de son auteur. Mais le dentiste avait dû farouchement refuser de céder son bébé. À l’heure de la faillite, ils ont saisi l’occasion. Il n’y avait plus qu’à mettre sur le coup un administrateur de faillite sans scrupules, prêt à jouer leur jeu en sous-main.

— Assez bien combiné, reconnut Margit. Mais il devait y avoir des millions de profits potentiels dans la balance. On sait à quoi mène l’appât du gain ?

— Pensez à Håkan Lans, lança le Vieux à la surprise générale.

— Qui ça ? fit Carina.

— L’inventeur de la souris. Un génie de la technique. Il a aussi mis au point la surveillance satellite.

— Et qu’est-ce qui lui est arrivé ?

— Il s’est fait faucher ses brevets par une entreprise américaine de nouvelles technologies. Il est en procès depuis des années, sans rien obtenir.

— Les victimes collatérales du capitalisme…, philosopha Margit.

— Il sera sûrement impossible de les coincer, dit Thomas. Nous avons lu le contrat, tout semble en ordre. Je ne suis pas juriste, mais il est sûrement bétonné. »

Le Vieux opina du chef.

« Juliander assassiné, nous n’avons personne à mettre en examen pour corruption, déplora Margit. Ni d’ailleurs pour témoigner. Pensez-vous que c’est pour ça qu’on l’a tué, pour qu’il se taise ?

— Dans ce cas, ils se seraient débarrassés de lui aussitôt le brevet acheté, dit Thomas. Et pourquoi faire ça, de toute façon ? Vu les pots-de-vin versés, le silence de Juliander leur était déjà tout acquis.

— Quoi qu'il en soit, il sera très difficile de démontrer qu'une société étrangère comme General Mind s'est employée à corrompre un avocat suédois, constata le Vieux. Nous n'avons aucune preuve concrète, rien que des spéculations.

— Ça me rend folle, dit Margit, l'idée que Juliander s'en soit tiré aussi facilement. »

Le Vieux fit la grimace.

« La gars est mort, n'oublie pas. »

Thomas était bien d'accord. Que Juliander soit ou non passé à travers les mailles du filet n'était désormais plus une question pertinente. Six pieds sous terre, ça n'avait plus aucune importance.

Margit semblait malgré tout révoltée. Une ride de colère barrait son front.

Mais le sujet était clos.

La porte s'ouvrit, et Kalle entra, une liasse de papiers à la main. Il avait l'air tout excité.

« Pardon du retard, dit-il. On vient enfin de recevoir les listings téléphoniques. Avec les plus plates excuses des télécoms pour le délai. Nous savons à présent à qui Nyrén téléphonait ces derniers mois. » Il étala la liasse sur la table et feuilleta les listings. « Voici tous les appels reçus et passés par Nyrén. »

Ils se penchèrent sur les listes.

Martin Nyrén était aussi un utilisateur assidu des SMS.

« Et on sait à qui étaient adressés tous ceux-là ? » demanda Thomas.

Kalle hocha la tête et montra une autre liste.

« Voici les noms des abonnés concernés. » Il sourit, l'air ravi.

Thomas comprit pourquoi. Tout en haut de la liste, un nom bien connu.

Ingmar von Hahne.

« On le ramène ici », dit le Vieux.

Thomas et Margit étaient déjà debout.

« Tout de suite. »

78

« Suis-je en état d'arrestation ? »

La question abrupte d'Ingmar von Hahne surprit Thomas. Il ne s'attendait pas à le voir prendre l'initiative de la conversation. Mais vu les circonstances, sa question était bien sûr légitime.

« Non, nous voulons juste vous poser quelques questions complémentaires.

— Dans ce cas, je veux un avocat. »

Margit et Thomas échangèrent un regard. Attendre l'arrivée d'un conseil leur ferait perdre du temps et briderait la conversation.

« Vous pensez à quelqu'un en particulier ? » répliqua Thomas.

Von Hahne sembla hésiter. Comme s'il s'attendait à davantage de résistance.

« Je peux ?

— Bien entendu. »

Thomas garda un air neutre.

De l'autre côté de la table, l'homme composa un numéro sur son mobile. Après une minute, il le reposa.

« Ça ne répond pas.

— C'est à vous de décider si vous souhaitez attendre », dit Margit.

Ingmar von Hahne regarda sa montre.

« Vous êtes pressé ? dit Thomas.

— Non. Euh… si. J'ai une réunion dans une heure.

— À vous de voir, dit encore Margit.

— Bon allez, posez vos questions. »

Ingmar von Hahne avait meilleure allure que la dernière fois. À nouveau bien peigné, il portait un blazer bleu avec l'insigne du club nautique KSSS à la boutonnière. À son petit doigt gauche, une chevalière signalait son pedigree.

Thomas se demanda si, après sa panique de la fois précédente, il avait instinctivement choisi d'afficher cette morgue aristocratique pour se protéger des questions indiscrètes de la police. « Tu ne m'atteindras pas, voilà ce que lisait Thomas dans son attitude. Tu auras beau faire, mes semblables et moi, nous nous en sortons toujours. Je suis d'un rang supérieur. »

Il fut pris d'une forte envie de crever la façade proprette du marchand d'art.

« Pourquoi Martin Nyrén vous envoyait-il régulièrement des SMS ?

— Nous étions tous les deux à la direction du KSSS. Comme vous le savez, j'en suis le secrétaire.

— Ça fait beaucoup de messages.

— Il y avait beaucoup de problèmes à régler, répondit von Hahne du tac au tac.

— Vous envoyez des SMS aux autres membres de la direction ?

— Au besoin.

— Communiquiez-vous aussi avec Oscar Juliander de cette façon ?

— Si nécessaire.

— Souvent ?

— De temps en temps.

— Verriez-vous une objection à nous montrer le contenu des messages que vous envoyiez et receviez ? »

Ingmar von Hahne hésita un instant.

« Ils sont malheureusement effacés. Je ne garde pas ce genre de choses.

— Êtes-vous déjà allé chez Martin Nyrén ?

— Oui.

— Et quand ?

— Je suis passé déposer des papiers en rapport avec notre club.

— Rien d'autre ?

— J'ai dû quelquefois y boire un verre.

— Mais vous avez votre entrepôt en face, n'est-ce pas ? Il devait vous arriver de vous voir à la pause-café, non ? glissa Margit.

— Possible. »

Ingmar von Hahne semblait se cacher derrière un masque impassible. Il répondait aussi brièvement que possible. Évitait de se répandre en explications qui risquaient de se contredire.

Il était sur ses gardes, à l'évidence.

« Vous comprenez sans doute que votre situation est délicate, dit Thomas. Martin Nyrén a été abattu depuis votre entrepôt. Il apparaît que vous étiez en contact régulier avec lui.

— Je n'ai rien à voir avec le meurtre de Martin Nyrén. »

Ingmar von Hahne serrait les dents. Mais il restait maître de lui-même et Thomas lutta contre l'envie de le secouer, physiquement.

Margit essaya un autre angle d'attaque.

« Avez-vous une théorie personnelle sur la mort de Martin Nyrén et d'Oscar Juliander ?

— Non.

— Mais vous y avez réfléchi ?

— Non.

— Étiez-vous ennemis ?

— Non.

— Donc vous n'aviez aucun contentieux avec Martin Nyrén ?

— Non.

— Vous en êtes certain ?

— Mais oui, je vous l'ai dit. »

Un petit muscle trembla sur sa tempe, révélant qu'il commençait à perdre son calme.

« Vous êtes peut-être le suivant sur la liste, dit Margit. Si vous ne nous aidez pas…

— J'y ai pensé.

— Et ça ne vous fait pas peur ? »

Ingmar von Hahne les regarda avec, dans les yeux, une expression que Thomas ne cerna pas. Découragement, lassitude ? Comme s'il trouvait toutes ces questions plus fatigantes que menaçantes, et qu'il n'avait presque plus la force de s'en soucier.

« Verriez-vous une objection à nous laisser vos empreintes digitales ? dit Thomas.

— Je suis obligé ?

— Nous pensons que cela peut être important pour l'enquête. »

Le silence se fit.

« Dans ce cas, je veux parler à mon avocat », articula enfin Ingmar von Hahne.

79

Nora alla chercher la clé dans l'armoire. D'un pas décidé, elle sortit de chez elle et se dirigea vers la villa Brand.

En voyant le magnifique rosier qui en couvrait presque toute la face sud, elle faillit se mettre à pleurer. Signe prenait soin de ses roses comme s'il s'agissait d'êtres vivants. Elle avait la main verte. Malgré ses efforts, Nora ne lui arrivait pas à la cheville.

Elle ouvrit la porte d'entrée et alla sur la véranda avec vue sur la mer. Là, elle s'installa dans un des fauteuils de rotin usés et étendit les jambes. Un triporteur passait sur le chemin, elle l'entendait pétarader par la fenêtre à croisillons. Ce bruit familier la fit sourire.

Comment ce serait, d'habiter ici ?

Nora ferma les yeux, essayant d'imaginer. Les garçons auraient chacun leur chambre à l'étage. La salle de bains ferait l'affaire, même si elle aurait eu besoin d'être rénovée. La cuisine était vieillotte, certes, mais pas en trop mauvais état. Un coup de peinture et une cuisinière neuve suffiraient à la rendre presque moderne. Peut-être pourrait-elle s'offrir aussi un lave-vaisselle.

Elle ne voulait rien remplacer, aucun des beaux meubles du séjour, ni les fauteuils en rotin de la véranda. Mais le salon à côté de la salle à manger pourrait devenir un coin télé. Et elle se débrouillerait sûrement toute seule pour changer le papier peint des petites toilettes des invités. Un papier à petites fleurs, dans un ton jaune clair qui rappellerait un pré en été.

Pas une rénovation luxueuse, mais quelques travaux bien ciblés.

Elle ouvrit les yeux et laissa son regard glisser vers le large, où couvaient des nuages gris.

Du coin de l'œil, elle aperçut un voisin qui arrosait ses géraniums.

Elle était si souvent venue s'asseoir ici pour bavarder avec Signe tandis que la fidèle Kajsa était couchée sur le tapis rayé. Combien de cafés avaient-elles bus dans le service de Signe, en porcelaine de Höganäs brun foncé…

À quoi avait pensé Signe ce dernier soir ? songea Nora avec mélancolie. Avait-elle des remords, ou restait-elle persuadée d'avoir fait ce qu'il fallait ? Comme si on pouvait se racheter en s'ôtant la vie.

Nora n'aurait jamais imaginé combien Signe allait lui manquer. En revenant à Sandhamn, devant la maison vide et silencieuse, le sentiment d'absence lui avait presque coupé le souffle.

Ne plus jamais revoir cette femme qui était si proche depuis qu'elle était toute petite était inconcevable. Cette femme qui l'avait toujours écoutée et consolée, qu'il s'agisse d'une voile d'Optimist déchirée ou d'un chagrin d'amour à l'adolescence.

Tante Signe – qui avait tricoté de minuscules chaussons bleu clair pour Adam et Simon, et qui, été après été, avait fait des cakes aux framboises pour les garçons.

Les yeux de Nora se remplirent de larmes en songeant combien Signe avait été attentionnée, jusqu'à l'heure de sa mort. Combien pour cette raison il était important de respecter ses dernières volontés.

À sa grande surprise, elle sut quelle décision elle allait prendre.

Pourquoi n'était-il pas parti ?

Il s'était souvent posé la question. L'avait ressassée. Avait pesé le pour et le contre.

Les enfants, à la fin, tout le ramenait aux enfants.

Malgré leur mère qui s'ingéniait à le maintenir à l'écart, il ne pouvait se résoudre à les quitter. Leur infliger un divorce, avec son cortège de honte et de ragots, de regards désapprobateurs et de soupirs apitoyés de l'entourage.

Certes, il n'avait pas été un mari idéal. Loin de là. Au cours des années, il avait eu des aventures. Discrètes, bien sûr. Et elle aussi. Elle s'en tenait également aux règles de la convenance.

À vrai dire, ses écarts lui importaient peu.

Mais son dernier amour était différent. Il avait ravivé chez lui quelque chose qu'il pensait depuis longtemps mort et enterré. Soudain, il s'était à nouveau senti jeune et vivant, plein de force et d'enthousiasme.

La vie était redevenue passionnante. Il se levait le matin le corps plein d'espoir. Et, pour la première fois, il avait vraiment envisagé la séparation. Il avait commencé à espérer une vie différente.

Peut-être y aurait-il une seconde chance pour lui aussi ?

Jeudi, cinquième semaine

80

La réunion devait être courte, il était dix-sept heures passées et la fatigue était tangible dans la pièce.

La semaine avait été frénétique, et ils étaient encore loin d'avoir trouvé une solution. Deux meurtres et pas d'assassin. La situation était pour le moins tendue.

Le Vieux se racla la gorge et le silence se fit. Un silence pesant qui n'encourageait pas la prise de parole spontanée.

Thomas griffonnait, incapable de se concentrer. *Martin Nyrén*, écrivait-il encore et encore. *Oscar Juliander*, *General Mind Incorporated.* Son carnet fut bientôt plein.

« Que faisons-nous de von Hahne ? » dit le Vieux.

Margit lâcha un profond soupir.

« Avec ce qu'on a, on n'en tirera plus rien. Il est beaucoup plus froid à présent. Il ne lâche rien.

— Et les preuves techniques ?

— Nous avons les listes d'appels. Mais il a donné une explication plausible à cette quantité de conversations et de SMS. Le seul espoir, c'est l'ordinateur de Nyrén, que nous aurons peut-être demain. Là, on trouvera éventuellement quelque chose.

— On n'a pas pu réparer son téléphone ?

— Malheureusement non. Il a reçu un sérieux choc en tombant dans la rue. Il est mort. »

Thomas retint son souffle. C'était si simple, et pourtant si difficile à voir. Il l'écrivit encore une fois.

Le Vieux le fusilla du regard.

« Ça va, on ne te dérange pas trop ? Participer à la conversation, ce serait trop te demander ? »

Thomas leva les yeux.

« C'est une anagramme.

— Quoi ? » fit le Vieux.

Margit sursauta, interloquée.

« Qu'est-ce que tu veux dire ?

— Le nom de son bateau. C'est une anagramme. Il a juste changé l'ordre des lettres. Plus aucun doute, son argent venait de la société américaine ! »

Thomas éclata de rire.

« Bon, ça suffit, maintenant. Qu'est-ce qu'il y a de si drôle ? » Margit semblait sur le point de perdre patience.

— *Emerald Gin*. Le nom du voilier de Juliander. C'est l'anagramme de General Mind. Il a baptisé son bateau d'après son sponsor. »

Il jubilait.

« Juliander était un farceur. Il avait de l'humour. »

On pouffa dans l'assemblée, puis l'un après l'autre, chacun se mit à rire franchement. Même le procureur se laissa entraîner. C'était la première fois que Thomas voyait la très stricte Charlotte Öhman lâcher plus qu'un petit sourire contenu.

La gaieté finit par retomber, mais le soulagement demeura. L'atmosphère tendue avait disparu et une énergie nouvelle emplissait la pièce.

« Du nouveau sur d'éventuels rapports entre Nyrén et Juliander ? » lança le Vieux pour tenter de remettre la réunion sur les rails.

Thomas tenta de se concentrer.

« Toujours rien, à part le KSSS, fit-il. Pas d'argent sale. Nyrén n'avait pas grand-chose, à part son appartement et son bateau. Il vivait sur son salaire de fonctionnaire. L'héritage de ses parents lui avait permis d'acheter son voilier.

— Alors, où en sommes-nous ? » dit le Vieux. Il joignit les mains derrière la tête et se tourna vers le procureur.

L'apparence guindée de Charlotte Öhman contrastait avec la mise bien plus relâchée des policiers. Son tailleur gris et son chemisier blanc signalaient bien son appartenance à la haute fonction publique. Mais c'était un bon procureur, pas trop tatillon. Surtout, elle laissait la police faire son travail, sans gêner l'enquête.

« Pour moi, il faut perquisitionner chez von Hahne, lâcha Thomas. Si on retourne tout chez lui, ça lui mettra peut-être la pression et il avouera.

— Et si ce n'est pas le cas ? dit Charlotte Öhman.

— Nous n'avons pas d'autre suspect, répliqua Thomas, persuadé que l'aristocrate leur cachait quelque chose.

— C'est vrai qu'il y a un faisceau d'indices, confirma Erik. Nyrén a été abattu depuis son entrepôt, nous avons les listes d'appels. Il avait aussi un mobile pour tuer Juliander.

— Je ne suis pas trop convaincue par ce mobile, dit Charlotte Öhman, une pointe de doute dans la voix.

— En tout cas, c'est plausible, insista Thomas.

— Il a un alibi, vous l'avez oublié ? » rétorqua sèchement Charlotte Öhman.

Thomas se leva brusquement. Pour la énième fois, il alla regarder de près la photo du départ de la course affichée au mur.

Il saisit la loupe et grossit autant qu'il put l'*Emerald Gin*.

Toute la pièce se taisait.

« Je me demande, finit-il par dire en se redressant, si nous n'avons pas commis une erreur en mettant hors de cause tous les passagers du bateau de Bjärring…

— Ils se sont mutuellement donné des alibis, rappela Margit.

— Est-ce que malgré tout le meurtre n'aurait pas pu être commis depuis son yacht ? dit Thomas. Von Hahne aurait réussi à descendre en douce sur le pont avant, pour de là abattre Juliander sans que les autres ne s'en rendent compte… »

Margit lui emboîta le pas.

« Nous avons tenu pour acquis que tout le monde était resté ensemble. Mais il arrive que des témoins se persuadent les uns les autres d'avoir vu la même chose. C'est ce qui a pu se passer ici.

— Dans ce cas, l'alibi de von Hahne peut être remis en cause. » Thomas se rassit et se cala contre le dossier de sa chaise, sans lâcher l'agrandissement des yeux. « On devrait l'arrêter, répéta-t-il.

— C'est trop léger pour le mettre en examen, dit le procureur. Puis-je vous rappeler que je n'ai que trois jours pour l'écrouer. Nous n'avons pas encore assez d'éléments. »

Thomas admit à regret qu'elle avait raison.

S'ils arrêtaient von Hahne pour le relâcher aussitôt, ils auraient l'air fin. Et ce serait leur fête dans les médias s'ils s'en prenaient au futur président du KSSS sans avoir assuré leurs arrières.

« On ne peut pas faire au moins cette perquisition ? insista Thomas. Je crois vraiment qu'on peut le mettre au pied du mur. Il faudrait aussi auditionner les membres de sa famille. »

Charlotte Öhman sembla hésiter, puis prit sa décision.

« Voyons d'abord ce qu'on trouve dans cet ordinateur, dit-elle. Je suis désolée, mais vous devez me donner quelque chose de plus. »

La réunion était terminée.

« Svante Severin. »

L'agent immobilier répondit dès la première sonnerie. Il avait peut-être reconnu le numéro de téléphone. Tous ceux de Sandhamn commençaient par le même préfixe.

« Nora Linde à l'appareil. »

Elle ne voulait pas perdre son temps en bavardages. Elle voulait aller au fait.

« Ravi de vous entendre », dit Svante Severin.

Sans lui laisser le temps de rien ajouter, Nora reprit la parole.

« J'appelle pour vous informer que la villa Brand n'est pas à vendre. Nous gardons la maison.

— Mais… mais… » bégaya Svante Severin. Sa déception était tangible. « Mais pourquoi avez-vous changé d'avis ? » finit-il par lâcher.

Nora eut une bouffée de mauvaise conscience. Puis elle prit son courage à deux mains, décidée à clore le débat.

« Je suis désolée. Nous n'étions de toute façon pas vraiment d'accord au sein de la famille. La maison n'est pas à vendre. Et ne le sera pas non plus à l'avenir. »

Elle prit rapidement congé et raccrocha.

Cela avait été si simple. Et elle qui s'était torturée, qui n'en avait pas dormi de la nuit…

À sa grande surprise, elle se sentit le cœur léger. Même si Henrik devait rentrer dans la soirée et serait mis devant le fait accompli.

Ce qu'elle devait faire lui était soudain apparu avec une telle clarté qu'elle n'était plus disposée à l'écouter sur ce sujet.

Elle garderait la villa Brand, avec ou sans le consentement de Henrik. C'était comme ça.

81

Le commissariat était silencieux et désert. Thomas se trouvait seul dans le couloir. Les autres étaient déjà rentrés et il savait qu'il allait bientôt devoir partir lui aussi. Mais il avait perdu trop de temps en restant alité. Il ressentait le besoin de se faire une vue d'ensemble, de rassembler ses idées et de reprendre à tête reposée tous les éléments de l'enquête.

Et puis il avait une montagne de paperasses à traiter. Il n'avait pas regardé son courrier depuis une éternité.

Il se leva en soupirant pour aller vider son casier près de l'entrée. Il revint, sa liasse d'enveloppes sous le bras.

Au passage, il se ravitailla à la boîte de chocolats qu'une bonne âme avait placée près de la machine à café. Sûrement Carina, elle avait ce genre d'attentions.

Il se sentit aussitôt coupable.

Il ne l'avait plus revue en tête à tête depuis cette soirée où ils s'étaient disputés. Cela commençait à dater. Le temps avait filé, et en plus, avec son rhume… Tout de même, il était bien trop commode de mettre entre parenthèses sa vie privée à cause du travail.

Il savait qu'il lui fallait prendre le problème à bras-le-corps. Il se devait au moins de lui dire ce qu'il ressentait. Qu'il en était arrivé à la conclusion qu'il valait mieux en rester là. Pour le moment en tout cas.

Mais il avait tellement de mal à trouver les mots. Et il ne pouvait s'empêcher de se sentir coupable. Il aurait dû s'en douter dès le début. Comprendre qu'ils n'étaient pas faits l'un pour l'autre. Dans un an, il aurait quarante ans. Presque tous ses amis avaient déjà une famille et des enfants.

Il rêvait de tenir à nouveau un nouveau-né dans ses bras. Carina rêvait d'une carrière dans la police, et allait commencer à étudier pour cela. Ils n'étaient pas du tout en phase.

Au début, il avait eu du mal à résister à la joie de vivre de Carina. Qu'elle ait tellement envie de lui l'avait attiré. Et puis, dès le début, le sexe avait bien marché entre eux. Vraiment bien. Il en était sevré depuis sa séparation. C'était si bien qu'il avait imaginé que cela suffirait. Qu'il ne fallait rien de plus.

Mais à la longue, cela n'avait pas suffi. Le charme initial s'estompant, leurs différences criantes étaient apparues. Carina était une fille bien, mais, au fond de lui, il remettait de plus en plus en cause leur relation.

Il ne pouvait exiger d'elle qu'elle comprenne son chagrin d'avoir perdu Emily. Les seuls à en être capables étaient Pernilla et lui. Mais parfois, il souffrait de ne pas pouvoir parler de sa fille avec la femme qui partageait sa vie. Cela creusait une distance entre eux. De plus en plus souvent, il se réfugiait sur Harö. Quand elle voulait sortir le week-end, il trouvait des prétextes.

Il avait honte d'avoir ainsi profité de Carina. Il s'était servi d'elle, sans trop s'inquiéter de ses sentiments.

À dire vrai, c'était confortable. Il désirait être avec quelqu'un. N'importe qui, au fond. Il n'avait pas eu le courage de chercher, mais, devant ce qui lui était ainsi prodigué sans réserve, il n'avait pas su résister.

Et ce n'était plus possible. Il avait mauvaise conscience, et elle était triste.

Une fois de plus, il se promit de prendre la situation en main. Dès qu'ils auraient trouvé l'assassin de Juliander et de Nyrén, il arrêterait de tout le temps remettre à plus tard.

Alors, il faudrait lui parler.

82

« Mais ça va pas, la tête ? » Henrik regarda Nora d'un air presque dégoûté. « Tu as dit à Severin qu'on ne vendait pas, sans m'en parler ? »

Ils étaient assis près du ponton devant une tasse de café.

Henrik était arrivé à Sandhamn avec le ferry de dix-huit heures. Après quelques jours d'astreinte, il avait trois jours de récupération. Le dîner était prêt, ils avaient mangé dès son arrivée.

Elle ne s'était pas donné beaucoup de mal. Juste un rôti servi avec des pommes au four et des carottes râpées. Puis un esquimau pour les enfants tandis qu'elle préparait du café.

Simon était parti voir le nouveau jeu vidéo d'un copain tandis qu'Adam était allé jouer au foot avec quelques garçons plus grands.

C'était donc l'occasion parfaite pour un couple qui ne s'était presque pas vu depuis quinze jours de se dire ce qu'ils avaient sur le cœur.

Nora en avait le ventre noué. Pourtant, elle espérait qu'il comprendrait sa décision.

Au fond de lui, il l'aimait sans doute assez pour cela. Il

ne s'agissait après tout que d'une maison, d'un bien matériel, pas d'une maladie mortelle ou d'un enfant blessé.

Elle avait tenté d'expliquer à Henrik ce qu'elle ressentait et pourquoi. Que le don de Signe devait être conservé pour les générations futures. Que la responsabilité de respecter ses dernières volontés était pour elle un poids et une joie.

Pour finir, elle avait raconté son coup de téléphone à Severin. Puis, tendue, avait guetté sa réaction.

Qui ne s'était pas fait attendre. Le visage de Henrik était rouge de colère.

« Comment as-tu pu ? On aurait obtenu des millions pour cette maison. Des millions, tu comprends ? » Il hurlait. « On aurait pu quitter le pavillon. Acheter une villa décente. Quelle idiote ! Maintenant, tu vas rappeler Severin pour lui dire qu'on a changé d'avis. Il est peut-être encore temps de convaincre les Suisses de maintenir leur offre, malgré tout. »

Il frappa du poing sur la table, si fort que les tasses s'entrechoquèrent.

Nora le regarda, effondrée. Il avait l'air de ne pas avoir écouté un seul mot de ce qu'elle avait dit. Quand le père de ses enfants s'était-il transformé en cet individu uniquement préoccupé par l'argent et les choses matérielles ? Qu'est-ce qui lui prenait ?

Puis elle réalisa, à son grand étonnement, qu'elle s'en fichait pas mal. Tandis que ce sentiment se diffusait dans tout son corps, elle chercha quoi lui répondre. Pour gagner du temps, elle porta sa tasse à ses lèvres et but quelques gorgées.

« Tu entends ce que je te dis ? » cria Henrik, hors de lui. Il s'était à moitié levé, si bien que leurs visages se touchaient presque.

C'était comme être en face d'un étranger. Un étranger qui certes parlait et bougeait comme cet Henrik dont elle était jadis tombée amoureuse, mais qui était loin, très loin de l'homme avec lequel elle voulait vivre.

« J'entends ce que tu dis, dit Nora en le regardant droit dans les yeux. Et je ne changerai pas d'avis. J'ai pris ma décision. C'était la dernière volonté de Tante Signe que je m'occupe de sa maison, et c'est ce que j'ai l'intention de faire.

— Mais merde, ça va pas la tête ! cracha Henrik.

— Oh si, moi, ça va très bien. C'est toi qui es à côté de la plaque. »

Nora avait décidé de rester calme quoi qu'il arrive, mais la moutarde lui montait au nez. Soudain, elle se mit à bouillir.

« Ça suffit, maintenant, hurla-t-elle. J'en ai assez de me mettre en quatre pour te faire plaisir. Ou faire plaisir à ta fichue mère, d'ailleurs. Son Altesse Monica qui veut toujours tirer les ficelles, qui a son avis sur tout. Tout ça, ça vient de maman, hein ? »

Henrik sursauta, comme si on l'avait piqué avec une aiguille.

« Laisse ma mère en dehors de ça. Elle n'a rien à voir là-dedans.

— Et pourquoi ? Elle ne s'est jamais tenue en dehors de notre famille, elle. J'en ai tellement assez de ses piques permanentes ! Rien ne lui va jamais. Quoi qu'on fasse, il faudrait le faire autrement. Toujours à faire la leçon aux enfants. Si je dois ne plus jamais la revoir de ma vie, bon débarras ! »

Nora sentit qu'elle était écarlate.

« De quoi tu parles ? Ma mère a toujours essayé de nous soutenir, tu entends ? »

Nora éclata d'un rire hystérique. Soutenir ? Monica Linde ?

Henrik planait si loin de la réalité, inutile d'essayer de lui ouvrir les yeux. Sa belle-mère était une vraie sorcière, tout le monde le savait, sauf son fils.

Nora inspira profondément pour se contrôler. Puis regarda son mari droit dans les yeux et dit, en détachant chaque mot :

« Je n'ai pas l'intention de vendre la maison de Tante Signe. Quoi que tu dises. C'est compris ? »

Le coup les surprit tous les deux.

La main de Henrik surgit de nulle part et atterrit avec un horrible claquement sur sa joue gauche. Elle resta assise sans bouger, ses yeux écarquillés fixés sur lui. Le choc était tel qu'elle ne sentit d'abord pas la douleur. Puis, après ce qui lui parut une éternité, sa joue devint cuisante. Elle sentait un goût de sang dans sa bouche.

Henrik lui faisait face, comme pétrifié.

Une vague de tristesse déferla en elle. Qu'étaient-ils en train de faire ? Dieu soit loué, les enfants n'étaient pas là.

« Je n'aurais jamais cru que l'argent était important pour toi au point que tu sois prêt à frapper ta femme », finit-elle par dire.

Le calme inattendu de sa voix la surprit.

Henrik ne répondit rien.

Elle prit sa serviette pour essuyer le sang au coin de sa bouche. Il n'y en avait pas beaucoup, mais cela faisait une tache rouge vif sur le papier blanc. Elle plia la serviette pour cacher le sang et la reposa sur la table.

Henrik n'avait toujours rien dit.

Le corps de Nora fut soudain de plomb.

« Je vais chercher les enfants et je me couche », dit-elle. Prononcer ces mots lui demanda un énorme effort.

Le bloc de pierre qu'elle avait en face d'elle se ranima. Son mari semblait absolument désespéré, ne sachant pas quoi faire.

« Pardon, Nora, il faut me pardonner. Je ne sais pas ce qui m'a pris. »

Henrik toucha son bras, suppliant.

Nora se rappela l'été précédent, quand ils s'étaient disputés au sujet de sa proposition de poste à Malmö. Alors, c'était lui qui s'était emporté et qui était parti, et elle qui, les larmes aux yeux, l'avait supplié de rester, de ne pas se fâcher.

À présent, c'est le contraire, songea-t-elle sans la moindre satisfaction.

Avec un dernier regard sur la baie étale, incroyablement belle dans les rayons roses du soleil couchant, elle se leva.

« Fais ce que tu veux, dit-elle d'une voix lasse. Cette nuit, je dors dans le lit d'appoint, dans la chambre des enfants. Tu peux retourner chez ta mère, si tu ne veux pas rester ici. »

Elle n'avait pas pensé dire cette dernière phrase, c'était mesquin, mais elle lui avait échappée. L'amertume accumulée des années durant se déversait.

« D'ailleurs, ce serait mieux que tu ne restes pas à Sandhamn. Je crois que nous avons besoin d'être séparés quelque temps. »

Elle prit le plateau et se dirigea vers la maison.

83

Il allait être vingt et une heures. Thomas laissa échapper un grand bâillement et constata avec une certaine satisfaction qu'il avait rempli presque tous les formulaires et les rapports en souffrance. Le tas du courrier était lui aussi en grande partie résorbé. Ne restait plus qu'une grosse enveloppe matelassée à l'adresse manuscrite.

Il la tourna. Le nom de l'expéditeur, d'une écriture ampoulée : *B. Rosensjöö.*

Thomas fronça les sourcils et regarda à nouveau l'enveloppe. Il prit des ciseaux et l'ouvrit. En tombèrent une flopée de photos et une lettre de la main de Britta Rosensjöö. Elle avait retrouvé son appareil à la capitainerie du port de Sandhamn. Elle avait dû l'égarer le jour du meurtre de Juliander. Puis, dans la confusion générale, l'avait oublié. Mais quelques semaines plus tard, il l'attendait dans le tiroir des objets trouvés.

Ses photos du départ de la course autour de Gotland.

Thomas essaya de se rappeler l'audition de Britta à Sandhamn, juste après le meurtre : elle lui avait dit qu'elle avait pris des photos toute la journée, puis égaré son appareil. Ils avaient convenu qu'elle les contacterait si elle le retrouvait. Puis ça lui était complètement sorti de l'esprit.

Manque de professionnalisme, se reprocha-t-il à lui-même. Il aurait dû penser à la relancer. Heureusement, Britta Rosensjöö n'avait pas été aussi négligente.

Il se frotta les yeux avant de feuilleter rapidement les clichés. Il y en avait trente-six. Une bonne vieille pellicule.

On pouvait classer les photos en deux catégories : la ligne de départ sous tous les angles d'une part, les personnes à bord du yacht de l'autre.

Il y avait un tas de clichés des époux von Hahne, de la famille Bjärring, de Sylvia Juliander et, bien sûr, de Hans Rosensjöö. Britta n'apparaissait que sur une photo, à côté de son mari – normal, le reste du temps, elle tenait l'appareil.

Thomas regarda si on pouvait distinguer quelques-uns des bateaux des spectateurs, mais il ne trouva rien de plus que sur les images de la télévision qu'ils avaient déjà analysées.

C'étaient des photos de vacances typiques : beaux paysages et personnes joyeuses. Elles ne lui apprenaient rien.

Il les rangea dans l'enveloppe, qu'il mit de côté. Il était au bout du rouleau. C'était l'heure de rentrer se coucher.

84

Thomas se réveilla à six heures. Le soleil brillait entre le store et le cadre de la fenêtre. En tout cas, son deux-pièces de Gustavsberg avait un grand avantage : il était lumineux.

Il ne s'était pas couché avant minuit. En rentrant, il avait acheté une double calzone au centre commercial et l'avait mangée devant la télévision avec une bière bien fraîche.

La deux passait un vieux film avec Clint Eastwood, qu'il avait regardé jusqu'au bout. Une fois au lit, il n'avait pas trouvé le repos. Son sommeil avait été plein de rêves bizarres concernant l'enquête. Les photos de Britta Rosensjöö passaient et repassaient comme des lucioles.

Sa mauvaise conscience vis-à-vis de Carina le tarabustait également.

Avec un soupir, il constata qu'il ne se rendormirait pas. Alors autant se lever et retourner au commissariat.

Vers huit heures, Thomas était à son bureau. La fraîcheur était agréable. Doucement, il étala à nouveau devant lui le contenu de l'enveloppe de Britta Rosensjöö.

Quelque chose travaillait son inconscient.

Il se concentra sur les photos. La veille, il était trop fatigué pour remarquer que, dans le coin de chacune d'entre elles, était indiqué en tout petit la date. Et même l'heure précise de la photo.

Il les classa par ordre chronologique.

La première était prise vers onze heures, environ une heure avant le départ. La dernière à exactement douze heures treize. Sans doute juste avant que Bjärring ne manœuvre son yacht pour rejoindre la vedette de police à bord de laquelle se trouvait Thomas.

Il les examina toutes encore une fois. Il y avait quelque chose qu'il n'avait pas remarqué.

Et à présent il le voyait. Comme le nez au milieu de la figure.

Il comprenait à présent pourquoi la chambre d'hôtel de Britta Rosensjöö avait été fouillée. C'était l'appareil qui était recherché.

La seule preuve matérielle qui témoignait de ce qui avait eu lieu.

Britta Rosensjöö avait mitraillé durant la dernière demi-heure avant le départ de la régate. On voyait sur ses photos tous les passagers, sauf elle, bien sûr. Mais entre onze heures cinquante-sept et douze heures trois manquait un des passagers. Une personne dont on pouvait désormais sans équivoque affirmer qu'elle ne se trouvait pas sur le pont supérieur du yacht quand Oscar Juliander avait été abattu.

Six minutes.

Assez pour descendre à l'entrepont, monter le fusil, ouvrir le hublot et tirer un coup mortel. Aux premières loges, grâce à un pilote désireux d'offrir à ses amis la meilleure vue possible.

Thomas sentit son cœur s'emballer.

Il leur manquait une preuve décisive pour avancer. À présent, il la tenait.

Il attrapa son portable pour appeler Margit. Avec un peu de chance, elle était déjà en route.

85

« Tu crois qu'on va les trouver chez eux de si bon matin ? » dit Margit.

Thomas ne répondit rien, trop occupé à se frayer un passage dans le dédale des sens uniques du quartier d'Östermalm.

« Celui qui a conçu ce plan de circulation devait avoir eu une attaque cérébrale ! pesta-t-il en faisant pour la troisième fois le tour du rond-point de Karlaplan.

— Tu crois qu'ils sont chez eux ? répéta Margit. Ils sont peut-être partis à la campagne ?

— Quoi ? »

Thomas s'engagea à contresens dans la rue où vivaient les von Hahne.

Il se gara, puis ils montèrent l'escalier à petites foulées. Après plusieurs coups de sonnette, une jeune fille en robe de chambre vert clair vint leur ouvrir. Mal réveillée, elle regarda Margit et Thomas, l'air étonné.

« Papa et maman ne sont pas à la maison », dit-elle avec un sourire aimable.

Ce doit être Emma, songea Margit. Elle ressemble à son père, avec ses cheveux blonds et ses traits fins. Une évidente élégance. Mais pleine d'innocence – pour le moment.

« Et où sont-ils ? demanda Margit.

— Partis chasser. Chez les Bjärring. Ils ont une propriété du côté de Katrineholm.

— Chasser ? s'étonna Margit. Je croyais que la saison ne commençait qu'en septembre ? »

Emma partit d'un rire clair de petite fille. Insouciant.

« Ils tirent le sanglier. C'est autorisé toute l'année. C'est une vieille tradition. Chasse la journée, festin d'écrevisses le soir.

— Quand sont-ils partis ? dit Thomas.

— Hier. Ils rentrent dimanche.

— Y a-t-il d'autres membres de la direction du KSSS avec eux ?

— Sûrement. Ils sont toujours fourrés ensemble. »

Thomas fronça les sourcils. Margit comprit son inquiétude : un meurtrier se baladant en forêt avec un fusil, cela ne présageait rien de bon. À qui le tour, cette fois ?

« Connais-tu l'adresse des Bjärring ? Un numéro de téléphone ? » se dépêcha de demander Margit.

Emma commença par secouer la tête, puis son visage s'illumina.

« Si vous voulez, je peux regarder dans le carnet d'adresses de maman. J'y suis allée plein de fois, mais malheureusement, je ne sais pas comment s'appelle l'endroit.

— Je veux bien, merci. »

Elle disparut dans l'appartement tandis que Thomas et Margit attendaient dans le vaste vestibule.

C'était un appartement typique du quartier d'Östermalm : grande hauteur sous plafond, belles portes à miroir. Au mur, d'élégantes appliques alternaient avec d'innombrables tableaux aux lourds cadres dorés. On se trouvait bien dans l'appartement d'un marchand d'art.

À droite, ce qui devait être la bibliothèque : murs couverts de rayonnages, fauteuils en cuir sang-de-bœuf. Par terre, un tapis oriental dans de chauds coloris rouges.

Margit balaya le vestibule du regard. Une cheminée faisait face à la porte d'entrée. Sur son manteau, un plat d'étain rempli de cartes de visite, la plupart imprimées en caractères dorés sur un épais carton.

Emma revint au bout de quelques minutes. Elle tenait un papier qu'elle tendit à Thomas.

« Voici l'adresse.

— Merci beaucoup. »

Sans perdre de temps, il s'apprêtait déjà à partir.

« Excusez-moi, dit Emma, mais… il y a un problème ? » Elle regarda Thomas et Margit d'un air hésitant. « Je veux dire, il s'est passé tant de choses ces derniers temps… »

Margit essaya de sourire pour la mettre en confiance.

« Ne t'inquiète pas, dit-elle d'une voix qui lui parut si fausse qu'Emma aurait dû aussitôt se douter de quelque chose. Nous voulons juste poser quelques questions à tes parents. Rien d'autre. »

Apparemment, sa voix ne l'avait pourtant pas trahie : la jeune fille sourit poliment, sans poser d'autre question. Elle les raccompagna et les salua gaiement.

Thomas regarda sa montre d'un air soucieux. Il leur faudrait une bonne heure et demie pour descendre à Katrineholm, davantage s'ils restaient coincés dans les bouchons.

Assez pour abattre un autre membre du KSSS.

Assez pour tourner en ridicule leur enquête jusqu'à présent infructueuse.

« On prévient les collègues sur le terrain ? » demanda Margit.

Thomas secoua la tête. Cela le contrariait.

« Non, on y va. On finit le travail nous-mêmes. »

Thomas roula pied au plancher, oppressé par le tic-tac de sa montre. Essinge, Huddinge, Södertälje, Nyköping, sans jamais quitter la file de gauche.

Margit mâchait en silence un chewing-gum après l'autre. Elle n'arrêtait pas de lorgner vers l'horloge du tableau de bord. Ils ne pouvaient pas se permettre un nouveau meurtre. Cette fois, il fallait qu'ils arrivent à temps.

Ils quittèrent la grand-route et continuèrent jusqu'à voir indiqué un chemin privé. Une allée de chênes menait à la grande bâtisse.

Les Bjärring possédaient une maison de maître du XIXe siècle. Le corps de bâtiment, de bois peint en jaune et blanc, était flanqué de deux ailes dans les mêmes tons.

Thomas se gara sur une vaste esplanade circulaire en graviers. Ils se précipitèrent pour sonner. À travers la porte, ils entendirent tinter une sonnette à l'ancienne.

Rien.

Thomas insista. Au bout d'un moment, une femme d'un certain âge vint leur ouvrir, cheveux gris et tablier blanc.

Elle les regarda, interloquée.

« Police. Nous cherchons des personnes séjournant ici. M. et Mme von Hahne », dit Thomas en montrant sa carte.

La femme secoua la tête.

« Désolée, je suis toute seule. Tout le monde est en forêt. Ils ne rentreront pas avant dix-sept heures. »

Thomas trépignait d'impatience.

« Il est très important que nous les retrouvions aussi vite que possible, expliqua-t-il. Avez-vous une idée de l'endroit où ils sont en ce moment ?

— La chasse s'arrête à onze heures et demie pour le déjeuner. Vous pouvez peut-être les rejoindre dans la clairière où ils mangent. »

Elle leur expliqua comment se rendre au point de rassemblement.

« C'est à environ quinze minutes en voiture. Ce n'est pas bien loin, mais le chemin est très mauvais. »

Puis elle s'excusa d'un sourire, elle devait retourner à ses fourneaux.

« Il y a beaucoup à faire quand il faut préparer à dîner pour vingt personnes. »

Les instructions n'étaient pas difficiles à suivre.

Ils s'en allèrent en trombe, quittèrent l'allée de chênes et regagnèrent la grand-route.

« Vas-y mollo, dit Margit comme Thomas s'engageait pied au plancher dans un virage, on ne peut pas se payer le luxe d'aller dans le décor. »

Thomas ralentit à peine.

« On ne devrait pas quand même appeler des renforts ? » continua-t-elle.

Thomas secoua la tête.

« On y est presque. »

Après quatre semaines de travail intense, il n'avait pas envie d'attendre les unités locales. Ils étaient si près du but. Plus que quelques minutes.

Mâchoire serrée, il braqua brusquement dans un chemin forestier qu'il suivit sur environ un kilomètre. Il finissait sur une sorte de parking où plusieurs voitures étaient garées. Thomas rangea sa Volvo à côté d'une BMW rouge et descendit. On entendait au loin un brouhaha.

« Ils sont là-bas, dit Margit. Viens. »

Ils marchèrent quelques centaines de mètres en direction des voix et débouchèrent sur une clairière. De simples bancs en rondins formaient un rectangle. Au milieu, un feu, d'où provenait une bonne odeur de viande grillée.

Une dizaine de personnes étaient là. De loin, Thomas reconnut Axel Bjärring, qui discutait avec un inconnu. Ingmar von Hahne sortit du bois un fusil à l'épaule. Aussi élégant que d'habitude. Mais l'air accablé. Son visage était fermé, ses traits tendus.

De l'autre côté, à environ cinquante mètres, arrivait Isabelle von Hahne.

Margit et Thomas s'approchèrent. Axel Bjärring leva les yeux et fronça les sourcils en reconnaissant les policiers. Il s'excusa et fit quelques pas en direction de Thomas.

Isabelle, qui marchait tête basse, les aperçut soudain. Elle sursauta. Puis s'immobilisa, le fusil sous le bras.

Thomas hâta le pas. Margit le suivait deux mètres derrière. À son tour, Ingmar von Hahne remarqua leur présence mais, à la différence de sa femme, il alla à leur rencontre.

Thomas continua d'un pas décidé.

Soudain, Isabelle von Hahne lâcha son fusil, plongea sous une branche et disparut en courant dans la forêt.

« Elle file ! » hurla Thomas à Margit en se lançant à ses trousses.

86

Isabelle von Hahne court comme elle n'a jamais couru.

Des aiguilles de sapin lui fouettent le visage. En traversant un buisson d'églantiers, les épines lui lacèrent les joues. Elle trébuche sur une pierre, mais retrouve l'équilibre au dernier moment.

Elle bondit au-dessus d'un tronc d'arbre, dépasse une plantation de jeunes bouleaux. Elle se débarrasse sans s'arrêter de son incommode blouson de chasse et l'abandonne dans la bruyère.

La sueur de son front lui pique les yeux. Elle essaie d'en essuyer le plus gros du revers de la main.

Elle n'entend que sa propre respiration. Mais elle craint que le bruit des branches brisées sous ses pas la trahisse.

À présent, les voix derrière elle se sont estompées. Elle risque un rapide regard par-dessus son épaule, sans rien distinguer dans la verdure.

L'adrénaline tambourine à ses tempes. Comme des coups sourds de pistolet dans le silence.

Malgré une crampe, elle se force à continuer sans ralentir. Ses jambes se meuvent d'elles-mêmes, avec un seul but : échapper à ses poursuivants.

Continuer, continuer coûte que coûte.

William Aldekrantz regarde sa montre.

C'est l'heure du déjeuner avec les autres chasseurs. La corne a déjà retenti. Mais il s'est attardé. Un gros mâle vient de passer, juste hors de portée de tir. Il veut rester encore quelques minutes, l'animal va peut-être revenir.

Il ne peut pas trop attendre, il le sait. Son père ne sera pas content s'il est en retard. On lui a suffisamment rabâché combien il était important de suivre les instructions du chef de chasse. Mais William aimerait tant abattre un gibier, cette fois.

Il se voit déjà la semaine suivante, de retour à Lundsberg pour la rentrée. À l'internat, devant ses camarades admiratifs, il racontera comment il a abattu tout seul un sanglier.

Un trophée personnel.

Quand il a reçu son fusil pour ses dix-huit ans, c'était son plus beau cadeau d'anniversaire. Il s'est senti un homme. Il ne se lassait pas d'admirer son arme.

Ah, s'il pouvait abattre ce sanglier.

À nouveau, William consulte nerveusement sa montre. Il faut vraiment qu'il abandonne sa position et rejoigne les autres pour le déjeuner. Sinon, son père va sacrément le gronder. Il le sait.

« Par où elle est partie ? » crie Margit.

La forêt est épaisse, la progression est difficile à travers les feuillages. Les branches se brisent bruyamment sous leurs pas.

Margit a rattrapé Thomas. Ses poumons le brûlent.

« Ne bouge plus, dit-il, on n'entend rien. »

Margit se fige en plein mouvement et tente de rester immobile. Le vent siffle au sommet des arbres.

« Où elle est passée ? dit-elle.

— Chut ! » siffle Thomas.

Il essaie de distinguer quelque chose à travers les troncs. Ils ont couru assez loin de la clairière.

Du coin de l'œil, il perçoit un mouvement dans un buisson à environ cent cinquante mètres. Quelque chose bouge dans la verdure.

« Elle est là, viens ! » crie-t-il à Margit en repartant en courant.

Isabelle a le souffle court. Il ne faut pas qu'elle se perde.

« Mon Dieu, prie-t-elle entre ses dents, sortez-moi de là et je ne demanderai plus jamais rien. Ça ne peut pas se finir comme ça, mon Dieu ! »

Des larmes de frustration lui coulent le long des joues. Ses mâchoires et ses poings sont serrés. Mais elle continue à courir.

Elle trébuche sur une souche et s'étale la tête la première. Elle s'écorche le nez et le menton. Elle se relève en titubant et s'appuie à un bouleau.

Un peu de sang lui coule d'une narine.

Elle regarde alentour et tente de rassembler ses idées.

Si elle traverse la rivière, elle sait qu'elle trouvera une grande route de l'autre côté. Si seulement elle y arrive, elle pourra s'en tirer. Il devrait y avoir moyen d'arrêter une voiture.

Elle essaie de s'orienter.

Sans vraiment savoir où elle va, elle court encore une centaine de mètres et là, derrière les sapins, elle aperçoit enfin le cours d'eau.

Le soulagement déferle. Cette rivière est son salut. Ses traces seront effacées. Même avec des chiens, ils ne la retrouveront pas. Sur l'autre rive, elle sera en sécurité.

Elle continue à courir à travers la végétation dense. Ses muscles fatigués fonctionnent par la seule force de sa volonté. Un pas après l'autre. Mais elle est depuis longtemps à bout.

L'instinct de conservation prend le dessus et ses jambes refusent d'abandonner. Les crampes la brûlent, mais peu importe.

Elle respire plus légèrement. Bientôt arrivée.

Les reflets du soleil à la surface de l'eau la guident.

Elle va s'en sortir.

Un faible bruit fait sursauter William. Dans l'angle supérieur droit de son poste de chasse, il voit des branches se plier devant l'avancée d'un corps. Tout près de l'eau.

William jubile. Le sanglier est revenu ! Quelle chance qu'il n'ait pas encore désarmé son fusil ! Il bande ses muscles et plisse les yeux dans le soleil pour mieux voir.

Vite, vite, il épaule.

La vue est cachée par des branches, mais le sanglier va bientôt débouler à la lisière, là où vise William. Son cœur s'emballe. Sa bouche est sèche, il ose à peine respirer.

Au moment où la silhouette apparaît dans les broussailles, il tire.

87

Thomas court tête baissée pour se protéger des branches qui le fouettent. Il suit un ruisseau qui coule doucement avec un clapotis perlé. Il fait étonnamment sombre dans le sous-bois, alors que c'est le milieu de la journée. Le soleil ne perce pas la cime dense des arbres.

Margit est à la traîne, il l'entend qui s'essouffle derrière lui.

« Stop, stop ! crie-t-elle. Regarde là-bas, près du chêne ! »

Il s'arrête en sursautant.

À cinquante mètres devant eux, un gros sanglier gris noir. Son poil dru lui donne une allure d'animal préhistorique. Des tétines saillantes : c'est une laie.

Elle semble en colère.

« Merde ! » jure Thomas. Il s'efforce de rester immobile.

Il ne faut pas plaisanter avec un sanglier énervé. Et avec une laie séparée de ses marcassins, moins encore. Pourquoi diable faut-il qu'elle se pointe juste maintenant ? Alors que le temps presse.

« Tu t'y connais en sangliers ? chuchote Margit, qui s'est arrêtée quelques mètres derrière lui. C'est assez agressif, non ? Ils attaquent l'homme ?

— Ne bouge pas, chuchote-t-il à son tour. Elle va peut-être s'en aller. »

Cette dernière phrase relève plutôt de la méthode Coué. Que sait-il des sangliers ? Peuvent-ils tuer un adulte ? Qu'est-ce qui les pousse à attaquer ?

Margit et Thomas restent sans rien dire, muscles tendus, immobiles comme deux statues.

Au loin, des oiseaux pépient à tue-tête.

La sueur perle au front de Thomas. Ils n'ont pas de temps à perdre. Chaque seconde écoulée donne de l'avance à Isabelle.

La laie doit peser dans les cent kilos : Thomas n'est pas certain que son arme de service suffise à l'abattre si elle charge. Il ôte la sécurité à tout hasard. La poignée noire semble ridiculement petite dans sa main.

L'animal continue à les observer avec ses petits yeux sournois, ses petites oreilles dressées.

Quelques minutes passent. Puis on entend quelque chose derrière les arbres.

Trois petits marcassins sortent des buissons. La laie émet un son guttural et disparaît parmi les arbres, ses petits dans son sillage.

Thomas souffle en s'essuyant le front du revers de son blouson. Le visage de Margit est pâle. Elle s'appuie contre un arbre.

« Ouf ! bon débarras.

— Tu entends quelque chose ? » dit Thomas en essayant de repérer la fugitive.

Un coup de feu éclate alors un peu plus loin. Ça simplifie tout.

« Par là ! crie-t-il en s'élançant en direction de la détonation. De ce côté ! »

88

La balle doit l'avoir touchée. Ça ne fait pas mal, mais elle éprouve une étrange sensation d'engourdissement au-dessus de la hanche gauche. Comme un violent coup de poing. Pourtant ça ne fait pas mal.

Elle est tombée à terre, impossible de se relever. Elle reste couchée sur les aiguilles de sapin, cachée sous les branches épaisses.

Doucement, elle touche du bout des doigts là où elle ne sent rien : un liquide chaud s'écoule.

Elle est blessée.

Des larmes amères lui emplissent les yeux. Si seulement elle avait gardé son calme, ils n'auraient rien pu prouver. Elle a soigneusement effacé toutes les traces. Fait le ménage.

Mais en voyant ce flic, cet Andreasson, elle a perdu les pédales. Sans réfléchir, elle a paniqué et fui dans les bois.

C'est tellement idiot ! Et sacrément inutile. Comment a-t-elle pu être aussi bête ?

Elle essaie de se coucher plus à son aise. Ils ne l'auront pas. Personne ne l'aura. Elle va rejoindre sa sœur en Suisse. Là, elle sera en sécurité. L'argent de papa est caché bien au chaud dans les Alpes. Assez pour refaire sa vie.

Elle sourit en songeant à son père, fort, malin. Depuis longtemps, il avait compris qu'il fallait mettre la fortune familiale hors de portée du fisc suédois. Papa s'est occupé de sa fille, comme toujours.

Elle va commencer par se reposer dans la forêt, pour reprendre des forces avant de repartir. Elle pose sa joue contre la mousse et ferme les yeux.

Abattre cette vieille baderne d'Oscar a été facile, si facile. Et nécessaire, absolument nécessaire.

Le faire lui a procuré une profonde satisfaction. Lui aussi l'avait laissée tomber autrefois. Bien des années avaient passé, mais il fallait qu'elle se venge. Trop d'injustices.

Le moment était parfaitement choisi, juste quand il se sentait le plus invincible. Bien fait pour lui !

Une vague de vertige et de malaise la traverse. Elle essaie de changer à nouveau de position pour être plus confortablement couchée. Le sang a l'air de couler moins fort à présent. Très bien. Elle va donc rester ici encore un peu, puis elle se relèvera et quittera une fois pour toutes ce maudit pays.

Elle est triste de voir ses projets anéantis si près du but. Elle a longtemps attendu d'être la femme du président du KSSS. Accueillir le couple royal, avoir le roi à sa table lors des dîners de gala du club. Être dans les colonnes people des journaux.

Elle a toujours été prête pour ce rôle.

À dire vrai, c'est elle qui aurait dû devenir présidente. Ni Oscar ni Ingmar ne lui arrivent à la cheville en termes d'énergie et de créativité. Elle est parfaite pour organiser et diriger.

Mais on n'aurait pas laissé faire ça. Une femme à la tête de cette vénérable institution, ça n'allait pas de soi. Ça aurait trop dérangé tous ces bonshommes. Ils sont de la même farine que son père. Il lui a payé une école de maintien hors de prix en Suisse, mais il était impensable qu'elle ambitionne elle-même une carrière. De toute façon, elle allait se marier et faire des enfants.

Et puis il y a eu Ingmar. Raffiné, aristocratique, mou, mais avec un bon carnet d'adresses.

Avec détermination, elle lui a préparé le terrain en société. L'a encouragé à s'investir dans le club KSSS. Le voilà à présent aux portes de la présidence, et c'est grâce à elle. Elle l'a soutenu, s'est engagée, l'a accompagné aux dîners, aux réceptions, a noué tous les bons contacts. Et puis éliminé Oscar.

La mort d'Oscar avait plusieurs avantages.

Et comment l'a-t-on remerciée ? Ingmar l'a trompée. Et pas avec n'importe qui. Une blonde écervelée aurait été plus supportable. Elle aurait presque pu le respecter d'avoir eu, pour une fois, le cran de s'engager dans une aventure. De son côté, voilà des années qu'elle allait voir ailleurs. Depuis longtemps, son mari ne lui procurait plus aucune satisfaction sexuelle.

Mais pas ça. Ça risquait de tout détruire. Elle n'aurait plus jamais osé se montrer.

Et tout ça, c'est fini.

Une nouvelle larme de colère et de frustration coule sur sa joue. Elle était vraiment si près du but.

Au loin, elle entend des voix qui approchent.

Rassemblant toutes ses forces, Isabelle tente de se redresser. Son corps refuse d'obéir. D'une main elle presse sa plaie, de l'autre elle agrippe une branche. Elle veut se relever, il faut qu'elle se remette sur pied, qu'elle parte de là. Mais ça ne sert à rien, c'est impossible. Haletante, elle se laisse retomber sur la terre humide.

À présent, les voix sont toutes proches. Bizarrement, cela lui importe peu désormais. Un calme profond l'envahit. Elle ne souffre toujours pas, mais elle a le vertige et se sent faible. Sa vue se trouble un peu. Son corps s'engourdit, mais sa tête repose agréablement sur la mousse. Va-t-elle mourir, là, sous ce sapin ? Elle ne ressent aucune panique à cette idée. Malgré tout, elle est contente. Elle a tout le temps gardé l'initiative. Oscar a été privé de son triomphe, Martin a été puni.

Isabelle sourit faiblement avant de s'évanouir. La dernière chose qu'elle entend est une voix d'homme qui crie :

« Elle est là, je l'ai trouvée ! »

89

Nora était blottie dans l'un des fauteuils en rotin de la véranda. Elle avait joué au Monopoly avec ses fils pendant une heure. Adam avait fini par acheter toutes les rues les plus chères : Simon et elle avaient dû abandonner.

Après, les garçons avaient reçu de l'argent de poche pour s'acheter des glaces. La mine satisfaite, billet de vingt à la main, ils étaient partis à vélo vers le kiosque.

La veille, Henrik avait laissé un message sur le répondeur :

« On ne peut pas continuer comme ça. Appelle-moi, il faut qu'on parle. S'il te plaît. »

Le ton était conciliant, il avait l'air malheureux. Comme sur le point de pleurer.

Il avait raison, elle aurait dû l'appeler. Il fallait qu'ils se parlent. Au moins pour les enfants.

Elle prit son portable et composa son numéro.

Il décrocha.

« Henrik Linde.

— C'est moi.

— Attends, je m'isole. C'est l'heure des visites. »

Alors, c'est qu'il voulait vraiment lui parler. Il ne décrochait jamais pendant les visites.

« Nora. » Silence. « Je suis terriblement désolé. Je ne sais pas ce qui m'a pris. Je regrette profondément.

— Oui. »

Que répondre ?

Qu'elle n'aurait jamais imaginé dans ses pires cauchemars qu'il la batte un jour. Que son comportement avait à jamais détruit quelque chose dans leur couple.

Que la brûlure de sa joue n'était rien comparée à la blessure de son cœur.

Qu'elle voulait le quitter.

« Est-ce que tu peux me pardonner ? Il faut régler ça. Pense aux garçons. Vous me manquez tellement. »

Elle vit ses fils. Leurs visages bronzés, leurs sourires pleins d'espoir : « Et papa, il rentre quand à Sandhamn ? »

« Cela ne se reproduira jamais, Nora. Je le jure. Je ferai ce que tu veux, exactement ce que tu veux. Mais pense aux garçons. Nos garçons. Vous êtes tout pour moi. Tu dois comprendre ça. »

Les larmes lui brûlaient les yeux. Adam et Simon, qui aimaient tellement leur papa. Qui le voyaient à peine ces derniers temps.

« Nora… »

La voix était suppliante.

Il semblait plus jeune au téléphone, comme à l'époque de leur rencontre, voilà une éternité. Lorsqu'ils étaient deux étudiants écervelés, follement amoureux.

« J'étais tellement en colère, déboussolé. C'était comme si quelqu'un d'autre avait pris le contrôle. Je ne suis pas comme ça, tu le sais bien. »

Elle toucha doucement sa joue. Ça ne faisait plus mal, mais le bleu passait par toutes les couleurs.

Elle avait dit à ses parents qu'elle s'était cognée à une porte. D'une banalité affligeante.

Un mari qui frappe sa femme, se dit-elle. Une femme doit partir dès le premier coup. On ne reste pas auprès d'un homme qui use de violence.

« Ma chérie, nous devons laisser ça derrière nous. Aller de l'avant. Je t'aime, quoi. » Il semblait lutter contre les larmes. « Tu ne peux pas me pardonner ? S'il te plaît… »

90

Thomas salua de la tête le policier en uniforme assis devant la chambre d'hôpital. Il ouvrit la porte et ils entrèrent.

Une chambre d'hôpital typique, où l'unique couleur était l'orange standard des couvertures.

Margit et Thomas regardèrent la femme couchée. Elle avait la tête sur le côté. Une perfusion à son bras gauche posé sur la couverture. Elle se tourna alors lentement vers eux. Elle semblait affaiblie, mais son regard n'avait pas flanché.

Isabelle von Hahne s'attendait à leur visite. Ingmar n'était pas venu la voir.

« Vous comprenez pourquoi nous sommes là ? dit Thomas. Nous voulons vous parler des meurtres d'Oscar Juliander et de Martin Nyrén. »

Elle hocha la tête.

« Pouvez-vous nous raconter ce qui s'est passé ? »

Elle hocha à nouveau la tête, sans rien dire.

Thomas avança une chaise et s'assit. Margit l'imita.

Il alla droit au but.

« Avez-vous abattu Oscar Juliander et Martin Nyrén ? »

— Oui, dit Isabelle à voix basse.

— Et pourquoi ? »

Elle revit la scène : elle avait surpris Oscar le soir de la Saint-Jean. Elle avait quitté la réception pour prendre l'air. Par erreur, elle l'avait vu, dans un coin sombre près du hangar à bateaux.

« Je l'ai vu prendre de la cocaïne à une fête. »

Avant qu'elle ne puisse rien dire, il était passé à l'attaque. Rapide comme l'éclair, alors qu'elle fixait encore le petit tas de poudre blanche.

« Il m'a menacée.

— De quoi ?

— Si je ne gardais pas le silence au sujet de sa toxicomanie, il ferait des révélations sur mon mari.

— Quelles révélations ? » demanda Margit.

Isabelle serra les dents. Elle avait encore du mal à le dire.

« Qu'Ingmar avait une liaison avec Martin Nyrén. »

Margit et Thomas échangèrent un regard.

Isabelle frissonna. Elle avait failli vomir en entendant Oscar prononcer ces mots. Bien sûr, elle avait compris depuis un certain temps qu'Ingmar avait quelqu'un d'autre. Mais pas que c'était un homme. Et pas Martin Nyrén, un vieux bonhomme bedonnant de la direction du KSSS.

Savoir ça la dégoûtait. L'idée de leurs corps nus lui donnait des haut-le-cœur.

« Continuez, dit Margit.

— Je l'ai supplié de ne pas le faire. » Elle se tut un instant. « S'il révélait leur liaison, ma vie tombait en miettes. J'aurais été la risée de toute la ville. Tout le monde aurait ricané dans mon dos. » Elle cracha ces derniers mots. « Martin et Ingmar. C'était dégoûtant. Malsain. »

Ingmar l'avait humiliée en tant que femme de la pire façon qu'on pût imaginer. Et il avait été assez imprudent pour qu'Oscar découvre le pot aux roses.

Il l'avait trompée deux fois.

« Et qu'a dit Oscar ?

— Il m'a promis le silence. Si je faisais pareil.

— Et vous lui avez fait confiance ? dit Margit.

— Si je lui ai fait confiance ? »

Isabelle se tut.

Elle s'était humiliée, avait supplié Oscar de ne révéler la vérité à personne. Il avait promis, mais elle savait exactement ce que valaient les promesses d'Oscar, surtout adressées à une femme. Elle savait mieux que personne ce qu'Oscar était capable de dire dans le feu de l'action pour ensuite s'en aller sans scrupules quand ses désirs l'entraînaient ailleurs.

Ce n'était qu'une question de temps avant qu'Oscar, consciemment ou non, révèle le scandale.

« Non, finit-elle par dire.

— Et qu'avez-vous fait ?

— J'ai essayé de trouver une issue. »

Elle était restée plusieurs nuits sans dormir. Avait ruminé, ressassé, retourné le problème dans tous les sens. Pour arriver toujours à la même conclusion. Oscar devait mourir.

« Et vous avez décidé de l'assassiner ? dit Thomas.

— Oui. »

Il n'y avait pas d'autre moyen. Il lui avait fallu quatre jours pour s'y résoudre. Le mercredi suivant, elle s'était décidée.

« Comment vous êtes-vous procuré l'arme ?

— Je suis allée à Riga. C'est facile d'acheter une arme là-bas.

— Comment le saviez-vous ? voulut savoir Margit.

— Je chasse beaucoup. Je suis bonne tireuse, bien meilleure que mon mari. Dans les dîners de chasseurs, on parle souvent des moyens détournés de se procurer des armes bon marché. »

Elle haussa légèrement une épaule et sentit la perfusion la piquer.

« Comment avez-vous rapporté le fusil ? dit Thomas.

— Je l'ai caché dans ma voiture. Personne ne contrôle une Suédoise bien habillée qui descend du ferry.

— Où est l'arme à présent ?

— Enterrée. Dans la forêt, près de notre maison de vacances. »

Elle tendit le bras pour attraper un verre d'eau sur sa table de chevet. Son ventre lui faisait mal. Thomas se leva à demi pour lui approcher le verre. Elle but quelques gorgées et le reposa.

« Comment vous y êtes-vous prise pour tuer Juliander ? l'interrogea Margit.

— J'ai dit que j'allais aux toilettes juste avant le départ. L'un des W-C se trouve sur le pont avant.

— Et c'est de là que vous avez tiré ? dit Thomas.

— J'ai monté le fusil et j'ai ouvert le hublot. Il n'y avait plus qu'à sortir le canon et viser. »

Le voilier n'était pas à plus de soixante mètres. Oscar tenait la barre, sûr de lui comme d'habitude. Elle avait une position de tir parfaite. Axel avait manœuvré son yacht d'une main de maître. Il s'était placé juste au-dessus de la ligne de départ, avec vue sur tous les voiliers.

« La cible n'était pas difficile. Je chasse depuis des années.

— Qu'avez-vous fait ensuite ?

— J'ai démonté le fusil, je l'ai rangé dans son sac. J'étais de retour sur le pont après seulement quelques minutes.

— Ne craigniez-vous pas qu'on remarque votre absence ? » dit Margit.

Isabelle secoua la tête.

« Tout le monde était concentré sur le départ. Et ensuite en état de choc. D'ailleurs, fit-elle avec un faible sourire, ils ont tous cru que j'étais là, je n'ai eu qu'à le leur répéter une ou deux fois. Vous savez, les gens ont les souvenirs qu'on leur raconte.

— Vous aviez tout planifié, résuma Margit.

— Je suis douée pour ça.

— Pourquoi l'abattre au moment du départ de la régate ? N'était-ce pas se compliquer la vie ?

— L'abattre en plein triomphe, vous voulez dire ?

— On peut dire ça ! dit Margit.

— Parce que je le voulais. Il méritait de mourir au moment où son rêve allait se réaliser.

— Au fait, c'est vous qui êtes entrée chez Britta pour tenter de prendre son appareil photo ? » demanda Thomas.

Isabelle hocha la tête. « Mais je n'ai pas réussi à mettre la main dessus.

— Elle l'a récupéré aux objets trouvés.

— Oui, je l'ai entendu dire.

— Et pourquoi tuer Martin Nyrén ? dit Margit.

— Mais vous ne comprenez pas ? »

La mort de Martin était nécessaire. Elle avait lu les SMS répugnants qu'il adressait à Ingmar. Elle n'avait pas l'intention de tolérer ça plus longtemps. Il était clair que tant que Martin Nyrén serait en vie, elle ne serait pas en sécurité. Si Ingmar se montrait encore imprudent, tout risquait d'éclater au grand jour. Et l'idée qu'Ingmar pût un jour la quitter pour Martin l'avait effleurée. C'était insupportable. Tout aurait alors été vain.

Poussée depuis le début par une haine primitive, elle lui avait rendu le mal qu'il lui avait fait. Jusqu'à le tuer.

« Il ne méritait pas de vivre.

— Vous voulez dire que vous ne vouliez pas le laisser vivre, au risque que sa liaison avec votre mari éclate au grand jour ? dit Margit. Il représentait une menace pour vous. »

Isabelle ne se donna pas la peine de répondre.

« Comment vous y êtes-vous prise, cette fois-là ? » demanda Thomas.

Isabelle but une gorgée d'eau.

« J'ai fait un double des clés de l'entrepôt d'Ingmar. Il n'a rien remarqué. J'ai fait la même chose avec celles du domicile de Martin. »

Elle avait tout de suite compris pourquoi Ingmar avait décidé d'installer son entrepôt dans le quartier de Birkastan. Elle avait toujours trouvé que c'était beaucoup trop loin de Strandvägen.

C'était juste un prétexte pour avoir des occasions de voir Martin Nyrén. Une excuse pathétique pour rencontrer son amant pathétique.

« Et donc vous l'avez abattu lui aussi ?

— Oui.

— N'avez-vous pas songé que vous pourriez orienter les soupçons sur Ingmar en utilisant son entrepôt ? » dit Thomas.

Isabelle sentit son cœur battre plus fort. Elle reprit la parole, de la colère dans la voix :

« J'ai trouvé que c'était bien fait pour lui. Je pensais que vous n'arriveriez jamais à résoudre cette enquête. Vous n'aviez aucune preuve. Il pouvait bien rester tout le reste de sa vie à ruminer pour comprendre ce qui s'était passé. »

Elle se laissa retomber sur l'oreiller. Ses forces s'amenuisaient.

« Il y avait une forme de justice divine à ce que son amant soit abattu depuis son entrepôt sans qu'il comprenne comment. »

Il était assis sur un banc, dans le cimetière. Des pinsons chantaient derrière lui, mais il n'entendait rien.

Il fixait sans la voir une tombe toute fraîche, où la pierre n'avait pas encore été dressée. Tout autour s'entassaient des fleurs à moitié fanées.

Il vit devant lui le visage de Martin. Ce cher visage familier dont il connaissait la moindre ligne, la moindre ride.

Pourtant, il savait que ce n'était pas Martin qui reposait là-dessous. Ce n'était que de la poussière qu'on avait mise en terre, les restes charnels de l'homme qu'il avait si profondément aimé.

Il avait perdu tant de temps.

D'abord une longue période où il l'avait aimé de loin. Puis l'époque jubilatoire de leur liaison secrète.

Il avait caressé l'idée d'afficher son amour au grand jour et de quitter Isabelle. Mais il avait redouté les réactions de son entourage. La condamnation qui s'ensuivrait. Chaque fois que Martin l'avait poussé à se décider, il avait prétexté de faux égards envers Isabelle, les enfants.

Était-ce là sa punition pour ne pas avoir voulu assu-

mer leur liaison ? Pour ne pas avoir eu le courage de sauter le pas ?

Qui l'appellerait désormais par son vieux surnom, prononcé amoureusement comme un secret ? Ce surnom qui venait de son jeu favori de petit garçon, toujours se déguiser avec son costume d'Indien à plumes. On l'avait baptisé l'« Indien », abrégé en « Indi » par ses camarades.

Il ne restait plus qu'Ingmar. Le lâche, le malheureux Ingmar qui avait perdu le seul être qu'il eût jamais aimé.

Qu'allait-il devenir, à présent ?

Il regarda son alliance. Le symbole d'une relation de près de trente ans qui ne lui avait jamais offert aucun bonheur. Il continuait à la porter, comme toujours pieds et poings liés par les conventions. Alors que c'était son épouse qui lui avait sciemment arraché son bien-aimé.

D'un geste brusque, il ôta l'anneau et le jeta loin dans les buissons.

« Tu es le grand amour de ma vie, chuchota-t-il en regardant le tas de terre. Je t'aimerai toujours, Martin. Toujours. »

91

Eva Timell serra sa ceinture de sécurité et sourit à la charmante hôtesse qui lui tendait un plateau couvert de flûtes de champagne.

Elle en prit une et y trempa les lèvres : bien frais, sec et âpre, comme il fallait.

Elle leva son verre et trinqua en silence avec Blofeld, qui miaulait, peu rassuré dans sa boîte, sur le siège voisin. Elle eut une pensée pleine de gratitude pour les nouvelles règles de l'Union européenne qui permettaient désormais la libre circulation d'animaux domestiques vaccinés entre pays membres. Elle n'aurait pas supporté de le laisser six semaines en quarantaine, ni de l'abandonner en Suède.

L'hôtesse repassa avec son plateau, mais elle déclina, cela lui suffisait pour le moment.

Classe affaires. Elle adorait la classe affaires. C'était une folie, bien sûr, mais elle avait au Liechtenstein des millions de bonnes raisons de se le permettre.

Le banquier qu'elle avait eu au téléphone avait été d'une extrême complaisance. Elle avait sans difficulté obtenu un rendez-vous pour effectuer certains réaménagements. Si l'heure convenait à Frau Timell, c'était parfait.

À la fin de la conversation téléphonique, il s'était permis de lui rappeler de ne pas oublier de se munir du numéro à dix chiffres nécessaire pour avoir accès au compte.

Aber natürlich, mein Herr. Elle n'y manquerait pas.

Oscar était peut-être un bon administrateur de faillites, mais il était incapable de rien lui cacher – à elle qui le connaissait mieux que sa propre mère et qui avait depuis des années organisé toute son existence.

Elle avait passé l'été à faire l'inventaire de ses affaires. Elle avait classé et archivé tous les documents. Enfin, elle avait inspecté son grand bureau, dont les marqueteries et les dorures lui rappelaient le goût d'Oscar pour l'excès. Elle avait soigneusement vidé et nettoyé tous les tiroirs. Elle avait fini par arriver au double fond dont ces vieux meubles sont toujours pourvus. Oscar le lui avait fièrement montré quand la salle des ventes avait livré le bureau.

Il avait un peu résisté. Elle avait dût se servir d'un coupe-papier pour débloquer le mécanisme secret et ouvrir le tiroir. Dedans, une enveloppe contenant des documents sur un compte à l'étranger. Sur l'enveloppe, le nom de la banque.

Découvrir sur Internet qu'il s'agissait d'une des principales banques du Liechtenstein avait été un jeu d'enfant. La même banque qui avait reçu le paiement du brevet d'Olof Martinsson par la société américaine dont ces aimables policiers lui avaient révélé l'existence.

Oscar, Oscar, pensa-t-elle, toi non plus, tu n'as pas su résister à la tentation. Avoir été si longtemps avocat…

Pas étonnant que tu te sois montré nerveux ces derniers temps. Tu avais des remords ? Peur qu'on remonte jusqu'à toi ? Tu calmais ta conscience à coups de poudre blanche ?

Il y avait assez d'informations dans l'enveloppe pour qu'elle comprenne comment tout se tenait. Le banquier complaisant avait achevé d'éclairer sa lanterne.

La somme rondelette de dix millions de dollars, moins le coût d'un voilier Swan, attendait sur un compte étranger. Le dessous-de-table pour la vente d'un brevet à un prix dérisoire.

Une somme énorme, mais négligeable au regard des profits escomptés. Et une bouchée de pain par rapport au prix qu'aurait atteint le brevet mis aux enchères publiques.

Et la seule personne pouvant protester en connaissance de cause était morte.

Eva but une autre gorgée de champagne et laissa les dernières gouttes glisser sur sa langue en regardant par le hublot. Encore quelques minutes et elle aurait quitté ce pays pour toujours.

Elle ne regrettait pas d'avoir envoyé des mails anonymes à Diana Söder. Elle était convaincue que c'était elle qui avait tué Oscar. La vengeance d'une femme lasse des dérobades et des mensonges de son amant. Qui d'autre ?

Elle ne se serait jamais doutée que c'était cette folle de von Hahne qui tenait le fusil. Ni qu'elle allait passer de nombreuses années en prison. Pour l'heure, elle attendait son procès à l'hôpital.

Mais Eva n'avait pas de remords. Dès le début, elle avait détesté Diana Söder. En particulier parce que, pour la première fois depuis des années, Oscar semblait réellement intéressé.

C'était cet expert-comptable empruntant l'adresse mail de sa fille qui lui avait donné l'idée. La satisfaction de formuler ces phrases noir sur blanc avait un peu adouci la douleur qui pesait sur sa poitrine. Chaque fois qu'elle appuyait sur « Envoyer », elle se sentait un peu mieux. La fuite organisée vers les journaux du soir lui avait aussi fait du bien.

L'hôtesse revint avec son plateau. Cette fois, elle tendit son verre. Le liquide clair scintillait dans le soleil.

Presque huit millions de dollars.

Cela suffirait plus que largement pour acheter un grand appartement dans le sud de la France. Elle savait déjà qu'elle voulait une vaste terrasse. Les millions restants assureraient ses vieux jours.

Elle vendrait son appartement de Stockholm quand les choses se seraient un peu calmées. Après ses six mois de congé maladie.

Elle n'avait pas eu de mal à convaincre le médecin de le lui accorder. Il s'était montré très compréhensif. Elle pourrait certainement le prolonger si elle le lui demandait. Le cabinet d'avocats lui avait envoyé des fleurs. Personne ne s'était étonné.

L'argent de son appartement remplirait la caisse. Elle lancerait peut-être une petite affaire sur la Riviera. Il y avait tant à faire pour une femme entreprenante.

Mais pour le moment, elle allait profiter de la vie. Se gâter. Pourquoi pas prendre un amant. Un Français passionné qui savait ce qui plaisait aux femmes.

Merci, Oscar, songea-t-elle en levant son verre en silence. Je savais que tu finirais par t'occuper de moi. Je n'en ai jamais douté.

Viveca Sten
au Livre de Poche

Les Nuits de la Saint-Jean nº 34150

Sur l'île de Sandhamn, une jeune fille a disparu au cours de la nuit. L'inspecteur Thomas Andreasson et son équipe ratissent les lieux, mais Lina Rosén est introuvable. L'enquête conclut à une noyade accidentelle. Quelques mois plus tard, Nora Linde, l'amie d'enfance de Thomas, décide de prendre quelques jours de vacances sur l'île avec ses enfants. En jouant dans la forêt, ses deux garçons font une découverte macabre : des restes humains dans un sac enfoui sous la neige. Est-il possible que ce soit le cadavre de Lina ? Et quelle est cette ombre qui menace les Rosén ? Malgré l'absence de pistes, Thomas et Nora ont un étrange pressentiment : l'assassin de Lina n'en a pas fini avec sa sinistre mission. Ce troisième titre de Viveca Sten l'a imposée comme la numéro 1 des ventes en Suède.

DU MÊME AUTEUR
AUX ÉDITIONS ALBIN MICHEL :

La Reine de la Baltique, 2013.

Les Nuits de la Saint-Jean, 2015.

Les Secrets de l'île, 2016.

Au cœur de l'été, 2017.

PAPIER À BASE DE FIBRES CERTIFIÉES

Le Livre de Poche s'engage pour l'environnement en réduisant l'empreinte carbone de ses livres. Celle de cet exemplaire est de :
400 g éq. CO_2
Rendez-vous sur www.livredepoche-durable.fr

Composition réalisée par Nord Compo

Imprimé en France par CPI
en janvier 2018
N° d'impression : 3026668
Dépôt légal 1re publication : mai 2015
Édition 08 - janvier 2018
LIBRAIRIE GÉNÉRALE FRANÇAISE
21, rue du Montparnasse - 75298 Paris Cedex 06

82/0014/8